# 索尔·贝娄小说政治思想研究

Suoer Beilou Xiaoshuo Zhengzhi Sixiang Yanjiu

席楠 

中山大學出版社
SUN YAT-SEN UNIVERSITY PRESS
·广州·

**图书在版编目（CIP）数据**

索尔·贝娄小说政治思想研究/席楠著.—广州：中山大学出版社，2020.12
ISBN 978-7-306-06886-6

Ⅰ.①索… Ⅱ.①席… Ⅲ.①索尔·贝娄—小说研究 Ⅳ.①I712.074

中国版本图书馆CIP数据核字（2020）第096877号

**出 版 人：王天琪**
策划编辑：高惠贞
责任编辑：梁俏茹
封面设计：曾 斌
责任校对：潘惠虹
责任技编：何雅涛
出版发行：中山大学出版社
电 话：编辑部 020-84110283，84111996，84111997，84113349
发行部 020-84111998，84111981，84111160
地 址：广州市新港西路135号
邮 编：510275 传 真：020-84036565
网 址：http：//www.zsup.com.cn E-mail：zdcbs@mail.sysu.edu.cn
印 刷 者：广东虎彩云印刷有限公司
规 格：787mm×1092mm 1/16 11印张 180千字
版次印次：2020年12月第1版 2020年12月第1次印刷
定 价：32.00元

**如发现本书因印装质量影响阅读，请与出版社发行部联系调换。**

本书受到中山大学外国语学院学科建设经费、中山大学高校基本科研业务费青年教师培育项目（18wkpy57）、广东省哲学社会科学“十三五”规划项目（GD18CWW11）、中国博士后科学基金项目（2018M643274）、教育部哲学社会科学研究重大课题攻关项目（17JZD046）资助。

# 前　言

本书力图从一个新的视角，阐述美国犹太作家、诺贝尔文学奖获得者索尔·贝娄六部长篇小说中的政治思想，并认为正是贝娄在初出茅庐时的左翼政治经历和后期对其进行的修正，构成了他不同时期作品中的政治表达与哲学思考。作为一名犹太作家与“纽约知识分子”成员，贝娄始终怀着公共知识分子的社会责任感，并带着积极的怀疑精神，对20世纪美国社会现实进行拷问与审视，并将它们写进自己的文学创作，他的作品也因此具有较强的辩证特征。本书主体部分主要讨论了《受害者》《只争朝夕》《赫索格》《赛姆勒先生的行星》《洪堡的礼物》《拉维尔斯坦》六部小说，并由如下五部分组成。

第一章首先阐释了贝娄作为“纽约知识分子”中的一员，其文学创作与政治主题的密切联系及“纽约知识分子”文人圈对贝娄的政治思想和文学创作的影响；其次介绍了贝娄的创作历程和作品梗概，并综述了国内外贝娄研究情况；最后探讨了贝娄小说所处的时代政治背景以及20世纪美国政治语境的变迁。

第二章以贝娄早期“受害者”小说《受害者》和《只争朝夕》为解读对象，结合贝娄20世纪三四十年代共产主义信仰与政治经历，运用马克思主义批评理论对小说中谁是真正的“受害者”和使其受害的原因进行研究，得出与以往研究不同的结论。在40年代，贝娄怀着“用写作变革社会”的政治理想在“纽约知识分子”的提携下进入美国文坛。在相当长的一段时期内，评论界都忽略了贝娄早期作品中的政治色彩，他的共产主义经历也甚少为人所知。2000年后，随着贝娄史学研究对其早期政治经历的挖掘，研究者们开始重新关注贝娄早期作品中的政治思想，但他们大多将研究重心放在短篇小说上。该章分别从两部小说中大萧条时期的失业现象与资本市场的欺骗性、残酷性两方面，揭露劳资市场的不平等与资本主义经济制度的贪婪攫取性，并指出强调工具理性和禁欲主义的商业社会伦理对个体情感的抑制和对传统家庭观的破坏。在这两部小说中，贝娄以美国资本主义社会中失业、破产、被抛弃的知识分子“受害者”为主人公，旨在对资本主义经济制度和文化进行拷问。

第三章运用凝视、创伤等理论，从“自然”和“暴力”两个主题分别考察贝娄20世纪六七十年代小说《赫索格》和《赛姆勒先生的行星》对美国反文化运动的反思。知识分子主人公赫索格能够以辩证的视角来观察反文化运动盛行的美国社会，大屠杀幸存者赛姆勒也能够在面对反文化运动中的暴力冲突时，通过他人的视角反思自我。很多研究者认为，60年代是贝娄与“纽约知识分子”转向保守的分水岭，甚至很多具有新左翼倾向的评论者指责贝娄不支持反文化运动与社会革命，他们批评贝娄在这两部小说中表达了对反文化运动者的偏见和对犹太性及权力等级秩序的维护。反文化运动质疑权威、追求民主、主张多样性。本研究认为，贝娄并不反对反文化运动对人性的解放，但随着反文化运动席卷全美，反文化运动者走向极端，社会陷入暴力骚乱，出于知识分子的责任感，贝娄这一时期的文学创作表现出对美国反文化运动“强迫的一致性”的警惕、质疑，这两部小说均以辩证的视角表达了对反文化运动时期美国社会现实的拷问。在《赫索格》中，“自然”成为赫索格浪漫主义、超验主义认识论的客体化反应，出于对大众社会的不满和对个人主义的追寻，他乞灵于爱默生和梭罗，走出城市，走入人烟稀少的自然；另一方面，赫索格在离群索居的隐居生活中逐渐精神失常，田园理想幻灭为无序的荒原，自然中非理性的部分失去了控制。赫索格认为，导致纳粹实施大屠杀的原因在于情感的泛滥和理性的缺失，他担忧在这股极端的浪漫主义下，“垮掉的一代”同样会使60年代美国社会陷入癫狂。最终他离开自然，重返社会。在《赛姆勒先生的行星》中，尽管大屠杀幸存者赛姆勒在60年代末的充满暴力的纽约街头带着种族主义思想对黑人扒手进行凝视，但黑人扒手对他的反凝视、反跟踪和对其展示阳具的行为解构了赛姆勒的权力话语。此外，赛姆勒也从“二战”中的杀人者转变为以色列六日战争中的观察者，最后转变为黑人与犹太人暴力冲突的制止者。并且，尽管赛姆勒对学生运动分子、黑人、女性等施以暴力语言，但作为一名创伤后应激障碍患者，其叙事并不可靠。赛姆勒叙事中反复出现的大屠杀记忆闪回既指涉他的病症，也揭示了小说的反暴力主旨。这两部小说对于反文化运动的批评源于贝娄对60年代美国社会现实的反思，它们也是贝娄对过于偏激的新左翼思想的修正。

第四章运用文化工业与消费文化理论分别讨论了贝娄1975年出版的《洪堡的礼物》与2000年出版的《拉维尔斯坦》中，美国大众文化语境下诗人与人文学者为复兴文学与古典人文思想所采取的政治策略。许多具有新左翼倾向的评论者批评贝娄与“纽约知识分子”作为高雅现代主义作家和精英知识分子在晚期表现出的保守倾向，并诟病贝娄“政治不正确”；还有研究者认为这两部小说对大众文化持有批评的态度。这两部小说的主人公是以“纽约知识分子”德莫尔·施瓦茨和艾伦·布鲁姆为原型的著名作家和古典政治哲学教授，尽管他们在思想层面批判大众文化对文学、艺术、古典人文思想造成的损害，但在现实的学科政治斗争中，他们对大众文化是采取策略性合作的，他们对高雅文学与古典人文思想在后现代文化语境下的衰落有清醒的认知。在《洪堡的礼物》中，作家们试图通过消费商品来提升社会地位并通过政治权力斗争复兴文学的策略都失败了，小说强调了现代美国社会中功利主义与实用主义对文学、艺术的戕害。此时，贝娄对文化工业下文学的前景比较悲观，这很有可能与诗人施瓦茨的悲剧命运以及贝娄此时期受到法兰克福学派的文化工业理论影响有关。相比之下，在最后一部小说中，受友人布鲁姆取得的世俗成就影响，贝娄使主人公拉维尔斯坦成功地拥抱了流行文化，拉维尔斯坦通过出版书籍，用古典政治哲学思想生产出值钱的商品，最终名利双收。他先是消费奢侈品来匹配哲学家的伟大灵魂，其次还传承人文思想，并建构了一个由自己和学生构成的政治王国，其权力之大甚至能够干预白宫。贝娄塑造这样一位流行文化语境下的超级人文学科知识分子明星，旨在重塑美国的文化秩序，在强调人文学科不朽的同时，指出大学中的教学传承才是使其不朽之方。贝娄以这部小说支援好友布鲁姆，他们共同质疑当时美国大学对人文学科的轻视，以及文化相对主义者在推翻权威后使学生放弃古典阅读，沉浸于肤浅流行文化的行为。在这两部小说中，贝娄与“纽约知识分子”对美国大众文化、流行文化下文学与人文学科未来的发展进行了审视，他们为文学与人文学科的不朽而辩。

最后为结语部分。本研究认为，正是贝娄在初出茅庐时的左翼政治经历与晚年对其早期遭遇和信仰的修正，构成了他不同时期作品中的政治表达与哲学思考。作为一名美国犹太作家与“纽约知识分子”成员，贝娄能够保持一定距离地对美国社会现实进行拷问，他的作品含有对美国主流社会的质疑和反思，尤其是他的中、晚期作品，具有较强的辩证特征。随着贝娄作品中的政治主张逐渐由社会领域回退到文化领域，贝娄思想的影响力也在衰退，他的主张正在被与之相反的力量蚕食；但也正因如此，才更加凸显了贝娄怀疑精神的可贵。

本研究的探讨，综合考察了学界对贝娄作品及贝娄本人政治思想的各种看法，为重估贝娄不同时期作品的政治思想提供了新的视角，同时，也为探讨贝娄作品的主题提供了新的方向。

# 目　　录

# 第一章 引 言

## 第一节 贝娄、“纽约知识分子”与贝娄作品的政治意义

据《牛津英语词典》(*Oxford English Dictionary*) 释义，“政治”(politics) 一词源于拉丁语“politica”和中世纪法语词“politique”，它的含义包括：与政府有关的科学；与一个国家或部分地区有关的、涉及组织和行政的学科，通常还涉及与其他国家的关系；公共伦理或社会伦理，与国家或社会有机整体相关的道德哲学分支；亚里士多德撰写的政治学著述；政治活动或实践；政治事务或生意；政治原则、政治信念、政治观点，或对个人、政党的同情；私人事件的管理方式、政治管理、政治权谋、政治计划。[①] 由此可见，政治问题涵盖广泛，它既可宏观也可微观，只要是有人群和社会的地方就必然产生政治问题。文学与政治的关系一向源远流长。古罗马文学理论家贺拉斯 (Horace) 和文艺复兴时期的英国诗人菲利普·锡德尼 (Philip Sidney) 都提出文学的功能在于寓教于乐，文学的教育功能就囊括了政治教化、道德教化、宗教教化、美学教化等方面。而在20世纪晚期的资本主义社会，和其他功能相比，文学的政治教化功能甚嚣尘上。著名文学理论家伊格尔顿 (Terry Eagleton) 就将文学理论、政治和意识形态看作不可分割的整体，他指出，“现代文学理论的历史是我们所处时代的政治和意识形态历史的一部分”，“文学理论一直与政治信仰和意识形态价值观紧密相连”。[②] 对文学理论政治性的强调意味着在某种程度上文学批评界的思维模式正在转向。除理论外，文学作品也蕴含着作家带有政治意识地与社会进行的对话，阅读者和研究者也是具有

---

① Simpson J. A. and E. S. C. Weiner, *The Oxford English Dictionary*, 2nd ed, Vol. XII, Oxford: Oxford University Press, 2004, p. 32.

② Terry Eagleton, *Literary Theory: An Introduction*, Minneapolis: The University of Minnesota Press, 2003, pp. 169 - 170.

政治意识的人，正如一千个读者眼中有一千个哈姆雷特，不同的意识形态、人生经历与文学作品的碰撞都使得文学文本的生命力不断勃发。

从美国脱离英国殖民地身份的独立战争开始，美国文学的政治功能就异常显著。有评论者指出，“美国文学是独一无二的，因为总体而言，它为民主的全体国民而作”“美国文学传统最伟大的作品就是民主政治教育的天然场所”。[①] 美国文学家们善于用文学创作书写政治，不论是建国初期讲述英、法两国北美殖民地战争的作家库柏，象征着美国文化独立的超验主义作家爱默生、梭罗，在《自我之歌》中定义美国国民性的诗人惠特曼，靠一部小说《汤姆叔叔的小屋》推动南北战争的斯托夫人，还是20世纪以来的反战作家海明威，引导“黑人哈莱姆”运动的诗人兰斯顿·休斯，参与反文化运动的“垮掉的一代”诗人金斯堡，披露恐怖主义的后现代大师德里罗，他们都将文学创作作为表述作家政治诉求的媒介，引领着文学受众的政治意识。著名英国作家奥威尔在《我为何写作》一文中谈道：“过去10年我最想做的事就是将政治写作融入艺术。我的出发点永远都是党派性，一种不公平的感觉。当我坐下来写一本书时，我不是在和自己对话，‘我要生产一部艺术作品’。我写作是因为有些谎言我要揭露，有些事实我要引起人们的注意，并且我最初的目的就是得到倾听。”奥威尔认为作家写作的目的就是“意欲将世界向某一个方向推动”。[②] 尽管政治立场迥异，但将所处的美国社会向某一个方向推动也是众多“纽约知识分子”作家包括贝娄的心声。

谈到贝娄与政治的关系，首先就要谈到“纽约知识分子”。“纽约知识分子”这群20世纪美国最著名的思想家们从30年代进入文坛起就带着共产主义政治理想，他们主要是以《党派评论》（*Partisan Review*）期刊的创立者、编辑菲利普·拉夫（Philip Rahv）和威廉姆·菲利普斯（William Phillips）为首的一群左翼知识分子，他们大多参与过该期刊的编辑或撰稿工作。《党派评论》成立于1934年，终止于2003年。在30年代美国经济大萧条背景下，这些多数从东欧移民到美国的犹太知识分子受

---

① Patrick J. Deneen, “Series Foreword”, in *A Political Companion to Saul Bellow*, Gloria L. Cronin and Lee Trepanier, eds., Kentucky: The University Press of Kentucky, 2013, p. vii.

② George Orwell, “Why I Write”, in *The Complete Works of George Orwell*, P. H. Davison, ed., Vol. 18, London: Secker and Warburg, 1998, pp. 318 – 319.

俄国十月革命影响，崇拜同为犹太人的布尔什维克党领袖托洛茨基[①]，因此《党派评论》在创办之初是社会主义刊物，它的作用就是共产主义意识形态的文化宣传工具。随着托洛茨基被斯大林派人暗杀以及共产党内部因权力斗争出现分裂，加之美国政府对共产党及亲共人士的迫害、打压，和受美国经济复苏与个人主义思想的影响，“二战”后“纽约知识分子”与《党派评论》逐渐脱离左翼政治。并且，很多研究者认为从60年代以后，由于“纽约知识分子”对传统权力秩序和精英文化的维护，《党派评论》出现政治右转并具有保守主义倾向。但总体来说，在20世纪后半叶，这个主要关注“文学、政治、文化”三个视阈范围的期刊曾经是美国最具影响力、洞察力的知识分子刊物，它也被称作“美国知识分子圈子的内刊”[②]。“纽约知识分子”先后几代人出现过众多文学家、思想家、政治家、社会学家，除上面提到的两位创始人及贝娄外，还包括玛丽·麦卡锡（Mary McCarthy）、莱昂内尔·特里林（Lionel Trilling）、阿罗德·罗森伯格（Harold Rosenberg）、德尔莫·施瓦茨（Delmore Schwartz）、欧文·豪（Irving Howe）、丹尼尔·贝尔（Daniel Bell）、艾尔弗雷德·卡津（Alfred Kazin）、艾萨克·罗森菲尔德（Isaac Rosenfeld）、诺曼·蒲德赫莱茨（Norman Podhoretz）、苏珊·桑塔格（Susan Sontag）、艾伦·布鲁姆（Allan Bloom）等在人文社会科学领域各有建树的知识分子。对于这样一个在20世纪思想文化界举足轻重的知识分子群体，美国学界与之相关的研究不胜枚举。笔者在美国雪城大学电子图书馆搜索“纽约知识分子”关键词，共发现相关专著索引超过50万条，报刊文章索引超过120万条，期刊文章索引74万余条，学位论文16万余条，其研究视阈涵盖史学研究、文学研究、政治学研究、教育学研究、宗教学研究等。同样，以“党派评论”为关键词，共发现相关专著索引超过20万条，报刊文章索引16万余条，期刊文章12万余条。尽管在21世纪，“纽约知识分子”与《党派评论》已淡出历史舞台，但其对今日美国思想文化界的影响仍余热未消，学界对其进行的研究仍在发酵。遗憾的是，笔者以“纽约知识分

---

① 无产阶级革命家、国际共产主义领袖列夫·托洛茨基（Leon Trotsky）继承了马克思主义与列宁主义，他主张工人通过革命与阶级斗争来捍卫自己的权益，他反对斯大林主义，并在国际上号召未完成革命的国家继续革命。

② Richard Hofstadter, *Anti-Intellectualism in American Life*, New York: Knopf Press, 1963, p. 394.

子”“党派评论”作为主题词搜索中国知网，仅发现相关期刊论文和硕士、博士学位论文不足30篇。这些论文中，部分是以“纽约知识分子”中的某位著名成员为研究对象，包括拉夫、特里林、菲利普斯、桑塔格、欧文·豪、丹尼尔·贝尔、卡津、克莱门特·格林伯格（Clement Greenberg）；部分是总体概要研究。显然，“纽约知识分子”这一群体在20世纪美国学界的巨大影响力尚未引起国内学者足够的重视。

贝娄被视为美国第一代犹太作家中比较年轻的小兄弟之一，尽管并不一直居住在纽约，但仍被视为“纽约知识分子”中的重要一员。[①] 从贝娄的传记、文集、书信等资料来看，他终身都与该圈子成员交往密切，而且“组成《党派评论》圈子的知识分子们在战后期间都分享着共同的经验，带着共同的对广义社会和文化价值观的忠诚，以及对彼此思想观点的强烈的敏感”[②]。这就使得政治问题成为贝娄研究中颇具价值的一部分，并且将对贝娄作品及其政治思想的考察置放于与其联系紧密的“纽约知识分子”这一微观文化语境下至关重要。“贝娄一直都是一位对美国社会、文化政治场景的尖刻的评论者。”[③] 正是贝娄在初出茅庐时的左翼政治经历与晚年对其早期遭遇与信仰的修正，构成了他不同时期作品中的政治表达与哲学思考。但是学界对贝娄及其作品政治方面的评价始终存在较大分歧，著名评论家哈罗德·布鲁姆（Harold Bloom）认为，“贝娄是他那代美国小说家中最强的”，“在美国小说界，他的文学编年轴坐标位于福克纳和品钦之间，这种比较并非他所寻求，却也名副其实”。布鲁姆认为削减贝娄作品魅力的原因在于贝娄小说思想的争议性，但他也承认，“这个文学争议有时会变得比它的美学体现更有吸引力”。[④] 学界对于贝娄的负面评价主要源于贝娄小说中蕴含的思想观点，尤其是很多具有新左翼倾向的研究者对贝娄中、晚期作品中对激进文化的攻击和保守主义文化观进行了大肆批评。他们指责“贝娄对极端政治缺乏同情”，“这使得他的声誉

---

① Joseph Dorman, *Arguing the World: The New York Intellectuals in Their Own Words*, Chicago: The University of Chicago Press, 2001, p. xxiii.

② Terry A. Cooney, “Introduction”, in *The Rise of the New York Intellectuals:* Partisan Review *and Its Circle*, Madison: The University of Wisconsin Press, 1986, p. 5.

③ Peter Hyland, *Saul Bellow*, Basingstoke: Palgrave Macmillan, 1992, p. 9.

④ Harold Bloom, “Introduction”, in *Modern Critical Views: Saul Bellow*, Harold Bloom, ed., New York: Chelsea House Publishers, 1986, p. 1, p. 6.

受损”。[①] 贝娄作品意识形态的争议性造成了对作家文学成就的争议，但这种争议性也促使贝娄研究者打开了新的研究视阈。

贝娄作品中的政治思想是其哲学思想在社会事件中的具体反应。政治是复杂的，并且政治话题通常非常敏感，因此作为一名著名作家与知识分子，贝娄本人是避讳在公共场合表明自己政治立场的。目前，研究者容易给贝娄和“纽约知识分子”贴上政治标签，陷入左或右的论断中。但和政治相似，文学作品也是非常复杂的，它可以成为作家复杂而隐晦的政治思想的载体，并且文学具有更广泛的可接受性并能产生更具感召力的共鸣作用。贝娄常在小说中用隐喻、戏仿、复调等复杂的写作手法暗示政治观点，知识分子主人公大段的思想观点的独白也带给读者强烈的说服感，“贝娄的独白者们通常分享着他们的创造者的很多观点、特征与个人经验”，同时，这些小说中的思想又与贝娄的“论文、演讲、访谈”紧密相连、互为阐释。[②] 贝娄曾评价自己“是一个借助职业的反抗者”[③]，反抗作为权力斗争也是一种政治行为。贝娄评价自己是一位依靠从事写作来进行政治活动的人，由此可见贝娄的写作目的就是政治性的，并且他的作品的主要政治思想就来源于对美国社会现实的拷问这一“反抗”行为。贝娄的小说不仅是一部 20 世纪后半叶美国社会政治事件的微观编年史，也是作家对政治、历史事件的反思，更是作家对理想政治世界的建构。

但遗憾的是，目前国内的贝娄研究大多将考察重点放在贝娄作品的犹太性研究、伦理学研究、人文主义思想研究、现代性研究、现实主义研究、性别研究等方向上，而对贝娄小说中的政治思想关注不足。目前，美国关于贝娄政治研究的书籍也只有一部 2013 年出版的论文集《索尔·贝娄政治手册》(*A Political Companion to Saul Bellow*)。其他贝娄研究的论文与专著都甚少讨论贝娄作品中的政治思想，或者没有将他作品中的意识形态纳入“纽约知识分子”的研究视阈。本研究尽量选取目前贝娄作品政治学研究领域未曾关注的作品，或者试图从其他切入点与视角对贝娄的小说进行考察、分析，以得出新的结论。

---

① Robert F. Kiernan, *Saul Bellow*, New York: Continuum Publishing, 1989, p. 11.

② Gloria L. Cronin and Ben Siegel, “Introduction”, in *Conversations with Saul Bellow*, Gloria L. Cronin and Ben Siegel, eds., Jackson: University Press of Mississippi, 1994, p. vii.

③ Matthew Roudané, “An Interview with Saul Bellow”, *Contemporary Literature*, Vol. 25, No. 3 (1984), p. 279.

## 第二节　贝娄的文学创作与贝娄研究综述

### 一、贝娄和他的文学创作

贝娄的创作横跨半个多世纪，他一生共创作了14部中、长篇小说，19部短篇小说，1部戏剧，以及2部文集。如果以所获奖项作为评价一位作家文学成就的指标，贝娄可以称得上现、当代美国作家中的大师级人物，他不仅是迄今为止唯一一位三次获得美国国家图书奖的作家，还获得了法国艺术及文学勋章、犹太遗产奖、普利策文学奖与诺贝尔文学奖。由于创作时间较长、作品颇丰又取得多个重要文学奖项，贝娄研究在整个20世纪下半叶都如火如荼，研究成果可谓汗牛充栋。尽管在2000年后，随着菲利普·罗斯（Philip Milton Roth）与福厄（Jonathan Safran Foer）等后起犹太作家在美国文坛大放光芒，贝娄研究的高峰已经过去，但和其他同时代的作家相比，贝娄依旧堪称一位20世纪的经典作家。著名犹太女作家辛西娅·欧芝克（Cynthia Ozick）在2016年出版了一部论文集，其中一篇名为《索尔·贝娄的持续性》（*The Lastingness of Saul Bellow*）的文章就声称，在莱昂内尔·特里林（Lionel Trilling）、欧文·豪（Irving Howe）、苏珊·桑塔格（Susan Sontag）等一众在21世纪或过气或渐渐被人遗忘的"纽约知识分子"中，贝娄是难得的在大浪淘沙中仍然屹立于美国文学之林的作家。欧芝克认为，在21世纪的美国评论界，艾伦·金斯堡（Allen Ginsberg）和诺曼·梅勒（Norman Mailer）已经石沉大海，"只有他成就了持久不衰，只有他逃脱了黯然失色"。[①] 她指出贝娄作品的持久魅力在于其语言，也在于其思想，并认为贝娄的作品从"直通经验之路的求知"转变为"对哲学的追求"。[②] 贝娄传记作家阿特拉斯（James Atlas）也提出了相同看法，他指出"纽约知识分子"尽管在美国文化界非常有成就，但他们多半是对文化进行评论而并不擅长创作文学作品，因此"如果说有一个人将犹太文学带入美国主流，那就是索尔·贝娄，只

---

① Cynthia Ozick, "The Lastingness of Saul Bellow", in *Critics, Monsters, Fanatics and Other Literary Essays*, New York: Houghton Mifflin Harcourt Publishing Company, 2016, pp. 65 – 66.

② Ibid., p. 67.

有他具备才能和胆识超越《党派评论》文化的狭窄限制”。[①]

索尔·贝娄（1915—2005）生于加拿大魁北克省的一个小镇，犹太原名为所罗门·贝娄（Solomon Belo），他的父母均为来自俄国圣彼得堡的第一代犹太移民。贝娄的父亲亚伯拉罕·贝娄（Abraham Belo）是一个出身普通的食品进口商，他的母亲是富裕又有名望的犹太拉比的女儿，她也是一位虔诚的犹太教徒。在母亲的影响下，贝娄从小学习希伯来文、意第绪语、法语，并对《旧约》十分熟稔。贝娄的父亲亚伯拉罕因违反犹太人不得居住在圣彼得堡城里的法律而要被流放到西伯利亚，他为躲避流放之灾，在家人的帮助下，于 1913 年携全家逃往加拿大。与两位哥哥莫瑞斯（Maurice）和山姆（Sam）的健康、活泼不同，贝娄从小体弱多病，正是在养病期间，他阅读了不少文学作品并对文学产生兴趣。贝娄在蒙特利尔度过了并不富裕的童年生活，1924 年全家再次迁往芝加哥洪堡公园附近的犹太贫民区，这里也成为日后贝娄小说的场景之一。贝娄的母亲很希望他能成为一名拉比或小提琴手，但贝娄却是个“书呆子”，他阅读了大量俄国与欧洲的哲学著作、经典文学作品，并对俄国革命产生了浓厚兴趣。尽管身为犹太人，他却并不喜欢东正犹太教。这些东欧犹太移民的孩子迫切想融入新世界、开始新生活，他们有意避讳传统的东正教犹太文化，但作为美国社会中的外来者，他们又只能将融入美国社会的希望寄托于政治运动。由于布尔什维克党中的领导人多为犹太人，受此影响，在贝娄就读的中学，阅读共产主义著作、举行政治辩论和演讲在这些东欧犹太移民的孩子中蔚然成风。在贝娄 17 岁时，贝娄的母亲过世。几年后，贝娄升入芝加哥大学，在就读期间，贝娄的政治立场倾向左翼。他加入了社会主义俱乐部并负责编辑俱乐部的期刊，他还追随托洛茨基，反对斯大林的独裁政治。事实上，美国政府一直在对共产党员和亲共人士进行暗中迫害。贝娄的俄国商人父亲出于安全的考虑非常反感贝娄参与政治，他还反对贝娄从事写作，他认为文学创作无法成为一个人赖以生存的职业。在母亲死后，贝娄将功利的父亲与追求个人价值的儿子之间的冲突写进了《只争朝夕》。贝娄的两位哥哥也都继承了父亲务实的经商基因，哥哥莫瑞斯是一名犹太富商，他常在贝娄贫困时对贝娄施以经济援助，贝娄还曾在他的煤场打工，兄弟关系也被贝娄写进了小说《晃来晃去的人》《奥吉·马琪历

① James Atlas, *Saul Bellow: A Biography*, New York: Random House, 2000, p. 182.

险记》《赫索格》中。父子矛盾、兄弟矛盾一直是贝娄小说中的重要主题。

在贝娄就读芝加哥大学期间，美国发生了经济大萧条，他经历并目睹了当时芝加哥人纷纷失业、破产并走向街头示威、游行的惨状，这一情节日后被贝娄写进了小说《奥吉·马琪历险记》。随后，贝娄转学到西北大学，由于保守的文化氛围，当时美国大学的英语系主要招收盎格鲁－撒克逊白人学生，贝娄不得已选择了人类学专业。大学毕业后，他又继续在威斯康星大学拿到人类学硕士学位。评论界认为，贝娄所学的专业为他日后作品中的人文主义打下了基础。在就读期间，贝娄一边继续参与共产主义活动集会，一边创作短篇小说并投稿。1937 年，贝娄大学毕业并娶了同样对共产主义怀抱理想的高斯金（Anita Goshkin）为妻。此后，贝娄长期处于失业状态，仅靠罗斯福政府的作家救济项目以及家人的经济援助过活。30 年代，在经济大萧条、欧洲纳粹分子崛起、西班牙内战的背景下，共产主义在美国迅速传播并蔓延，但是随着斯大林与托洛茨基出现矛盾，共产主义圈子内部也出现分裂。1940 年，贝娄与妻子去拜见正在墨西哥流亡的托洛茨基，未料到达当天到托洛茨基那被斯大林派人暗杀，贝娄只看到了受重伤而亡的托洛茨基的尸体，这一政治事件也为贝娄的共产主义理想蒙上了阴影。

1941 年，贝娄第一次在《党派评论》上发表短篇小说《两个早晨的独白》（*Two Morning Monologues*）[①]，随后贝娄陆续在《党派评论》上发表多部短篇小说。1944 年，贝娄的首部长篇小说《晃来晃去的人》出版，他的写作才华得到了“纽约知识分子”成员、《党派评论》编辑拉夫（Philip Rahv）的赏识，施瓦茨（Delmore Schwartz）也在《党派评论》上发表文章《他的时代的男人》（*A Man in His Time*）夸赞他。在此期间，贝娄频繁往返于纽约格林尼治村和芝加哥住所，与“纽约知识分子”成员交往甚密，他开始一边在大学兼职教书，一边继续创作第二部长篇小说《受害者》。1948 年，作家贝娄带着朝圣的心情开始巴黎之旅，他大量接触旅居巴黎的知识分子，对欧洲哲学有了较深了解，后将与欧陆文化的对话写进小说《赫索格》中。1950 年，贝娄回到纽约，此时，麦卡锡主义（McCarthyism）在美国知识文化界暗流涌动。随后，贝娄与好友们纷纷面

---

① Brooke Allen, “The Adventures of Saul Bellow”, *The Hudson Review*, Vol. 54, No. 1 (Spring 2001), p. 81.

临被逮捕、审查的危险，这是美国极右势力对共产党员和亲共人士的一次政治迫害，如阿瑟·米勒等犹太作家都受到不同程度的影响。

此后，贝娄一直在纽约大学、芝加哥大学、普林斯顿大学等高校任教。1953 年，贝娄完成了《奥吉·马琪历险记》的创作，学界认为这部小说的现实主义描写吸收了德莱塞（Theodore H. A. Dreiser）和劳伦斯（D. H. Lawrence）的文学特征，它是贝娄第一部较为成熟的长篇小说，并获得美国国家图书奖。1956 年，贝娄出版了大获好评的中篇小说《只争朝夕》，这部小说的主人公是纽约一位失败的犹太推销员，它又回到了贝娄早期的“受害者文学”风格，主人公改名、失业、离婚的经历以及父子矛盾都有作者本人经历的烙印，小说情节紧凑，并于 1986 年被拍成电影。1959 年出版的《雨王亨德逊》与贝娄此前的城市小说不同，它的发生地在原始并富有生命力的非洲。

1964 年，贝娄出版了《赫索格》，这部小说深刻探讨了多个二元对立的意识形态主题，包括个人主义与大众社会、浪漫主义与工具理性。贝娄用荒野暗喻美国社会 60 年代即将到来的无序与混乱，主张秩序而反对“垮掉的一代”的情感过溢。这部小说也使贝娄第二次获得国家图书奖。1967 年，贝娄出于犹太人的使命感前往以色列和巴勒斯坦，报道六日战争，并因此获犹太遗产奖。1970 年，贝娄出版长篇小说《赛姆勒先生的星球》，并第三次获得国家图书奖。该小说的主人公赛姆勒是一位 70 余岁的大屠杀幸存者，小说富含赛姆勒与 60 年代美国反文化运动的对话，在他眼中，这些“极端”的新左翼青年们使美国社会无序、疯狂。然而，这部小说却被认为政治立场保守、不支持反文化运动，因而受到很多新左翼人士批评。

1970 年，贝娄再次前往以色列讲学。1973 年，贝娄开始创作《洪堡的礼物》，它以美国高级知识分子圈为背景，叙述了新旧两代作家文海沉浮的故事，但事实上这部小说关注的却是诗性精神的衰落与文学在大众社会的困境。1975 年，《洪堡的礼物》出版后，获得普利策文学奖并在其他国家大受好评。在这部小说巨大成功的推动下，1976 年，贝娄获得诺贝尔文学奖。同年，贝娄再次前往以色列并创作《耶路撒冷归去来》，但在这部文集中，贝娄始终以“一种公平的、客观的局外人视角”来描述以色列的形势[1]。80 年代，贝娄先后出版长篇小说《院长的十二月》与《更多的人死于心碎》，这两部小说都涉及知识分子主人公的婚姻生活。1989 年，贝娄出版中篇小说《偷窃》与《贝拉罗莎暗道》。《偷窃》是贝娄唯一一部主人公为女性的小说。在《贝拉罗莎暗道》中，贝娄塑造了一位大屠杀背景下的犹太英雄罗斯。1997 年，贝娄出版中篇小说《真情》，小说主人公哈里是一位长着中国人面孔的“局外人”，这部小说也反映了贝娄晚年对待少数族裔态度的多样性转变。

2000 年，85 岁的贝娄出版最后一部长篇小说《拉维尔斯坦》。这部小说是一部以贝娄挚友、“纽约知识分子”成员、美国著名学者艾伦·布鲁姆（Allan Bloom）为原型的传记小说，它因首次披露布鲁姆的同性恋行为与艾滋病死因而在出版后引起争议性轰动。它被认为是贝娄作品中最具犹太性的一部，这也恰恰说明已经成功成为美国主流作家的贝娄不会再像从前那样在作品中刻意抹除犹太性，而是选择一种回归，但这种回归是犹太精英知识分子在美国文化界的一种发声，而不是宗教意义和传统文化上的犹太性回归。

## 二、国外贝娄研究综述

尽管不幸作为一名成长于大萧条时期的作家，在相当长一段时间内贝娄都因从事写作而经济拮据，但从迈入文坛伊始，贝娄就因受左翼思想的吸引而幸运地走入了一个异常团结的犹太知识分子圈，并在此后的一段时间内颇受诸多犹太文人前辈的照拂。《党派评论》不仅为他的早、中期作品提供了发表的平台，其他“纽约知识分子”还不遗余力地在文化界对他的作品进行“宣传”“推销”。在一段时间内，几乎每当贝娄有新作问世，这些已经取得一定声誉的前辈作家就会在期刊上发表关于贝娄新作的书评。施瓦茨于 1944 年在《党派评论》上为贝娄撰写了他首部长篇小说的第一篇书评。另一位“纽约知识分子”成员特里林（Diana Trilling）也在 1948 年为贝娄的第二部小说《受害者》撰写书评《小说评论》（Fiction in Review）。1954 年，施瓦茨又于《党派评论》发表针对《奥吉·玛琪历险记》的书评《美国历险记》（Adventure in America），新批评创始人之一的华伦（Robert Penn Warren）也发表了书评《无责任的男人》

---

[1] Robert F. Kiernan, *Saul Bellow*, New York: Continuum Publishing, 1989, p. 13.

(*The Man with No Commitments*) 为这部小说助阵，“纽约知识分子”成员蒲德赫莱茨（Norman Podhoretz）也发表了《生活的语言》（*The Language of Life*）一文称赞贝娄。随后，文学界开始陆续出现关于贝娄的书评和贝娄研究的相关论文。

60 年代，随着贝娄的小说两次获得美国国家图书奖，贝娄在美国文学界的地位得以确立，相关贝娄研究的重要专著开始出版。1976 年，贝娄获得诺贝尔文学奖后，贝娄研究专著与论文的数量呈井喷状态，并且贝娄研究在俄罗斯、以色列、中国、日本等国家都逐渐受到重视。自 1981 年以来，国际索尔·贝娄学会定期出版学术期刊《索尔·贝娄学刊》(*Saul Bellow Journal*)。由贝娄研究者克拉宁（Gloria L. Cronin）与豪尔（Blaine H. Hall）1987 年出版的《索尔·贝娄：注释书目》（*Saul Bellow: An Annotated Bibliography*）一书收录了关于贝娄研究的 46 部专著、1200 多篇论文与 91 篇博士学位论文的目录和摘要，这些论著来自世界各地。到 2016 年，有关贝娄的专著已超过 60 部，仅贝娄的传记就包括米勒（Ruth Miller）1991 年出版的《索尔·贝娄：想象的传记》（*Saul Bellow: A Biography of the Imagination*）、海兰德（Peter Hyland）1992 年出版的《索尔·贝娄》（*Saul Bellow*）、柯南（Robert F. Kiernan）1989 年出版的《索尔·贝娄》（*Saul Bellow*）、里德（Zachary Leader）2015 年出版的《索尔·贝娄的生活：名声与财富，1915—1964》（*The Life of Saul Bellow: To Fame and Fortune*, 1915 – 1964）、阿特拉斯（James Atlas）2000 年出版的《贝娄：一部传记》（*Bellow: A Biography*），以及一部贝娄的儿子格利高里（Gregory Bellow）2013 年出版的回忆录《索尔·贝娄的心：一个儿子的回忆录》（*Saul Bellow'sHeart: A Son'sMemoir*），和哈瑞斯（Mark Harris）1980 年出版的描述自己在企图书写贝娄传记的过程中与贝娄打交道的经历《索尔·贝娄：谷堆土拨鼠》（*Saul Bellow: Drumlin Woodchuck*）。

国外学界对贝娄作品的态度经历了从普遍赞誉到走向分歧的过程，但是贝娄研究也从早、中期具有一定的相似性过渡到后期的多样化。在六七十年代，贝娄研究经历了第一个高峰，这个时期的贝娄研究尽管视角各异，“但却共同赞颂索尔·贝娄是一名人文主义者与当代的新超验主义者”①。多数评论者都将贝娄小说中主人公在冷酷的、丛林法则的、功利化的世界中被边缘化的遭遇理解为贝娄对人性的歌颂和对美国现代社会的批判，只是有的学者认为这是贝娄对于普世的个人价值的肯定，而有的学者认为这与东正教传统和贝娄的犹太性有关，还有的学者不赞同贝娄这样写作，认为这破坏了小说的艺术性。坦纳（Tony Tanner）在《索尔·贝娄》（*Saul Bellow*）一书中梳理了贝娄与欧洲文化传统的关系，并将贝娄的写作手法与现代主义文学做了比较，但他对贝娄的超验主义观点持保留态度，他认为贝娄的小说结局过于追求超验性而缺乏情节，也削弱了对社会矛盾的真正关注，因为贝娄的作品结尾往往突然洋溢起一种对人性的乐观，而没有为身陷泥沼的主人公找出真正的解决之道。克莱顿在《索尔·贝娄：为人而辩》中指出，贝娄从以下三个方面反对现代主义文化或现代主义文学：20世纪的文化虚无主义、现代文学中的异化以及现代文学对“独立的自我”的贬低。② 他不仅用心理分析的方法将贝娄小说中的人物归纳为诸如“受虐狂”等不同的精神类型，还指出贝娄作品中的人物最终通过内心情感实现对物理世界的超验。皮弗在《格格不入的索尔·贝娄》中认为，贝娄是一位激进的反对当代文化的作家，他的作品具有反文化特征，他挑战物质主义的价值观和理性思想，坚持书写人类的精神实质，贝娄小说中普遍存在的追寻主题正是主人公企图在人类的困境中寻求一种超验的出路、一种超出物理存在的彼岸世界。③ 海兰德（Peter Hyland）在《索尔·贝娄》（*Saul Bellow*）一书中表明，贝娄作品涉及20世纪多种传统观念，这实际标志着贝娄对多形态的美国文化所持有的折中主义态度。欧普达尔在《贝娄小说：介绍》中认为，贝娄小说具有明显的模糊性，这不仅源自他的主人公总是想“寻找一个新环境”，也源于贝娄“对意义的追寻”，这些主人公在两种世界观中撕裂，他们犹豫是该激

---

① Gloria L. Cronin and L. H. Goldman, “Introduction”, in *Saul Bellow in the* 1980*s*: *A Collection of Critical Essays*, Gloria L. Cronin and L. H. Goldman, eds., East Lansing: Michigan State University Press, 1989, p. 1.

② John Jacob Clayton, *Saul Bellow*: *In Defense of Man*, Bloomington and London: Indiana University Press, 1979, pp. 3 – 4.

③ Ellen Pifer, *Saul Bellow Against the Grain*, Philadelphia: University of Pennsylvania Press, 1990, pp. 1 – 2.

烈地反抗还是快乐地顺从。贝娄描写主人公的超验，也不得不书写超验的困难。[①]波特在《权力来自何处？索尔·贝娄的艺术性与人性》中，通过形式主义新批评研究方法细读贝娄的文本，主要研究两个问题，小说的艺术手法和小说中的人性。[②] 达顿在《索尔·贝娄》一书中指出，贝娄小说的主题是“个人对决社会”和“自我矛盾的个人”，这些主人公有“强烈的自我感”，他认为贝娄的作品很诚实而且并没有美化这个“非人的”“机械的”社会。[③] 1976 年，瑞典学院在为贝娄颁发诺贝尔文学奖的颁奖词中，评价贝娄一扫早前美国文坛富有男子气概的硬汉式叙事风格，他关注人物的内心感受，他的“这些故事不戏剧化，甚至有时含有暴力行为，但却在主人公的内在自我上洒下光芒”。委员会认为贝娄小说中的小人物主人公都是“反英雄”，并且“反英雄如今已大行其道”，“贝娄混合了流浪汉小说传统和对我们文化的精妙分析”，“以及与读者的哲学对话”。[④]

到了 80 年代，尽管研究者们在思路上仍与 70 年代一脉相承，但贝娄研究的视阈范围呈现出广度的变化，并且开始向不同方向的文化研究纵深。首先，贝娄研究的历史学方向取得了巨大进展。1984 年，英国学者纽曼率先出版了《索尔·贝娄与历史》，一改以往贝娄研究多注重人物心理和精神状态分析而忽略社会因素的情况。她指出，以往研究者总是认为“他的历史感只是对他的小说起到辅助作用”，但这样一种“错误的”看法“将受到挑战”。纽曼认为“是历史观在各种伪装之下在推动和掌控着情节、人物和主题的动态变化”。[⑤] 同年，福施（Daniel Fuchs）出版了《索尔·贝娄：观点与修订》（*Saul Bellow*：*Vision and Revision*），他先是分析了贝娄与现代传统的关系以及对俄国作家陀思妥耶夫斯基风格的借鉴，接着以详细的史料展示了贝娄 6 部长篇小说、1 部戏剧、数部短篇小说从手稿创作到最终出版几经修改的文本生成过程。1985 年，威尔森出版《在贝娄的行星上：来自黑暗面的阅读》，他指出贝娄小说中普遍存在辩

---

① K. M. Opdahl, *The Novels of Saul Bellow*: *An Introduction*, Pennsylvania: Pennsylvania State University Press, 1967, pp. 3 – 4, p. 17.

② M. Gilbert Porter, *Whence the Power? The Artistry and Humanity of Saul Bellow*, Columbia: University of Missouri Press, 1974, p. 4.

③ Robert R. Dutton, *Saul Bellow*, Woodbridge: Twayne Publishers, 1982, pp. 13 – 14.

④ http: //www. nobelprize. org/nobel_ prizes/literature/laureates/1976/press. html

⑤ Judie Newman, *Saul Bellow and History*, New York: St. Martin'sPress, 1984, p. 1.

证思想以及“犹豫不决的主人公晃来晃去的状态”，这种晃来晃去的状态使他们陷入“令人不适的进退两难境地”。[①] 2000年，由阿特拉斯撰写的《贝娄：一部传记》（*Bellow*：*A Biography*）出版，和先前的贝娄传记相比，它更注重对贝娄的经历、历史语境和贝娄文学创作之间的关系挖掘。2012年，由泰勒（Benjamin Taylor）编辑的《索尔·贝娄书信集》（*Saul Bellow*：*Letters*）出版，该书收录了700多封贝娄生前与亲朋好友及文化界人士的私人通信，是非常有价值的贝娄研究资料。2016年，米克斯出版《贝娄的人：贝娄如何将生活变为艺术》一书，他认为贝娄的小说关注人格，贝娄的人格也在小说中得以体现，他解释道“人格不同于文化身份，尽管文化身份有助于塑造人格”。这本专著“描述了几位尖刻的、令人难忘的人格，贝娄熟知这些人格并将它们转化进自己的书里，这包括他的朋友、家人、前妻们和不共戴天的敌人”，“这些男人和女人推动着他成了这样一位作家”。[②]

其次，贝娄的女性主义批评在80年代开始出现。1979年麦金托什（Esther Mackintosh）首先发表博士论文《索尔·贝娄小说中的女性人物》（*The Women Characters in the Novels of Saul Bellow*），将贝娄小说中的女性人物分为四个类型，分析她们的个体性。1980年瑞纳（Sherry Levy Reiner）发表博士论文《爱让现实成真：索尔·贝娄主人公眼中的女人》（*It'sLove that Makes Reality Reality*：*Women Through the Eyes of Saul Bellow'sProtagonists*），分析贝娄八部小说中男主人公视角下的女性“他者”人物。春（Younsook Na Chung）撰写博士论文《贝娄笔下的女性：一位主要美国作家的局限》（*Bellow'sWomen*：*The Limitations of a Major American Writer*），在对11部短、中、长篇小说进行分析的基础上，阐述贝娄主要创作了一个由中产阶级白人男性构成的世界；贝娄虽为一个人文主义作家，但对女性人物却持有偏见。玛穗（Hiromi Matsui）发表博士论文《未发展的到故意不发展的女性人物：贝娄小说（1944—1975）中的女性原型》（*Undeveloped to Willfully Non-developed Women*：*Female Stereotypes*

---

① Jonathan Wilson, *On Bellow'sPlanet*: *Readings from the Dark Side*, Rutherford: Fairleigh Dickinson University Press, 1985, p. 19.

② David Mikics, *Bellow'sPeople*: *How Saul Bellow Made Life into Art*, New York and London: W. W. Norton & Company, 2016, pp. 12 – 14.

*in Saul Bellow'sNovels 1944 – 1975*）分析贝娄小说中的女性原型与小说主题、写作技巧的关系。同一类型的女性主义贝娄研究专著还有麦克卡登（Joseph F. McCadden）1980 年出版的《飞过女人：贝娄小说》（*The Flight from Women：In the Fiction of Saul Bellow*）。2001 年，克罗宁出版了贝娄性别研究专著《一间他自己的房间：寻找索尔·贝娄小说中的女性主义》，她认为贝娄的作品具有男性单一声调，他的小说中有很多“令人讨厌的母亲”和“具有毁灭性的妻子与情人”形象，并且充满了患有“厌女症”的男主人公，贝娄小说中的男主人公因想要摆脱生活中、时代中的压迫而具有超验性，他们想超越并追寻的恰恰是女性气质。①

最后，贝娄作品的文化研究从 80 年代开始火爆。1984 年，同为东欧美国犹太移民的高德曼（L. H. Goldman）在《索尔·贝娄的道德视阈：对犹太经验的批评研究》（*Saul Bellow'sMoral Vision：A Critical Study of the Jewish Experience*）中表示贝娄小说的主题与他的犹太背景及《旧约》有着重要联系。他指出，犹太文化对贝娄小说的影响要比贝娄承认的更深远，在功能上也重要得多。2004 年，学者奎犹姆（M. A. Quayum）出版了《索尔·贝娄与美国超验主义》（*Saul Bellow and American Transcendentalism*），他追寻了贝娄的超验主义思想与爱默生、梭罗、惠特曼的联系以及贝娄对他们思想传统的继承。2016 年，康奈利（Mark Connelly）出版《索尔·贝娄：文学手册》（*Saul Bellow：A Literary Companion*），对贝娄研究的各个方面进行了比较广泛的介绍。

除以上专著和学位论文外，还存在大量贝娄研究论文合集。由布鲁姆（Harold Bloom）主编的《现代批评观点：索尔·贝娄》（*Modern Critical Views：Saul Bellow*）收录了国外知名贝娄研究者撰写的 17 篇论文，从人物分析、文章体裁、心理分析、小说的历史主题、大屠杀研究、哲学意义、贝娄与陀思妥耶夫斯基的关系等几方面对贝娄的小说进行分析与考察。由巴赫（Gerhard Bach）主编的《索尔·贝娄批评反应》（*The Critical Response to Saul Bellow*）选取了贝娄的 16 部短、中、长篇小说作为研究对象，每部作品收录 2 ～ 5 篇论文，非常有助于加深对单部作品的理解。由郝拉罕（Eugene Hollahan）主编的《索尔·贝娄和在中心的挣扎》（*Saul*

---

① Glorial L. Cronin, *A Room of His Own：In Search of the Feminism in the Novels of Saul Bellow*, Syracuse：Syracuse University Press, 2001, p. 3, p. 20, p. 22.

*Bellow and the Struggle at the Center*）收录了15篇论文，这部文集主要以贝娄及贝娄不同作品中的思想为研究对象，涉及文化研究、心理学研究、犹太性研究、哲学研究等。此外，克拉宁（Glorial L. Cronin）与高德曼（L. H. Goldman）合编的《索尔·贝娄于80年代：批评论文合集》（*Saul Bellow in the 1980s: A Collection of Critical Essays*）也收录了多篇贝娄研究论文，主要运用文化研究方法将贝娄整体作品作为考察对象从某一方面进行分析，或对贝娄单部作品进行梳理。2000年出版的由巴赫（Gerhard Bach）与克拉宁（Gloria L. Cronin）合编的《小行星：索尔·贝娄和短篇小说艺术》（*Small Planets: Saul Bellow and the Art of Short Fiction*）又是一部贝娄研究力作，该书收录了共26篇论文，以早前未得到充分重视的贝娄中、短篇小说为研究对象，加强了贝娄研究的系统性。2013年由克拉宁（Glorial L. Cronin）与揣潘尼尔（Lee Trepanier）合编的《索尔·贝娄政治手册》（*A Political Companion to Saul Bellow*）出版，它共收录9篇论文，从政治学角度分析了贝娄的作品与他的早期左倾经历，以及贝娄作品中的种族观、女性观、文化观，该书是目前唯一一部以贝娄政治思想为研究对象的书籍，补充了贝娄政治学研究的匮乏。

## 三、国内贝娄研究综述

国内贝娄研究最早可追溯到陆凡在1979年第1期《文史哲》发表的对贝娄及其作品的概要介绍《美国当代作家索尔·贝娄》一文，同年还有两篇贝娄简介及其作品书评发表。此后几年，贝娄研究主要以介绍和书评为主，这其中比较具有代表性的文章包括：基思·博茨福德和张群于1990年第6期《外国文学》发表的《索尔·贝娄——美国的骄子》、徐新于1991年第1期《当代外国文学》发表的《美国作家贝娄析论》、韩维于1991年第3期《外国文学研究》发表的《一幕当代生活的喜剧——评索尔·贝娄新作〈更多的人死于伤心〉》等。

1983年开始，学界出现贝娄小说人物研究，这些论文或者分析贝娄某部作品中的主人公来探寻小说的主题，或者将贝娄作品中的“知识分子”人物作为整体来进行研究并借此阐释贝娄的思想。此外，贝娄作品的人物研究还包含“父子关系”研究与“引路人”研究，其中比较具有代表性的论文包括：孙恺祥于1983年第2期《外国语文》上发表的《贝娄的小说〈赫尔索格〉人物塑造浅析》、韩秀梅于1993年第4期《山东外语教学》上发表的《谈贝娄笔下的知识分子形象》、张均与殷耀于2000年第3期《东北师大学报》上发表的《人物形象与作者主观精神的外化——从摩西·赫索格透视贝娄对社会与人生的探索》、尤广杰于2016年第2期《外语学刊》上发表的《二元对立视角下〈离别黄屋〉的女主人公》、刘兮颖于2004年第3期《外国文学研究》发表的《论索尔·贝娄长篇小说中隐喻的“父与子”主题》、张军于2013年第3期《外国文学》发表的《贝娄〈赛姆勒先生的行星〉中的引路人研究》等。

1984年开始，国内学界出现了对贝娄作品中的艺术手法进行研究的论文，比如，王宁于1985年第7期《外国文学》发表的《浅论索尔·贝娄的小说创作》、陈世丹于1995年第2期《四川外语学院学报》发表的《“奇特的脚需要奇特的鞋”——〈洪堡的礼物〉艺术手法浅论》等。对贝娄作品具体的艺术手法研究又主要分为以下几类：喜剧或戏剧风格研究、母题研究、现实主义研究、叙事学研究。

贝娄作品喜剧或戏剧风格研究的代表作包括：于清一于1990年第2期《辽宁教育学院学报（社会科学版）》发表的《索尔·贝娄：当代西方精神历程的戏剧化》、包鹏程于1993年第6期《湖北大学学报（哲学社会科学版）》发表的《索尔·贝娄小说的悲喜情绪趋向》、秦红霞于2013年第11期《西南农业大学学报（社会科学版）》发表的《汉德森与西西弗：荒诞世界的生活英雄》等。

贝娄小说的母题研究包括：廖七一于1994年第1期《外国文学研究》发表的《论〈奥吉·玛琪历险记〉的神话母题》、陶家俊与郑佰青于2004年第4期《外国文学研究》发表的《论〈格列佛游记〉和〈赛姆勒先生的行星〉中的反社会人性母题》、江宁康于2006年第1期《当代外国文学》发表的《评〈拉维尔斯坦〉的文化母题：寻找自我的民族家园》、张军与吴建兰于2011年第3期《江西社会科学》发表的《美国犹太文学中的“父与子”母题及其社会功能研究——以索尔·贝娄的〈勿失良辰〉为例》、王香玲于2016年第2期《外语教学》发表的《追寻与重生：〈赫索格〉的神话——原型解读》等。

由于贝娄小说关注现代资本主义社会中小人物的内心、情感、思想并且小说具有较强的意识流风格，相当一部分论文都涉及人物的心理分析和异化主题，比如，苏晖在1995年第3期《外国文学研究》上发表的《焦虑、探索、回归——论索尔·贝娄主人公心理模式》、修立梅于2003年第

4期《国外文学》发表的《从“我要”出发试析雨王汉德森的精神危机》、祝平于2008年第4期《外语研究》发表的《从“我要！我要！我要！”到“她要，他要，他们要”——丰裕社会中的“雨王汉德森”的精神回归》等。

贝娄小说多采取现实主义写作手法，此方向的重要论文包括：毛德信于1982年2月《外国文学研究》发表的《美国当代现实主义的主要发言人——索尔·贝娄》、陈世丹于1998年第2期《当代外国文学》发表的《〈赫索格〉中现实主义与现代主义的交融》、管阳阳于2014年第7期《中州学刊》发表的《〈洪堡的礼物〉中的都市问题及对中国的启示》、张昀于2016年第3期《外语研究》发表的《〈更多的人死于心碎〉：贝娄对当代社会与人生的道德追问》等。

在叙事手法上，贝娄小说的叙事借助了信件、日记等形式，叙事时间也有较大跳跃性，因此在贝娄作品的艺术手法研究中，叙事学研究也取得了丰硕的成果，这其中包括：李知于1994年第6期《小说评论》发表的《索尔·贝娄小说的叙述信息密度》、陈榕于1999年第1期《解放军外国语学院学报》发表的《索尔·贝娄〈赫索格〉：书信技巧的挖掘与创新》，徐文培与张建慧于2006年第4期《外语学刊》发表的《〈洪堡的礼物〉中的“复调”解读》、程锡麟于2012年第5期《外国文学》发表的《书信、记忆与空间——重读〈赫索格〉》、宁东于2015年第4期《重庆交通大学学报（社会科学版）》发表的《〈赛姆勒先生的行星〉中的疾病叙事》等。

除贝娄作品的艺术手法研究外，近年来贝娄作品的文化研究取得较大进步，主要涵盖：女性主义研究、哲学研究、犹太性研究、伦理学研究等。女性主义研究主要包括论文：陆凡于1980年第4期《文史哲》发表的《索尔·贝娄小说中的妇女形象》、汪海如于1995年第4期《国外文学》发表的《女性意识的觉醒——论贝娄笔下的职业女性》、张群于2002年第6期《外国语》发表的《男人世界中的女性——论索尔·贝娄小说中的女性形象》、刘文松于2002年第5期《厦门大学学报（哲学社会科学版）》发表的《贝娄小说中知识分子夫妻之间的权力关系》、唐永辉于2011年第3期《苏州大学学报（哲学社会科学版）》发表的《“疯子赫索格”与“阁楼上的疯女人”——从小说〈赫索格〉看索尔·贝娄对女性主义的焦虑于反拨》。贝娄作品的哲学研究主要涉及贝娄作品中的存在主义哲学、亚里士多德哲学、马丁·布伯哲学，如胡艺珊于1996年第4期《解放军外国语学院学报》发表的《试论〈洪堡的礼物〉的存在主义思想》、刘富强于2013年第32期《语文建设》发表的《〈奥吉·玛琪历险记〉的存在主义解读》、宁东于2010年第1期《西安石油大学学报（社会科学版)》发表的《索尔·贝娄〈洪堡的礼物〉中的马丁·布伯哲学》、宁东于2013年第6期《重庆交通大学学报（社会科学版)》发表的《从亚里士多德伦理学看贝娄小说〈拉维尔斯坦〉》等。贝娄及其作品的犹太性研究包括：高迪迪于2011年第3期《外语学刊》发表《走向和谐之路——索尔·贝娄早期小说犹太人发展主题模式研究》、郑丽于2012年第1期《当代外国文学》发表的《索尔·贝娄〈受害者〉中的希伯来哲学与宗教》、简悦于2016年第1期《当代外国文学》发表的《〈抓住时日〉对犹太人现代化“旅行”的反思》等。此外，贝娄作品的伦理学研究也一直颇受国内学界关注，其中比较具有影响力的论文包括：祝平于2009年第2期《国外文学》发表的《“最好莫如作一个士兵”——索尔·贝娄〈只争朝夕〉的伦理指向》、刘兮颖于2010年第3期《外国文学研究》发表的《贝娄与犹太伦理》以及于2015年第6期《外国文学研究》发表的《〈赫索格〉中的身份危机与伦理选择》等。

还有相当一部分论文涉及贝娄及其作品的思想性研究，主要包括贝娄作品的现代性研究、贝娄作品与浪漫主义传统研究、贝娄作品中的二元对立思想研究。这其中比较典型的论文包括：乔国强于2013年第6期《上海大学学报（社会科学版)》发表的《论索尔·贝娄小说中的现代性》、蓝仁哲于2004年第6期《四川外语学院学报》发表的《〈雨王亨德森〉：索尔·贝娄的浪漫主义宣言》、车凤成于2008年第4期《重庆工商大学学报（社会科学版)》发表的《贝娄小说创作中三重“二元对立”内在关系分析》等。

2002年河北教育出版社首次出版由宋兆霖主编的共14卷《索尔·贝娄全集》译著，它包括贝娄除最后一部小说外的全部短、中、长篇小说以及两部贝娄文集。正是从这一年起，国内贝娄研究论文上升至以每年两位数增长的规模。2000年，译林出版社出版了胡苏晓翻译的贝娄最后一部小说《拉维尔斯坦》。2016年，人民文学出版社又重新翻译、出版了《索尔·贝娄作品集》，囊括了贝娄多部长篇小说。

在21世纪之后，贝娄综述研究与读者接受研究开始出现。2003年，刘文松首次在国内期刊发表贝娄研究综述论文《国内外索尔·贝娄研究现状》，其他贝娄研究综述还包括：祝平于2006年第5期《广西社会科学》发表的《国内索尔·贝娄研究综述》、宋德伟于2006年第6期《河南师范大学学报（哲学社会科学版）》发表的《新世纪国内索尔·贝娄研究述评》、祝平于2007年第2期《外语教学》发表的《国外索尔·贝娄研究述评》、乔国强于2012年第3期《当代外国文学》发表的《新世纪美国贝娄研究概述》、张军等人于2016年第1期《外语教学》发表的《索尔·贝娄国内研究综述》等。贝娄作品的读者反应研究论文有汪汉利在2011年第3期《求索》发表的《索尔·贝娄在中国的传播与接受》。同时，国内学者还分析了贝娄研究在日本与俄罗斯的发展情况，比如何建军发表论文阐述日本的贝娄研究综述，邢淑与陈小强发表论文介绍俄罗斯的贝娄研究概况。

国内目前有多部公开出版的贝娄研究博士毕业论文，其中很多作者都出版了相关贝娄研究专著。白爱宏于2012年出版了《抵抗异化：索尔·贝娄小说研究》，该书结合美国社会历史语境对贝娄作品的异化主题进行了分析。张军于2013年出版了《索尔·贝娄成长小说中的引路人研究》，主要涉及贝娄作品的犹太性与伦理学研究。籍晓红于2015年出版了《行走在理想与现实之间：索尔·贝娄中后期五部小说对后工业社会人类生存困境的揭示》，该书从文化批评的角度对贝娄作品进行了分析，涉及贝娄小说的消费文化研究、异化主题、荒原主题、生态主义研究等。汪汉利于2016年出版了《索尔·贝娄小说研究》，主要分析贝娄作品对文化传统的吸收与对话。高迪迪于2016年出版了《索尔·贝娄早期小说研究》。赵霞于2016年出版了《城市想象和人性救赎：索尔·贝娄小说研究》。彭涛于2016年出版了《〈赫索格〉视域下的索尔·贝娄犹太意识》。

此外，学者乔国强于2014年出版了《贝娄学术史研究》一书，它不仅对贝娄研究做了历史性的综述概括并介绍了贝娄研究在欧洲、美洲、亚洲的接受情况，还从贝娄的创作思想、犹太性、贝娄小说中的现代性、贝娄笔下的城市四个方面进行分析。乔教授还于同年编纂了贝娄研究论文集《贝娄研究文集》，共收录了23篇国外学者撰写的贝娄研究论文。武跃速于2018年出版了《后现代语境中的思想者：索尔·贝娄研究》。赵秀兰于2018年出版了《后现代语境中的超验主义思想——索尔·贝娄小说研究》。

尽管贝娄研究成果汗牛充栋，但目前国内涉及贝娄政治研究的论文寥寥无几，该方向论文包括：乔国强于2012年第4期《外国文学评论》发表的《索尔·贝娄、托洛茨基与犹太性》，分析了贝娄早期左翼政治经历与其犹太文化身份的关系；武跃速于2016年第2期《浙江社会科学》发表的《索尔·贝娄在60年代的保守态度——以〈赫索格〉和〈赛姆勒先生的行星〉为例》；还有笔者于2019年第1期《国外文学》发表的《索尔·贝娄〈赛姆勒先生的行星〉小说内外的政治图景与反暴力主旨》。

## 第三节 贝娄小说与20世纪美国政治语境变迁

贝娄生于1915年，仅在其出生2年后，俄国就爆发了十月革命，由列宁领导的布尔什维克党取得了革命胜利，建立了苏维埃政权。作为一名俄国犹太移民后裔，贝娄和很多同代的“纽约知识分子”一样在青少年时期就被轰轰烈烈的共产主义运动所吸引。1929年美国爆发经济大萧条，一方面人们感到这无疑验证了马克思对资本主义政治经济矛盾的揭露，另一方面相当多的民众开始相信马克思对共产主义、社会主义将取代资本主义的预言，马克思主义思想在全球迅速传播。贝娄也深受马克思主义的影响，20世纪初他作为犹太移民后裔居住在城市中的犹太社区，他就读的学校也以东欧犹太移民为主，现实中美国经济的萧条、移民家庭在他乡生存的艰辛、马克思主义书籍中的红色理想、故土俄国的政治巨变都使得贝娄一方面小小年纪就以极强的正义感和责任感参与政治、批评社会，另一方面又将马克思主义当作根治社会疾病的良药，如饥似渴地研读共产主义著作，投身于共产主义运动。由于大萧条对这一代年轻人的家庭、就业甚至人格的养成都影响深远，加之马克思主义思想对经济决定论（economic determinism）的强调，贝娄在创作初期颇为关注资本主义社会的经济矛盾并主要采用了社会现实主义的写作手法。不仅本书涉及的两部贝娄“受害者”小说中的主人公全部为失业者，贝娄早期小说中也有不少破产者，其中不乏因投资股票或商品失败导致破产的人物，贝娄对资本主义社会中被边缘化的“受害者”人物的关注与贝娄的早期遭遇和周围环境有关。

然而，30年代后期，共产主义内部开始出现分裂，斯大林在接替列宁、掌管政权后开始独裁统治，他进行了一系列以权力斗争为目的的共产党员内部清洗活动。1936—1938年，他发动了莫斯科公审（The Moscow

Trials)，对老布尔什维克党员进行栽赃陷害。1939 年，斯大林与希特勒在“二战”爆发前签署了《苏德互不侵犯条约》（Molotov-Ribbentrop Pact）。斯大林推崇“一国社会主义”（Socialism in One Country），与之相反，美国左翼知识分子崇拜的托洛茨基依据马克思与恩格斯的主张，提倡团结全世界的无产阶级进行“永久革命”（the Permanent Revolution），实现国际共产主义。在斯大林的迫害下，托洛茨基不得不开始流亡生涯。1940 年，托洛茨基被暗杀于墨西哥城。1943 年，象征着全世界无产阶级大团结的“共产国际”宣布解散。所有这些共产主义内部的政权斗争、斯大林的独裁统治和与纳粹分子的肮脏交易，都使得 40 年代的美国左翼人士在一定程度上感到理想破灭，他们开始对马克思主义进行反思，对自身的极左立场进行修正，他们的口号从为社会革命变为为个人革命。1940 年，贝娄因崇拜托洛茨基专程跑到墨西哥城去拜访他，但在到达的当天托洛茨基被斯大林派人暗杀，贝娄只看到托洛茨基的尸体，这件事带给贝娄极大的震动，他以托洛茨基为原型创作了短篇小说《墨西哥将军》（*The Mexican General*）。此外，40 年代的共产主义思想还呈现出人文主义与自由主义的特征，在“一战”到“二战”期间，存在主义哲学、弗洛伊德和荣格的心理分析都对整个西方思想界产生了巨大影响，因此，贝娄 40 年代的小说偏向对边缘人物内心情感的剖析以及对个体价值的关照。

50 年代，代表美国极右势力的麦卡锡主义对共产党员进行审查、迫害，一些与共产主义无关但追求进步、民主的左翼人士也难逃其害。贝娄的长子格利高里回忆道，“在 50 年代中期麦卡锡听证会之前，贝娄非常害怕被召见到华盛顿做测试，他与妈妈认识的很多人都被召去做测试了，他俩都很害怕，尽管他俩并不是已注册的共产党员”①。在严酷的政治语境下，左翼人士纷纷自保，对政治避之不及。1952 年，《党派评论》发表了一篇名为《我们的国家和我们的文化》（*Our Country and Our Culture*）的文章，这篇文章所表达的政治声明标志着《党派评论》与左倾思想彻底划清界限，它也是“纽约知识分子”对共产主义的集体背离。贝娄的小说基本都非常贴近现实生活，但只有 1959 年出版的《雨王亨德逊》将

① Gloria L. Cronin, “Our Father'sPolitics: Gregory, Adam and Daniel Bellow”, in *A Political Companion to Saul Bellow*, Gloria L. Cronin and Lee Trepanier, eds., Kentucky: The University Press of Kentucky, 2013, p. 191.

背景置于神秘的非洲大陆，这部小说不仅脱离现实，也含有颇多幻想和寓言成分，它与贝娄其他作品风格迥异的原因很可能是美国50年代政治语境对思维和意识形态的严厉管控。

60年代初期，贝娄的思想仍然处于从左翼到中立的摇摆转型期，但美国的政治语境却随着民权运动、女权运动、学生运动、反越战运动规模浩大地展开再次陷入极左，这场声势浩大的社会革命源于“二战”后婴儿潮一代对政府、对权威、对大公司的质疑与对现存政治体制的不满，但在推行民主的过程中，出于不可控的因素，这场追求平等、人权与多样性的社会革命逐渐演变为一股失去理性控制的强大力量，它对现有社会秩序进行着颠覆式破坏。对于很多老左派来说，年轻时共产主义革命理想失败的经历以及犹太知识分子的辩证哲学观使得他们逐渐从最开始支持反文化运动对人性的解放与少数族裔、女性对平等权利的追求，转为对反文化运动持怀疑态度。因联想到自己的同胞在欧洲被纳粹实施大屠杀，犹太知识分子对由反文化运动导致的无政府状态与整个国家恶劣的治安环境更加忧虑、恐惧。对贝娄来说，当一场推行民主的革命已经变为暴力地强迫每一个人都必须参与其中、都必须为它摇旗呐喊，仅仅因为自己在现实与小说中表达出质疑与冷眼旁观的态度就被新左翼青年和评论家人身攻击甚至大肆侮辱的时候，这场原本意在推动多样性的民主革命本身就成了一种胁迫他人必须与其保持一致性的行为，而他作为“纽约知识分子”的社会功用与价值就是拷问现实。

尽管如此，新左翼思想的席卷之势并没有因为这些犹太知识分子的质疑而受到影响，从40年代就对美国思想文化界产生巨大作用的“纽约知识分子”在70年代后日渐式微。尽管贝娄在70年代获得了包括诺贝尔文学奖在内的多个重大文学奖项，但其作品的思想影响力已日薄西山。但是，因为政治思想的复杂性与作家个人政治立场的隐秘性，仍然不能彻底定论后期的贝娄本人在政治上是保守的，只能说在文化上，他在中、后期与很多“纽约知识分子”一样，对新左翼文化是怀疑的，而这种怀疑精神，是出于知识分子的社会责任感，也是对美国60年代极左政治思想的平衡与修正。

除此之外，作为一名世界著名作家，晚期贝娄对政治另一种维度的参与就是关注大众商业文化语境下文学与人文学科的发展命运。70年代后，这些与新左翼政治格格不入的“纽约知识分子”将自己的阵地堡垒从广义社会撤回到高校，贝娄的作品背景也逐渐回归象牙塔内部，这种转变本身也意味着“纽约知识分子”的社会影响力在衰减。后现代主义文化在突出多元、民主的同时，也具有较强的商业性、庸俗性。尽管贝娄作为老左派一度颇为认同西方马克思主义对工具理性的批判，法兰克福学派文化工业理论对大众商业文化的看法也影响了贝娄，但在商业作为主导势力的后现代主义语境下，这些犹太知识分子为了在文学市场中生存，就不得不对大众文化从批判转向合作，即使是作为代表高雅文化的诺贝尔文学奖获得者，贝娄也不可能免俗。但是这并不意味着这些公共知识分子放弃了文学理想和文化责任，事实上，与商业合作仅仅是他们振兴、复兴文学与人文学科的手段，同时，对商业的利用也不能妨碍他们维护经典人文思想和高雅文化的立场。这些深受欧洲文化传统浸润又研习过严肃哲学思想的老左派认为，文化相对主义分子们为了达到民主与平等而无视真理，年轻一代不假思索、不认真思考、不了解事实就接受一切，这种表面上的融合与开放其实是对文化的抛弃，他们放弃对事物的严肃思考与对真理的探寻，从而构成了当代美国思想真正的封闭，而以贝娄为代表的“纽约知识分子”就是要通过重塑经典、传承文化来歌颂文学与人文思想并使之不朽。

作为“纽约知识分子”的一员，贝娄大多数作品的主人公都是知识分子，尽管他们的成就、水平各有千秋，但即使是《只争朝夕》中没有拿到大学学位的威尔赫姆也是一个自我意识鲜明并清醒了解自己局限的人。同时这些知识分子又几乎都与所处社会的主流思想或行为格格不入，但他们并不是为了反叛而反叛，而是出于知识分子的社会责任感，在遵从批判性思考的情况下，既对可能走向极端的美国社会现实有所警惕、质疑，也对自己的观点进行自我审视与修正。

# 第二章　早期“受害者”小说中对资本主义的批判

贝娄的“受害者”小说包括他最初的两部小说《晃来晃去的人》（*Dangling Man*）、《受害者》（*The Victim*）以及中篇小说《只争朝夕》（*Seize the Day*）。《只争朝夕》虽是贝娄的第四部小说，但因为风格与前两部小说更加接近，评论界将它也归为“受害者”小说。贝娄本人也认同这样的分类，并曾这样评价《只争朝夕》的男主人公威尔赫姆（Wilhelm）道：“确实，威尔赫姆是真正属于受害者那一类的。”①

贝娄“受害者”小说的共同特征是男主人公都是美国商业社会中知识分子“受害者”小人物，他们在以资本主义文化为主导的都市中为了生存和寻找自我价值而苦苦挣扎，因失业、破产成为被边缘化的“他者”或社会“弃儿”。“受害者”的命运总是难逃环境的左右，异化的、隔阂的、唯利是图的人际关系让他们窒息，但他们仍试图与资本主义文化抗争并发出“受害者”自己的声音。在1944年贝娄出版的首部小说《晃来晃去的人》中，男主人公约瑟夫（Joseph）是位等候“二战”入伍审查的犹太待业青年，每日妻子上班工作而他赋闲在家，为避免被人盘问自己的入职问题，他刻意躲避亲朋好友，在寓所独自蜗居。一方面他变得越来越烦躁、多疑，与侄女、朋友吵架甚至与房东大打出手；另一方面生活富裕的侄女瞧不起他，在圣诞节家宴中诬陷他是小偷、骂他是乞丐，银行也因他没有工作拒绝为他兑现支票。约瑟夫因无所事事成为一个悬在空中、晃来晃去的“边缘人”。在贝娄的第二部小说《受害者》中，主人公犹太青年利文撒尔（Leventhal）因经济大萧条与种族歧视在求职时屡屡受挫，在一次面试中利文撒尔因受到侮辱顶撞了熟人阿尔比（Allbee）的老板鲁迪格（Rudiger），之后利文撒尔找到其他工作，但阿尔比却被鲁迪格解雇。阿尔比是新英格兰贵族后裔，他原本过着体面的中产阶级生活，失业后他接连家破妻亡。阿尔比将自己的失业归咎于利文撒尔，并开始跟踪、

① Chirantan Kulshrestha, “A Conversation with Saul Bellow”, *Chicago Review*, Vol. 23 - 24, No. 4 - 1 (1972), pp. 7 - 15.

骚扰利文撒尔，逼他给自己介绍工作，赖在他家里住下不走，还带妓女到他家中鬼混，甚至企图在他的厨房开煤气自杀。看到阿尔比的惨状，回忆自己曾经的失业生活，利文撒尔再次感到无比痛苦和恐惧。同前两部小说相似，《只争朝夕》的男主人公威尔赫姆（Wilhelm）也是一位因失业而走投无路的“受害者”。威尔赫姆生于纽约中产阶级犹太家庭，家族两代人都在纽约定居，父亲艾德勒（Adler）医生曾对他寄予厚望。威尔赫姆年轻时在骗子的怂恿下中断大学学业跑到好莱坞试镜，最终他的电影明星梦破碎，并且拿不到大学毕业证。他开始辗转各地靠打零工维生，在一家公司做了近10年销售后他因公司未兑现对自己的升职承诺而辞职，此后40多岁的威尔赫姆便一直处于找不到工作的失业状态当中。在家庭生活方面，威尔赫姆与妻子分居并净身出户、无家可归，只能搬到退休老人聚居的养老旅馆暂住。面对捉襟见肘的经济状况，他先是希望父亲能对他施以援助，遭到拒绝后他又试图通过赌博、商品投机东山再起。他轻信骗子特默金（Tamkin）并因投资失败而破产，最终身无分文、流离失所。

贝娄的“受害者”小说除了以“受害者”小人物的受难经历为特征外，它们的另一共同点就是这三部小说均发生在纽约这座大都市并均以美国四五十年代的都市商业社会为背景。纽约在“二战”后成为美国犹太移民的最大聚居地，它甚至被很多盎格鲁-撒克逊白人新教徒视为犹太人的城市。在《受害者》中，在纽约生活了很长时间的新英格兰白人后裔阿尔比就这样评价纽约：“它是个非常犹太化的城市，一个人若不是个非常马虎的观察者，他必定会在这了解到很多犹太人的东西。他自己就能知道这里的饭店里有多少犹太菜，有多少犹太剧院，有多少犹太喜剧演员和笑话，以及犹太商店等等，还有活跃于公共场合的犹太人。”[①] 在文化领域，“二战”后，大量犹太文人搬至纽约进行文学创作，他们的创作主题包括纽约与纽约生活。贝娄也从芝加哥来到纽约从事左翼期刊编辑与写作。

有评论家指出，贝娄家族及其小说中人物的空间迁徙均经历了三个阶段：“从应许之地到东欧犹太人小村落（shtetl），从小村落到大城市犹太

---

① Saul Bellow, *The Victim*, New York: Penguin Modern Classics, 2008, p. 64. 后文引用原文除特别标注外均出自该书，为笔者自译，随文标注页码，不另作注。

人贫民区，从隔都（ghetto）[1] 到现代世界。”[2] 20 世纪美国犹太人的生活大多与都市商业文化密不可分，“犹太人在现代城市进化中发挥着中心性的作用，他们在都市文化中的存在与重要性是如此之高，以至于可以将犹太人看作城市的象征等同物”[3]。从 19 世纪后半叶开始，受政治运动和反犹主义迫害影响，欧洲犹太移民逐渐迁居至美国并在美国大都市形成了犹太社区。因受教育程度较高、善于经商，犹太人逐渐融入美国主流社会，他们聚居在纽约、芝加哥这样的大都市，活跃于金融、法律、医学、商业、文化、娱乐、酒店等行业，很快形成了规模庞大的中产阶级。犹太人喜欢居住在大都市，他们热衷于商业文化，而大都市是国家的经济、金融中心。“犹太人发现纽约提供给他们寻找两个都市乌托邦的机会：一个是作为一种世界性的民主，不在乎人的出身与过去受到歧视的劣势，完全、无障碍地参与到这个世界性城市的生活中去；另一个是作为一种‘收入’，空前的犹太社区的建立是如此巨大以至能给犹太人提供潜在的‘世界资本’。”[4] 高度发达的资本主义都市文化呈现出鲜明的商品性特征并且趋向多元、民主、中立，身份在这里不再是固定的而是流动的。因此，城市给了犹太人摆脱“他者”身份的机会，让他们从边缘走到中心。其次，在这些大都市中，犹太性的维系不像在东欧犹太小村落、隔都中依靠犹太教、意第绪语等犹太传统，都市中美国犹太人的犹太性维系依靠的是商业文化，犹太社区演变为一个由亲戚、朋友、同学、熟人构成的庞大的生意圈，甚至是一个资本积累场。而冰冷的资本关系又逐渐影响了犹太人的人际交往，使得人与人之间更加疏离、淡漠。因此，犹太人也可以说是城市

---

① 隔都（ghetto）：犹太人在城市中被隔离、限制的聚居区。第一座隔都是 1516 年建于威尼斯的“威尼斯隔都”，因此“隔都”的一个词源释义是指意大利语“威尼斯渣子”或“威尼斯废物”，可见当时犹太人已成规模地聚居于当时世界上最繁华的商业中心威尼斯。受“反犹”思想的驱使，基督教规定犹太人必须在隔都内生活，设有大门并有人看守。后期隔都的种族隔离功能逐渐消失，20 世纪的隔都往往指城市中的犹太贫民区，随后这一概念又引申为城市中破烂的少数族裔以及新移民社区。

② John Jacob Clayton, *Saul Bellow: In Defense of Man*, Bloomington and London: Indiana University Press, 1979.

③ Hillel J. Kieval, “Antisemitism and the City: A Beginner'sGuide”, in *People of the City: Jews and the Urban Challenge*, Ezra Mendelsohn, ed., New York and Oxford: Oxford Uivesity Press, 1999, p. 4.

④ Ibid., p. 56.

的“受害者”，因为在犹太人利用资本权力走向中心、融入美国主流白人社会的过程中，他们或多或少地背离或抛弃了犹太传统。

值得思考的是，尽管贝娄的早期小说以令犹太人如鱼得水的美国都市商业文化为背景，并且充斥着形形色色的犹太商人家族、犹太生意人甚至犹太人的从商经，但这些小说的主人公却都是陷入困境的、被社会遗弃的“受害者”。多数学者指出贝娄的小说意在强调社会环境对“受害者”人物命运的扼制作用，但他们认为仅仅研究贝娄对于社会现实的揭露不足以解释贝娄巨大的文学成就。有学者认为贝娄塑造的被边缘化的“受害者”主人公与他作为犹太作家在美国“二战”期间感受到的反犹主义焦虑及贝娄本人的犹太性有关。[①] 也有学者指出贝娄的小说是“环境小说”(milieu fiction)，都市问题、少数族裔意识、大萧条与“二战”使贝娄对当时的社会环境尤为关注，它们是对美国30年代“社会小说”（social novel)、自然主义文学传统及德莱塞（Theodore Dreiser）城市书写的继承，贝娄的小说通过现实主义写作手法探究个体与社会的关系并聚焦社会问题[②]，并且贝娄小说中的“受害者”人物与盖茨比（Jay Gatsby)、洛曼(Willy Loman)、普鲁弗洛克（Prufrock）一样，或成为商业社会的破产者，或在都市生活中被异化[③]。还有学者认为贝娄在描写个体对环境的反抗以及塑造格格不入的“受害者”人物方面受到了俄国文学传统以及作家陀思妥耶夫斯基的影响。[④] 但更多学者认为，通过塑造这些受罪的“受害者”主人公，贝娄表达了自己的人道主义思想并探讨时代问题，他颂

---

① Donald Weber, “Manners and Morals, Civility and Barbarism: The Cultural Contexts of *Seize the Day*”, in *New Essays on Seize the Day*, Michael P. Kramer, ed., Cambridge and New York: Cambridge University Press, pp. 43 – 70; Emily Miller Budick, “*Yizkor* for Six Million: Mourning the Death of Civilization in Saul Bellow's*Seize the Day*”, in *New Essays on Seize the Day*, Michael P. Kramer, ed., Cambridge and New York: Cambridge University Press, pp. 93 – 109.

② Ralph Freedman, “Saul Bellow: The Illusion of Environment”, *Wisconsin Studies in Contemporary Literature*, Vol. 1, No. 1 (Winter 1960), pp. 50 – 65; Maxwell Geismar, “Saul Bellow: Novelist of the Intellectuals”, in *American Moderns: From Rebellion to Contemporary*, New York: Hill and Wang Press, 1958, pp. 210 – 224; Daniel Walden, “The Resonance of Twoness: The Urban Vision of Saul Bellow”, *Studies in American Jewish Literature*, Vol. 4, No. 2 (Winter 1978), pp. 9 – 21.

③ Lee J. Richmond, “The Maladroit, the Medico, and the Magician: Saul Bellow's*Seize the Day*”, *Twentieth Century Literature*, Vol. 19, No. 1 (Jan 1973): 15 – 26, p. 18.

④ Daniel Fuchs, *Saul Bellow: Vision and Revision*, Durham: Duke University Press, 1984, p. 29.

扬个体与人性、内心与灵魂，他对物质主义、对都市荒原文化进行批判，尤其对大众商业社会对个人主义的矮化提出批评，并试图在拜物的社会建立起道德的秩序。①

上文提到的观点基本是从社会学和文化角度进行分析的，但从政治学角度来讲，贝娄在早期小说中以都市商业社会中被边缘化的“受害者”人物为主人公或小说的叙述者，这本身就是使在资本主义社会中被遗弃的个体发出呐喊。通过挖掘这些被湮没的“他者”声音，贝娄在小说中对资本主义制度和文化进行剖析与质疑。著名“纽约知识分子”成员、犹太作家欧文·豪（Irving Howe）在专著《我们父辈的世界》（*World of Our Fathers*）中曾指出，第一批犹太作家并不是以与犹太记忆的关系来定义自己的，而是试图抛弃过去，与家庭、传统、记忆分离。② 这些生于俄国移民家庭，又长于二三十年代后俄国革命时期的犹太文人，迎接美国新生活的方式就是拥抱社会主义。贝娄的儿子格利高里·贝娄（Gregory Bellow）在《被意识形态所蒙蔽：索尔·贝娄、党派研究以及大屠杀影响》（*Blinded by Ideology*: *Saul Bellow*, *the Partisan Review*, *and the Impact of the Holocaust*）一文中也提到贝娄这样的第二代犹太移民的特征就是与犹太教分离并存有“普世主义的幻想”，“这些犹太知识分子从30年代开始就致力于全新的开端，相比于美国民主与犹太教，社会主义对他们的影响要更加深远，对他们来说欧洲文化也优于美国文化”。③“贝娄与托洛茨基的联系不仅仅暗示着他对自由主义政治的认同，也是他的美国新生活的征程起始，或至少是可能的新生活。”④ 由此可见贝娄早期作品中对资本主义的质疑、对共产主义的追求，极可能要远多于同反犹主义的对峙以及对犹太传统的维护。贝娄最早的两部长篇小说都发生在大萧条语境下，此时他受

① Ellen Pifer, *Saul Bellow Against the Grain*, Philadelphia: University of Pennsylvania Press, 1990, p. 4; Malcolm Bradbury, *Saul Bellow*, London and New York: Methuen, 1982, pp. 35 – 47; Ruth R. Wisse, "The Schlemiel as Liberal Humanist", in *Saul Bellow*: *A Collection of Critical Essays*, Earl Rovit, ed., New Jersey: Prentice Hall Inc., 1974, pp. 90 – 100; John Jacob Clayton, *Saul Bellow*: *In Defense of Man*, Bloomington and London: Indiana University, 1979, pp. 139 – 165.

② Irving Howe, *World of Our Fathers*, New York: New York University Press, 2006, p. 600.

③ Gregory Bellow and Alan L. Berger, "Blinded by Ideology: Saul Bellow, the Partisan Review, and the Impact of the Holocaust", *Saul Bellow Journal*, Vol. 23, Issue 1 – 2 (2007 Fall), p. 8.

④ Chris Vaughan, "Images of American Empires in the Novels of Saul Bellow", *Saul Bellow Journal*, Vol. 21, Issue 1 – 2 (2005 Winter), p. 160.

共产主义影响，对资本主义的本质产生了怀疑，在《受害者》中，贝娄对资本主义社会的阶级矛盾与劳工不平等的政治经济学现象予以揭露。在《只争朝夕》中，贝娄通过设立主人公与周围人情感、理智的交往模式冲突来批判资本主义文化中的工具理性不仅使个体被异化，也破坏了传统家庭伦理，并通过揭示资本市场的残酷性与欺骗性来讽刺资本主义制度的贪婪攫取性。

## 第一节　大萧条下的失业问题、劳资矛盾和贝娄早期共产主义经历

### 一、大萧条语境下贝娄早期共产主义经历

随着2010年《贝娄书信集》（*Saul Bellow: Letters*）出版，贝娄不为人知或被研究者一度忽略的政治思想被再度深入挖掘，尤其是贝娄早期信件中体现出的左倾思想在学界引起震动，因为它不仅与部分学者早前认为的贝娄的后期保守主义立场矛盾，也是贝娄生前很少谈及并试图掩饰的。[①] 2012年，国内学者乔国强撰文《索尔·贝娄、托洛茨基与犹太性》探讨贝娄早期政治立场与犹太性之间的联系。2013年，《索尔·贝娄政治指南》（*A Political Companion to Saul Bellow*）一书出版。它是对贝娄不同时期政治思想第一部较全面的著述，遗憾的是它只对贝娄早期几部短篇小说中的托洛茨基主义思想进行分析，并认为贝娄短篇小说中的政治倾向比长篇小说更加明显。

贝娄的早期左倾思想远比之前学界认为的“极端”，并且正是政治理

---

① 此前学界普遍认为贝娄是思想保守、捍卫高雅文化的知识分子作家，贝娄一直对自己的早期政治立场讳莫如深，每当有人问起，贝娄总以30年代俄国犹太移民普遍具有共产主义热情或自己年少荒唐为由搪塞。因此，贝娄早期通信中流露出的左倾政治思想让学界哗然，甚至贝娄的次子亚当·贝娄（Adam Bellow）也表示，“当我阅读《贝娄书信集》和阿特拉斯的传记时，我才知道他曾是个比我所认为的要极端得多的年轻人”。阿特拉斯传记指James Atlas于2000年出版的《贝娄：一部传记》（*Bellow: A Biography*）一书。Gloria L. Cronin, “Our Father'sPolitics: Gregory, Adam and Daniel Bellow”, in *A Political Companion to Saul Bellow*, Gloria L. Cronin and Lee Trepanier, eds., Kentucky: The University Press of Kentucky, 2013, p. 199.

想引领了他的早期文学创作。从高中、大学时期起，贝娄就积极地在左翼政治刊物上发表文章，如社会主义刊物《肥皂箱》（*Soapbox*）、《灯塔》（*Beacon*）和《党派评论》（*Partisan Review*），而且“从30年代到50年代，贝娄的文学成果主要集中在当时的政治问题上”[①]。贝娄与共产主义的渊源可追溯到他30年代读中学时期。由于经历了沙皇专制统治的终结与俄国革命，当时芝加哥的俄国移民普遍喜欢在日常生活中讨论政治。贝娄就读的图雷高中（Tuley High School）的学生大部分来自东欧移民家庭，在此贝娄结识了不少将他引入共产主义思想阵营的好友，其中一位是贝娄17岁时暗恋的犹太女孩雅塔（Yetta Barshevsky），她是一名狂热的托洛茨基主义者并曾将托洛茨撰写的关于德国问题的政治宣传手册送给贝娄阅读；另一位是贝娄的同学鲁迪（Rudy Lapp），据他描述，贝娄在高中时期热衷参与各种社会主义讲座和辩论会，与左倾人士交往甚密。[②]

此时恰逢美国经济大萧条（the Great Depression），这场规模空前、影响持久的资本主义经济危机进一步激发了青年贝娄与犹太移民的共产主义热情，他们对资本主义制度产生怀疑并向共产主义路线靠拢。1929年，华尔街股灾爆发并由此拉开了持续近20年的大萧条序幕，在此期间大量投资者破产，商品、农产品因滞销而价格狂跌，工人、技术人员纷纷失业，这一灾难使美国经济直到50年代才恢复到大萧条前的繁荣。大萧条在某种意义上促进了美国的共产主义运动，经济的衰败使当时的人们普遍对资本主义制度产生怀疑并丧失信心。贝娄曾回忆道：“因为大萧条，我们对职业没有指望。”[③] 不仅年轻一代对未来感到绝望，昔日的富豪们也倾家荡产，如贝娄1953年出版的《奥吉·马琪历险记》（*The Adventures of Augie March*）中的犹太富翁艾宏（Einhorn）在大萧条时期也元气大伤。贝娄评价道：“对于那些曾经工作生活在体面富裕中的人，大萧条是个人

---

① Judie Newman, “Trotskyism in the Early Work of Saul Bellow”, in *A Political Companion to Saul Bellow*, Cronin, Gloria L. and Lee Trepanier, eds., Kentucky: The University Press of Kentucky, 2013, p. 9.

② Gloria L. Cronin, “Our Father'sPolitics: Gregory, Adam and Daniel Bellow”, in *A Political Companion to Saul Bellow*, Gloria L. Cronin and Lee Trepanier, eds., Kentucky: The University Press of Kentucky, 2013, p. 188.

③ Saul Bellow, *It All Adds Up: From the Dim Past to the Uncertain Future*, New York: Penguin Modern Classics, 2007, p. 100.

受羞辱的时期，资本主义看起来在整个国家都失去了控制，对于很多人来说，推翻政府的可能性看起来极大。”[①] 相反，人们对共产主义却寄予厚望，马克思早就预言了随着剩余资本的积累，资本主义市场中的经济衰退不可避免。托洛茨基也预言道：“一旦美国出现经济危机，工人阶级就会走向极端化。”[②] 包括贝娄在内很多狂热的左翼青年都认为，大萧条预示着资本主义的灭亡与共产主义的来临。贝娄对当时的状况描述道：“俄国无产阶级革命给人类带来了一个巨大希望的礼物。现在被压迫的人，无论身处何处，在共产主义者的领导下都将捣毁堕落的资产阶级帝国主义。在大萧条时期的芝加哥，男孩、女孩都在心中计划着他们的革命。过程虽不清晰，但前景却极大地鼓舞人心。”[③] 此时共产主义书籍在年轻的左翼学生中被广泛传播，贝娄在回忆自己的共产主义经历时写道：“不可避免地要读列宁的《国家与革命》和托洛茨基的政治宣传手册，图雷高中的辩论会讨论着《共产党宣言》”，“在朋友的推荐下，我读马克思、恩格斯”，“读《价值、价格和利润》”。[④]

1933 年中学毕业后，贝娄进入芝加哥大学学习并加入社会主义俱乐部，负责编辑社会主义刊物《肥皂箱》[⑤]。在西北大学就读期间，他也时常在左翼刊物上发表政治评论。在一次参加海德公园的政治辩论中，贝娄结识了他的首任妻子安妮塔（Anita Goshkin），她是一位坚定的共产主义者，并在此后终生未改变过政治信仰。据贝娄的长子格利高里（Gregory Bellow）回忆，当时他们的“家中总是堆满了左翼杂志”，并且“贝娄有很多政治界朋友”，他们“成年地讨论政治问题”，贝娄还曾在家里的苏

---

① Saul Bellow, *It All Adds Up: From the Dim Past to the Uncertain Future*, New York: Penguin Modern Classics, 2007, p. 102.

② Albert Glotzer, *Trotsky: Memoir and Critique*, Buffalo: Prometheus, 1989, p. 9.

③ Saul Bellow, *It All Adds Up: From the Dim Past to the Uncertain Future*, New York: Penguin Modern Classics, 2007, p. 100.

④ Ibid., p. 99.

⑤ 据贝娄回忆，在 30 年代的芝加哥的移民社区，移民知识分子会站在主干街道的肥皂箱上对听众发表政治演说。Saul Bellow, *It All Adds Up: From the Dim Past to the Uncertain Future*, New York: Penguin Modern Classics, 2007, p. 99.

联地图顶端印上“第三国际万岁”[①]。

作为作家，贝娄的早期左翼政治倾向在文学创作中主要表现为对社会不公平现象与边缘群体的关注，“这不能不说托洛茨基思想在暗中发挥着作用，引导着作者用文学来探讨这个时代的社会问题”[②]；此外，贝娄的早期“受害者”小说中充满对资本主义制度、文化的质疑与批判，贝娄作为亲共人士也在用文学创作表达对资本主义制度与文化的拷问。

## 二、“受害者”的失业问题与岌岌可危的资本主义

贝娄与多数“纽约知识分子”推崇布尔什维克党犹太领导人托洛茨基，托洛茨主张全世界的工人要通过参加革命、参加阶级斗争来争取工人阶级的权益。旷日持久、危害全美的经济大萧条也深刻地影响了贝娄这代人的人格养成与思想气质。此外，贝娄所在的芝加哥还是美国大萧条时期劳工运动与工人罢工运动的中心。因此，贝娄与“纽约知识分子”的早期政治活动很多与劳工运动有关。这些年轻的犹太移民都不再关心东正教犹太传统，他们仅仅是“文化意义上的犹太人”，并在知识上被马克思主义、共产主义、托洛茨基主义所吸引，领导工人进行罢工运动。[③] 在《受害者》中，贝娄就从大萧条中最普遍的失业现象对资本主义的经济制度提出质疑，并对资本主义社会不平等的劳工关系予以揭露。

《受害者》出版于 1947 年，小说的犹太男主人公利文撒尔曾在大萧条时期饱受失业与贫困潦倒之苦，在他找到工作、生活刚刚稳定后就遭到熟人阿尔比的跟踪与骚扰。阿尔比是新英格兰贵族后裔，而巧妙的是，这位有种族歧视思想的盎格鲁 - 撒克逊白人也是一位在大萧条背景下因失业并最终家破人亡的受害者。并且阿尔比对利文撒尔进行迫害的理由就是他怀疑利文撒尔使他丢掉了工作。因为他曾在一次聚会中嘲笑犹太人，这引

---

① Gloria L. Cronin, “Our Father'sPolitics: Gregory, Adam and Daniel Bellow”, in *A Political Companion to Saul Bellow*, Gloria L. Cronin and Lee Trepanier, eds., Kentucky: The University Press of Kentucky, 2013, pp. 189 - 190. 第三国际（the Third International）即共产国际，托洛茨基是其主要缔造者。

② 乔国强：《索尔·贝娄、托洛茨基与犹太性》，载《外国文学评论》2012 年第 4 期，第 25 页。

③ Victor Gotbaum, “The Spirit of the New York Labor Movement”, in *Creators and Disturbers: Reminiscences by Jewish Intellectuals*, New York: Columbia University Press, 1982, pp. 246 - 263.

起利文撒尔不满。在利文撒尔失业后，他为利文撒尔牵头，介绍他到自己工作的迪尔报社面试，利文撒尔面试时受到了老板鲁迪格（Rudiger）的傲慢对待，于是也其大吵一架，致使阿尔比被鲁迪格解雇。阿尔比认为利文撒尔是故意来和自己的老板吵架以寻求报复，使他丢掉工作。阿尔比原本是一个才华横溢、妻贤家兴、前途无量的人，失业后他难以再找到工作，妻子与他离婚并出车祸去世，从此阿尔比成了一个被遗弃、被毁灭的"受害者"。为了报复利文撒尔，他赖在利文撒尔家吃住，带妓女在他家过夜，还准备在他家的厨房开煤气自杀。

很多研究者认为这部小说与反犹主义有关①。通过塑造利文撒尔与阿尔比这一正一反的犹太人与盎格鲁－撒克逊白人的颠倒境遇，贝娄极大地强化了小说中反犹主义的张力。除了小说中白人新教徒阿尔比以及天主教徒利文撒尔嫂子的母亲对犹太人的种族歧视外，犹太主人公利文撒尔在生活中也常感到社会对他潜在的迫害，他面对阿尔比的无赖行为甚至逐渐有些逆来顺受。国内学者乔国强教授指出，反犹主义者阿尔比的英文名Allbee"其实是在暗示'所有的人皆如此'（Everybody is）"，"也就是说，利文萨尔面对的不只是阿尔比一个人，而是美国社会中所有的反犹主义者"。② 但2010年出版的《索尔·贝娄书信集》（*Saul Bellow：Letters*）一书首次披露了贝娄与友人通信中对《受害者》创作细节的讨论，贝娄谈道："我真应该在利文撒尔这个人物上多赋予一些内涵。我正努力搞清楚为什么我却相反地赋予了阿尔比这个人物这么多内涵。这是我对被排除在外的人一意孤行的偏爱以及对受命运眷顾的孩子的严苛。"③ 由此可见，贝娄的创作重点与主题并不是阿尔比对利文撒尔施行的反犹主义迫害，而是阿尔比这个被排除在外的"受害者""局外人"。

有日本学者指出："这部作品中看起来有众多反映反犹主义的场面，看起来作品的主题似乎是反犹主义。但是，贝娄本人说明这部作品谈论的

---

① Helge Normann Nilsen, "Anti-semitism and Persecution Complex：A Comment on Saul Bellow's*The Victim*", *English Studies*, Vol. 60, Issue 2 (1979)：183－191; Victoria Aarons, "'Not Enough Air to Breathe'：The Victim in Saul Bellow'sPost-Holocaust America", *Saul Bellow Journal*, Vol. 23, Issue 1－2 (2007 Fall), pp. 23－40.

② 乔国强：《贝娄学术研究史》，译林出版社2014年版，第270页。

③ Saul Bellow, *Saul Bellow：Letters*, Benjamin Taylor, ed., New York：Penguin Books, 2010, p. 61.

是‘移民、想要归属于美国社会却不被接受、被挡在门外的人们，以及我们当中所有的局外人’。”[1] 持相似观点的还有美国学者海兰德（Peter Hyland），他认为“实际上他们两个人都是社会现实的受害者，即使他们二人并不知道，但贝娄是知道这点的”，“不论是犹太人或反犹主义者，没有权力的那个人就会成为某种社会现实的受害者”，“有权力的人就可以虐待没权力的人”。[2] 也有美国学者认为，《受害者》是一部关于责任的小说。布拉德博里（Malcolm Bradbury）就指出，利文撒尔起先是一位个人主义者，他认为人应为自己的过失负责，而阿尔比是一位环境决定论者或宿命论者，“阿尔比用环境主义者的哲学与利文撒尔对峙并指责他，这是一种自然而然就和无产阶级以及穷人联系起来的哲学，但这现在就是阿尔比的哲学”，而利文撒尔对阿尔比愈加同情的过程也就是他对人性了解加深的过程。[3] 显然，布拉德博里已经嗅出了这部小说中的左翼政治意识，并且贝娄试图对话的不仅是个人，还有整个资本主义社会和体制。此外，也有其他学者认为这部小说的意义在于它的责任主题。[4] 而目前国内学界对这部小说尚重视不足，已有论文主要关注小说中的犹太伦理与反犹思想[5]，而缺乏对小说中政治思想的挖掘。

从普世的角度来看，利文撒尔与阿尔比作为主人公与反面人物都是饱受失业之苦的“受害者”，贝娄通过在小说中反复地叙述大萧条时期人们普遍失业、民不聊生的场景，以及大萧条梦魇在利文撒尔脑中的多次重现，来暗示所有大萧条中的失业者都是资本主义经济体制的“受害者”。在小说开篇，作者就叙述了大萧条时期犹太青年利文撒尔糟糕的职业开端。高中毕业后，利文撒尔从哈特福德来到纽约，他给家中的一位犹太拍

---

① 坂口佳世子：《“美国作家”贝娄的诞生——索尔·贝娄的文学与美国社会》，何建军译，载乔国强编：《贝娄研究文集》，译林出版社2014年版，第145页。

② Peter Hyland, *Saul Bellow*, Basingstoke: Palgrave Macmillan, 1992, p. 29.

③ Malcolm Bradbury, “Saul Bellow's *The Victim*”, in *The Critical Response to Saul Bellow*, Gerhard Bach, ed. , Westport: Greenwood, 1995, pp. 36 – 38.

④ Daniel Fuchs, “Saul Bellow and the Example of Dostoevsky”, in *Modern Critical Views: Saul Bellow*, Harold Bloom, ed. , New York: Chelsea House Publishers, 1986, p. 230.

⑤ 参见郑丽《索尔·贝娄〈受害者〉中的希伯来哲学与宗教》，载《当代外国文学》2012年第1期，第14 – 22页；肖小聪、周莉莉《〈受害者〉中的犹太宗教伦理观》，载《江西社会科学》2011年第10期，第109 – 112页；刘兮颖《〈受害者〉中的受难与犹太伦理取向》，载《南京理工大学学报（社会科学版）》2010年第4期，第69 – 75页。

卖师朋友做学徒。不久拍卖师去世，他的店也在大萧条中关门，从此失业的利文撒尔“开始漂流”。几个月后，“他住在东区一间肮脏的、走廊尽头隔成的狭小卧室中，饿得瘦极了。后来一段时间他每周六到商场的地下室卖鞋，接着他找到了做皮毛染色师的稳定工作。此后他在下百老汇的一个流浪者旅馆里做了一年职员”。（11）后来他的朋友哈卡维（Harkavy）把他介绍给根基深厚的报社老板威利斯顿（Williston），以谋得一份糊口的差事。但威利斯顿表示没有职位空缺，而且“世道不好，有经验的人也许现在能找到什么做，没经验的人根本毫无机会”，“除非他认识非常有影响的人”，威利斯顿说他不想建议利文撒尔找“每周6美元和一堆小孩跑稿子的工作，甚至这样的工作都很少”。（14）因为一个契机，利文撒尔在哈卡维的报社工作半年后终于得到了一份在伯克彼尔德公司的工作。尽管生活越来越稳定，但曾经的失业恐惧却在他脑中挥之不去。他对妻子玛丽说，“‘我是幸运的，我逃脱了’，他指他糟糕的开始……他永远忘不了下百老汇的那间旅馆，这部分他无法逃脱——那些迷失的人，被抛弃的人，被压垮的人，被抹杀的人，被毁灭的人”（16）。此后，这一场景和对失业的恐惧一直在他心里萦绕。当阿尔比对他描述自己悲惨的经济状况时，“利文撒尔脑中立刻浮现出最可怕的画面，人们在冬日黯淡模糊的阳光下疲惫地坐在教堂施舍处的长凳上等咖啡；廉价旅馆的床单和肮脏的枕头；用纸箱搭成的丑陋的狭小卧室被油漆成仿木制的，甚至灯泡里的钨丝都像燃烧的虫子，它们在吞没光亮而不是散发光亮”，“他见过这样的地方，他闻到过苯酚消毒剂的味道”。（61）在小说结尾，利文撒尔也再次想起那让他“迷失的、窒息的、终结的生活，那存在着所有他试图躲避的恐惧与邪恶，在那些他在东区旅馆当职员的日子，他必须尽其所能地忍受着去接近这种生活，他亲眼看见过”，“他的心被什么抓住了，带着极大的痛苦和恐惧，重重受击”。（249）

大萧条时期的失业经历和曾经对生活的绝望给利文撒尔心中留下了巨大创伤，即使在他找到一份不错的工作、生活也越来越好的情况下，他依然被失业的恐惧笼罩，以致这已经成为他的心魔。贝娄通过利文撒尔对大萧条悲惨场景的一次次回忆来强化大萧条对人心灵的摧残，这与贝娄本人在大萧条时期的长期失业经历以及贝娄本人对大萧条时期人们失业破产的同情有关。贝娄在成名前经历了长时期的失业煎熬与经济窘迫，他甚至一度靠父亲、哥哥们的经济援助和妻子的供养来维持生活，利文撒尔与

《晃来晃去的人》中的主人公约瑟夫都是以他失业时期的自己为原型塑造的。1915 年出生的贝娄在青少年时期就目睹了美国 30 年代的经济大萧条，大量产业工人失业，中产阶级也纷纷破产，股市等金融市场崩溃。大学毕业后，由于经济不景气和“二战”前美国社会中潜伏的反犹思想，贝娄求职屡屡受挫，他先是被报社拒绝，几年后才勉强找到一份薪水极其微薄的兼职教师职位。罗斯福上台后，为摆脱经济危机，公共事业振兴署（WPA）曾为贝娄这样的失业作家提供临时写作项目，但在救济工作结束后相当长的一段时间内，贝娄再次陷入失业、经济窘迫、投稿被拒的状况。贝娄曾写道：“在 1937 年，我是一个非常年轻的、已婚的男人，丢了自己的第一份工作，与岳父母住在一起。”他的深情的、忠诚的、美丽的妻子坚持他“应该被赐予一个写作的机会”。[①] 贝娄以自己为原型塑造了《晃来晃去的人》的待业男主人公约瑟夫，后来他在回忆录中称这段时期是他人生的“艰难时刻”。[②] 1943 年，贝娄去《时代》杂志求职时被傲慢地无礼拒绝，贝娄感到自己被羞辱了，并将这段经历写进他的第二部小说《受害者》。“这次面试并不完全是损失，像贝娄生活中遇到的很多羞辱一样，它在他的小说中出现了，在他四年后出版的《受害者》中，阿瑟·利文撒尔，一个受难已久的求职者，遭遇了一次同《迪尔》杂志易怒的编辑鲁迪格的灾难般的面试。”[③]

与大萧条时期的众多左翼犹太作家一样，贝娄因阅读了马克思、列宁、托洛茨基等共产主义者撰写的书籍而对无产阶级充满同情，这也使他在创作中重点关注大萧条时期失业、破产人群的生存状况。贝娄曾在自己的文集中这样描述大萧条时期凄凉的社会现象：“个人的悲惨已无法控制，它迅速地蔓延到大街小巷”，无数人“丧失抵押品的赎回权、接到房屋收回令”，在“贫民棚户区”，“施粥处排起了长龙”，“老年妇女在垃圾罐里找食物”。[④]

在小说中，阿尔比出身于新英格兰的显赫之家，他的祖先是历史名

---

① Saul Bellow, “Starting Out in Chicago”, *The American Scholar*, Vol. 44 (Winter 1974 – 75), p. 73.

② James Atlas, *Bellow: A Biography*, New York: Random House, 2000, p. 61.

③ Ibid., p. 91.

④ Saul Bellow, *It All Adds Up: From the Dim Past to the Uncertain Future*, New York: Penguin Modern Classics, 2007, p. 22.

人，他聪明智慧并且与妻子珠联璧合，但仅仅因为一次失业，他的生活就全部被毁，他沦落为一个被社会遗弃的“受害者”。他对生活的无情、自己的堕落感叹道：“我们不是神，我们只是人，我们认为永恒的事，它们并不永恒。所以某天我们还像扎得牢靠的一捆纸，转眼就像不堪一击的包装被风刮得四散于大街。”（67）威利斯顿的太太菲比（Phoebe）也发出同样的感叹：“有什么事情能开头如此好、如此光明，而结局如此糟糕吗？一定是一开始就有纰漏，每个想要看到它的人都能看到。”（192）阿尔比与菲比表面上看是在感叹社会的无情、命运的无常，实际上，贝娄是以此暗喻资本主义经济在大萧条时期由盛及衰、让人绝望的状况。在大萧条发生之前的20年代被称为喧嚣的“爵士乐时代”，这是美国进入20世纪后迎来的第一个物质富足的年代，一个消费文化与流行文化盛行的年代。菲茨杰拉德（F. Scott Fitzgerald）在描述20年代的繁华、丰裕时说：“爵士时代”似乎是“在它自己的动力推动下比赛，沿路是钱财满贯的大加油站……即使你抛锚了，你也不用担心钱的问题，因为你身边到处是钱”①。而转眼之间，资本主义创造、累积的财富就在大萧条时期灰飞烟灭，资本主义制度岌岌可危，美国社会在大萧条中风雨飘摇，并且这场危机波及全球并持续到“二战”前夕。大萧条的爆发不仅让年轻的贝娄意识到了资本主义制度存在弊端与问题，更让他感觉到到资本主义的终结并不是遥不可及与毫无可能的。

## 三、大萧条下的劳资矛盾与“受害者”的陨落

在《受害者》中，除了整体性描写主人公与大萧条下人们普遍失业、破产的生活惨状外，为了进一步揭示资本主义经济危机对个体命运造成的伤害，贝娄还塑造了一位境遇与利文撒尔完全颠倒的反面“受害者”人物阿尔比。阿尔比出身优越，才华横溢，失业后却家破妻亡、颓废潦倒，成为无家可归的流浪者。在小说中，利文撒尔与阿尔比争论的主要问题是阿尔比究竟为何失业，谁才该为阿尔比命运的陨落负责。

阿尔比认为是利文撒尔造成了自己失业。一方面，阿尔比作为新英格兰白人贵族后裔，对犹太人存有偏见，他认为犹太人精明狡诈、锱铢必

---

① 萨克文·伯科维奇：《剑桥美国文学史》（第六卷），张宏杰、赵聪敏译，中央编译出版社2009年版，第143页。

较，所以怀疑利文撒尔是出于报复，故意去自己的公司和老板鲁迪格大闹一场；另一方面他发现自己一文不名后利文撒尔居然交上了好运，事业顺利、夫妻恩爱，他嫉妒犹太人抢走了自己的幸福。而利文撒尔起初对阿尔比的跟踪、监视非常恼怒，他对自己成为被阿尔比迫害的对象感到无辜，他认为自己成了让阿尔比陷入倒霉境遇的替罪羊。他训斥阿尔比被解雇是因为酗酒，对此，阿尔比不仅予以否认，还指出犹太人与新教徒对喝酒有着不同的理解。令利文撒尔感到气愤的是，威利斯顿也认为，尽管阿尔比自己表现不佳并已在迪尔报社处于留任查看期，但确实是因为利文撒尔与阿尔比的老板大吵一架才使得阿尔比被辞退。威利斯顿否认了利文撒尔关于阿尔比被解雇是因其酗酒的猜想，“‘我问了鲁迪格酗酒的事。他不得不承认阿尔比在戒酒。他不是因为酗酒才被解雇的’”（104）。至于阿尔比究竟为何被解雇，小说中并没有给出一个明确的答案，只是威利斯顿对利文撒尔叙述了自己的猜测，他说道：“我猜鲁迪格不是个好取悦的人，他给了阿尔比一个最后的机会，但是他更像是盼着阿尔比出昏着，这样他就有了理由，他一定是整天盯着找他的破绽，并且他完全知道阿尔比是否想要进攻他。”（104）由此可见，阿尔比的失业并不是出于他工作上的某处具体过失。被解雇后他在大萧条中也难以再找到工作。

同样，利文撒尔这个阿尔比口中的施害者也曾在失业期间饱受求职之苦，并且正因为他与鲁迪格爆发矛盾才继而导致了阿尔比被开除。在多次求职被拒后，利文撒尔“逐渐地变得特别好斗，他避开前台接待，径直走进办公室，拦住看起来像是管事的人进行自我介绍。他遭遇的都是他人的惊诧、冷淡和愤怒。他越来越生自己的气”（15）。在去迪尔报社求职时，脾气暴躁的老板鲁迪格在得知他没有相关工作经验后便爆发了：“那你见的哪门子鬼跑来耽误我的时间？你在这做什么？天哪，在我很忙根本没职位空缺的时候你跑来烦我干吗”，“你觉得我们是开职业培训学校的吗？”（37，38）在利文撒尔顶撞自己后，鲁迪格骂道：“滚！你有病！你这个白痴！你是疯人院来的！滚！你应该被关进去。”（40）

马克思与恩格斯的资本过剩和劳动力过剩理论非常透彻地阐释了大萧条的必然性与工人大规模失业的根本原因。马克思在《资本论》中指出，劳动力的出卖者即工人，与劳动力的买家即资本家之间的阶级关系是资本主义社会中最基本、最关键的关系。因此，探究小说中造成“受害者”失业的原因，有必要从劳资关系这一资本主义社会的基本矛盾入手。资本主义的本质在于资本的积累，为了达到这一目的，资本家不断进行生产扩张，当资本家生产的商品数量过大以致市场无法吸收时，资本主义的生产环节即生产、分配、消费、再投资这一循环就将中断，无用的过剩生产力与高失业率意味着资本主义危机。在大萧条时期，资本的循环过程中断，资本过剩与劳动力过剩造成了二者的贬值，“生产的停滞会使工人阶级的一部分闲置下来”①，这才是导致阿尔比与利文撒尔失业的主要原因。并且马克思进一步指出，“工人人口总是比资本的增殖需要增长得快”，而且“由于社会劳动生产率的增进，花费越来越少的人力可以推动越来越多的生产资料”，② 所以“过剩的工人人口是积累或资本主义基础上的财富发展的必然产物，但是这种过剩人口反过来又成为资本主义积累的杠杆，甚至成为资本主义生产方式存在的一个条件”③。显然，劳动力的剩余是资本主义社会发展的必然现象，也正是因为劳动力的剩余，资本家可以在处理劳资关系时更倾向于自己一方的利益来决定雇佣条件、工人工资等，甚至可以随意开除工人。在小说中，因为在大萧条时期劳动力过剩严重，鲁迪格作为雇主就可以对雇员随意行使权力、任意提出解雇要求并羞辱求职者。小说的隐含叙述者也这样描述利文撒尔新公司的老板：“他并不像他夸赞大家的那样在心里感谢员工，‘他们累死也总比闲得废掉好’，就像这句常被人说起的话这样。”（176）在利文撒尔求职受辱与阿尔比最终无明确缘由被老板解雇这两个事例中，也可以看到不公平的劳资关系与不健全的劳工保障体系构成了马克思所指的阶级矛盾，并导致了工人阶级的不平等地位。

在大萧条时期，恶劣的就业环境更是使这种不平等被放大。资本家一方面要应付资本贬值，另一方面又要利用劳动力贬值来降低成本，这导致劳资矛盾进一步加剧。受马克思主义影响，贝娄认为资本主义已病入膏肓，他认为只有能够使人取得真正平等的社会主义才能解决阶级矛盾，挽救岌岌可危的资本主义。贝娄写道：“我把自己称作社会主义者，并且罗斯福努力改革的路线正是社会主义的，只有这样才能把我们的国家从资本

① 马克思：《资本论》（第三卷），中共中央马克思、恩格斯、列宁、斯大林著作编译局译，人民出版社2004年版，第283页。

② 马克思：《资本论》（第一卷），中共中央马克思、恩格斯、列宁、斯大林著作编译局译，人民出版社2004年版，第743页。

③ 同②，第728页。

主义中拯救出来，只是资本家太蠢了，理解不了这一点。”① 三四十年代美国劳工运动此起彼伏，工人为争取、捍卫自己的合法权益在全美开展大规模罢工运动。贝娄对劳资关系中的不平等现象早有关注，尤其是对工人阶级感到同情，贝娄在一次目睹工人罢工后表明自己的态度，他写道，“当然，我同情罢工者”②。贝娄与“纽约知识分子”一度热衷的托洛茨基主义的核心思想，就是号召全世界的工人为争取平等权益进行无产阶级革命。受此影响，1936 年贝娄就曾以笔名约翰·保罗（John Paul）发表政治评论并提供了建筑工人恶劣工作环境与薪资基础的细节，以此揭示资本主义对劳工阶级的剥削。③

在利文撒尔探究阿尔比为何被解雇的过程中，他一直怀疑行业内部存在一份黑名单，这使他感到潜在的恐惧与不安。这份黑名单在小说中几次被提到，广为人知又若隐若现，它是由业内大亨以及高级专业人士组成的小圈子对求职人员的一种互不雇佣的协定，一旦求职者得罪了某位大佬，就可能被列入黑名单中，终生无法在行业内找到工作。顶撞鲁迪格后，利文撒尔对黑名单感到非常恐惧，“在接下来的日子，利文撒尔怀疑黑名单是真的，因为一家又一家公司拒绝了他。只有当他找到现在的工作后，他的疑虑才消失并不再害怕鲁迪格”（41）。阿尔比被解雇后无法再找到新工作，利文撒尔又怀疑阿尔比上了黑名单。但是，在小说中，这份著名的黑名单并未真正出现，利文撒尔曾问知道内情的威利斯顿是否存在黑名单，对此威利斯顿不置可否。贝娄在此处用黑名单暗示资本主义制度对每一个个体潜在的迫害。阿尔比也为自己申诉，他指出“受害者”不一定是个人的原因造成的，而是资本主义劳资制度的弊端造成的。阿尔比告诉利文撒尔自己的妻子在他们离婚后出车祸死了，接着他讲道，“‘嗯……我们分开了。你知道为什么吗？’‘为什么？’‘因为鲁迪格解雇我后，我就找不到工作了’”（66）。利文撒尔对此难以置信，他认为阿尔比的陨落应归咎于他酗酒，但阿尔比却反驳道：“不，如果一个男人沦落了，一个像我这样的男人，那就是他的错。如果他受苦，那是他在受惩罚。生活本

① Saul Bellow, *It All Adds Up: From the Dim Past to the Uncertain Future*, New York: Penguin Modern Classics, 2007, p. 25.

② Ibid., p. 25.

③ John Paul, “This Is the Way We Go to School”, *Soapbox*, No. 2 (December 1936), p. 7.

没有邪恶。但是你知道吗？这是犹太人的观点”，“把这套从我身上拿走吧”。(130)

恩格斯指出，大城市里住的只有两种人，资本家和工人，“这些工人根本没有什么财产，全靠工资过活”，“这个一盘散沙的社会根本不关心他们，让他们自己去养家活口，但是又不给他们能够长期维持正常生活的手段，因此，每一个工人，即使是最好的工人，也总有可能失业，因而就有可能饿死”。[①] 恩格斯此处所说的工人是指生活在城市中的所有靠出卖自己劳动力过活的人，也包括利文撒尔、阿尔比。他们的失业与潦倒并不是因为懒或不努力工作，从很大程度上说，是资本家与无产者在雇佣关系中权力的不平等造成了无产阶级往往成为受害者。而大萧条时期恶劣的就业环境使这种不对等“被放大”，潜在的厄运在制度没有发生变化前可能会降临到任何一个劳动者身上。随着从威利斯顿处逐渐了解到阿尔比被解雇的原因，以及听到威利斯顿夫妇叙述阿尔比夫妇曾经的辉煌，利文撒尔逐渐默许了阿尔比对他的纠缠。尽管阿尔比的行为不断挑战他的底线，但他并没有采取强硬手段将阿尔比从家中轰出，并且他越来越恐惧阿尔比被社会所遗弃的厄运会同样降临在自己身上。

因为恰巧成长于一职难求、经济崩溃的大萧条时期，作为曾经的失业“受害者”与受共产主义思想影响的作家，贝娄对失业现象尤为关注。这个表面上看起来普通的社会话题，实际隐藏着作者对资本主义经济制度的批判与改良意愿，隐藏着作者对于大萧条时期失业的“受害者”这一社会边缘群体的同情与关怀。

## 第二节　工具理性下的情感抗争与对资本主义贪婪攫取性的批判

### 一、工具理性与禁欲主义下的情感抗争

在贝娄的早期“受害者”小说中，失业、破产的男主人公都与环境格格不入，这是因为他们都以个人“情感”的抒发作为主要行为模式。

① 马克思、恩格斯：《马克思恩格斯全集》（第二卷），中央编译局译，人民出版社1957年版，第357页。

但是，他们身处在一个崇尚“理性”的资本主义商业社会中，周围人都以工具理性和禁欲主义为行为准则。这些人恪守美国白人新教徒的商业社会伦理，崇拜具有硬汉精神的男性气质，所以“受害者”们不仅因感情用事在商业社会中屡屡碰壁进而成为被社会遗弃、被边缘化的“他者”，他们还常因言语不和与朋友、邻居争吵、打架，甚至与家人也无法沟通。

在贝娄首部小说《晃来晃去的人》的开篇，主人公约瑟夫就在日记中写道：

> 从前，人们习惯于经常表白自己，对记录他们的内心活动并不感到羞愧。而今，记日记被认为是一种自我放纵、软弱无能、低级趣味的表现。因为这是一个崇尚硬汉精神的时代。今天，运动员、硬汉子的一套法则——我相信，这是从英国绅士那里继承来的一种美国遗产——空前盛行。这是一种拼命精神、苦行主义、严酷作风的混合物，追根溯源，来自亚历山大大帝。你有感情吗？表达感情有正确与错误的不同方式。你有内心生活吗？这于别人毫不相干。你有激情吗？扼制下去吧！在某种程度上，人人都遵循这套法则。它倒允许一种有限的坦白，它还是有抑制作用的。最严肃的事与硬汉们无缘。他们不懂得反省，因此碰到一些敌手，如不能像打猎那样凭武力制胜，他们便穷于应付了。
>
> 如果你有了困难，那就不声不响地进行斗争，这是他们的戒律之一。见鬼去吧！我要诉说我的困难，如果像湿婆神有很多手臂那样，我有许多嘴，滔滔不绝地讲，还是不能畅所欲言。眼下，我心灰意懒，很有必要记点日记——也就是说，把要说的话讲给自己听——我毫不感到有放纵之嫌。硬汉对自己的沉默另有补偿，他们坐飞机、斗牛、抓鱼，而我却几乎足不出户。[①]

有研究者指出，贝娄首部小说的这段开篇是在嘲讽在美国大萧条及“二战”期间流行的海明威式“硬汉”男性气质，到了《晃来晃去的人》与《只争朝夕》小说背景所处的时代，男性气质的理想形态与价值观都发生

---

① 索尔·贝娄：《晃来晃去的人》，宋兆霖编、蒲隆译，河北教育出版社2002年版，第3页。

了变化，威尔赫姆就体现了和“硬汉”男性气质完全相反的特质，他通过内在情感的爆发来报复当代文化，并且贝娄认为内在的感觉应该在当今文化中得到即刻表达而不再被扼制。① 另一位学者认为，《只争朝夕》的中心谜团就是在一个人分享自己的存在与得到伙伴们的富有同情心的建议和帮助之间投射的文化障碍。② 学者们虽然指出小说中存在抒发情感与遏制情感的两种相反力量，却并没有将两种行为准则的矛盾归结于“受害者”人物对资本主义文化的反抗。笔者认为，这段开篇无疑为贝娄的早期“受害者”小说主题奠定了基调。显然，贝娄首部小说的开篇就谴责了这股早先继承自英国、如今在美国盛行的资本主义工具理性和新教徒禁欲精神。在《只争朝夕》中，贝娄通过塑造“受害者”主人公“情感”行为模式与周围人“理智”行为模式的对峙和冲突，来表达对资本主义社会中工具理性和异化的反抗。

在“二战”战胜纳粹后，美、苏开始了“冷战”期间的超级大国竞赛，此时美国社会以反对极权为目的的自由主义重新抬头，受此影响，美国思想界与文化界出现了倡导多元文化主义与民主的潮流，但是，“与此同时，战后社会秩序、物质主义、对于一致性的压力、向大众社会的过渡也都在威胁着自由主义本身”③。在文学领域，反极权力量已经蓄势，在30年代盛行的马克思主义文学过后，“能够拯救苦难和毁灭的道德人文主义又开始复苏，文学成为焦虑的道德和形而上学的探索模式”，相反，“现代主义和自然主义的知识，尤其是30年代以来形成的社会现实主义却在遭到质疑”。④《只争朝夕》就诞生在这样一种大的政治思潮背景下，并且贝娄在50年代逐步脱离左翼政治的过程中，其早期小说中比较鲜明的共产主义思想转变为中性偏左的自由主义政治意识，它尊重个体性差异、寻求民主与平等，不仅支持种族平等、性别平等，还鼓励言论自由、市场自由。强调人文主义的《只争朝夕》就对资本主义文化中的工具理

---

① Sam B. Girgus, “Imaging Masochism and the Politics of Pain: ‘Facing’ the Word in the Context of *Seize the Day*”, in *New Essays on Seize the Day*, Michael P. Kramer, ed., Cambridge and New York: Cambridge University Press, 1998, p. 84.

② Walter Shear, “Bellow'sFictional Rhetoric: The Voice of the Other”, in *Saul Bellow and the Struggle at the Center*, Eugene Hollahan, ed., New York: AMS Press, 1996, p. 192.

③ Malcolm Bradbury, *Saul Bellow*, London and New York: Methuen, 1982, p. 28.

④ Ibid., p. 28.

性价值观发出了挑战。

社会学家马克斯·韦伯（Max Weber）在《新教伦理与资本主义精神》一书中指出，资本主义的文化特性就是“西方文化所固有的、特殊形态的‘理性主义’”，这是因为资本主义的本质“不外乎以持续不断的、理性的资本主义‘经营’来追求利得，追求一再增新的利得，也就是追求‘收益性’”，这个系统不仅要依赖理性的技术与法律来维持，还需要人们采取“理性的生活样式”。① 他还指出基督新教尽管有卡尔文派、虔敬派、卫理公会和再洗礼诸教会四个分支，但它们的教旨全部是以禁欲主义为思想基础的。②韦伯作为第一位给“工具理性”定义的西方学者，将哲学中的“理性”（reason）转化为社会学中的“合理性”（rationality），他指出，“所谓的‘合理性’是指人们逐渐强调通过理性的计算而自由选择适当的手段去实现目的”。“他将合理性分为两种类型：一是工具（合）理性（instrumental rationality），即一种强调手段的合适性和有效性而不管目的恰当与否的合理性；另一种是实质的（合）理性（substantive rationality），即一种强调目的、价值和意识的合理性”。韦伯认为近代理性观念的演变就是工具理性观念不断扩展而实质理性观念不断萎缩的过程，因为一旦工具理性自身发展成熟，这些手段便获得自主性和独立性，它们可以取代目的本身或为其他目的服务。③ 工具理性的实质是指科学技术，当科学技术发展到一定程度，强调目的、意义、价值的合理性就可被抛弃，而且工具理性无法对目的进行反思与批判，原本用于提高人类生活水平的科学技术就可以被用于邪恶的用途，而人类也将成为机器的傀儡与附庸。

匈牙利马克思主义哲学家卢卡奇在工人的生产劳动中根据代表工具理性的合理性提出了“异化”概念。卢卡奇强调合理性的原则是根据“计算”即“可计算性”来加以调节的，这样经济过程中的主、客体就会发生变化。首先，“劳动过程的可计算性要求破坏产品本身的有机的、不合理的、始终由质所决定的统一”，这样在整体被合理地分解为各个部分的

---

① 马克思·韦伯：《新教伦理与资本主义精神》，康乐、简惠美译，广西师范大学出版社2007年版，第4、5、12页。

② 同①，第73页。

③ 参见陈振明《工具理性批判——从韦伯、卢卡奇到法兰克福学派》，载《求是学刊》1996年第4期，第3页。

过程中，工人与作为整体的产品的联系被切断，“他的工作也被简化为一种机械性重复的专门职能”；其次，由于劳动过程的合理化，生产的过程以预先合理的估计为主，“人无论是在客观上还是在他对劳动过程的态度上都不表现为是这个过程的真正的主人，而是作为机械化的一部分被结合到某一机械系统里去”，“人不管愿意与否必须服从它的规律”，人就隶属于机器。[①] 卢卡奇认为这种“合理的机械化一直推行到工人的‘灵魂’里”，“甚至他的心理特征也和他的整个人相分离，同这种人格相对立地被客体化”，“并在这里归入计算的概念”。[②] 最终工人的生活方式会成为整个社会的生活方式，可计算性也成为全社会的原则，这成为资本主义社会的物化现象。整个资本主义行为的运行都建立在“可计算性”上，“因为合理计算的本质最终是——不依赖于个人的‘任性’——以计算出一定事情的必然的、有规律的过程为基础的”。[③]

在《只争朝夕》中，贝娄大篇幅地描写了“受害者”威尔赫姆与他人的交际冲突与情感隔阂，在周围人以“可计算性”为标准的价值观中，渴求情感的威尔赫姆格格不入。小说中最吸引评论者注意的父子矛盾就主要体现为威尔赫姆和艾德勒医生及周围人“情感”与“理智”两种行为模式的冲突。当艾德勒医生初次出现时，隐含叙述者就介绍道，“威尔赫姆的父亲，老艾德勒医生，生活在一个和他儿子迥异的世界中”，这句评论为父子二人的冲突埋下伏笔，造成此种父子隔阂的原因在于“他的父亲在和他谈起有关他的切身利益时冷淡的态度，让威尔赫姆感到深深地痛苦，艾德勒医生看起来显得很和蔼，和蔼！他自己的儿子，他唯一的儿子，都不能和他谈谈心、诉诉苦”。[④] 艾德勒医生曾是纽约最好的医生之一，他有一大笔存款并且可以毫不费力地帮助失业、穷困的威尔赫姆，但他始终对儿子的乞求坐视不管。威尔赫姆对父亲倾吐自己的不幸，苦苦哀求其伸出援手，隐含叙述者却这样描述艾德勒的反应，“换个父亲可能会理解这场艰难的忏悔——这多么不幸、厌世、虚弱和失败”，但奉行工具

① 参见卢卡奇《历史与阶级意识——关于马克思主义辩证法的研究》，杜章智、任立、燕宏远译，商务印书馆1996年版，第149－151页。

② 同①，第149页。

③ 同①，第161页。

④ Saul Bellow, *Seize the Day*, New York: Penguin Modern Classics, 1996, p. 10. 后文引用原文除特别标注外均出自该书，为笔者自译，随文标注页码，不另作注。

理性、注重计算得失的艾德勒却无动于衷，接着威尔赫姆企图克制自己的情感，以父亲不讨厌的方式来和父亲交流，他“试着模仿老人的声调让自己听起来很绅士，声音低沉又有品位。他不允许他的声音发抖；他也没做愚蠢的姿势，但是医生没有回答，他只是点点头”，“他对他的儿子就好像以前对待病人那样，对威尔赫姆来说这很伤心”，“他看不见吗——他感觉不到吗？他失去了亲情吗？”（11）

艾德勒医生对儿子的强烈感情无动于衷，他对于儿子身处困境又苦苦哀求的反应就是认为儿子想从自己的养老金中挖点钱出来，他只想安度晚年而不愿损害自己的利益去帮助儿子，对他来说，金钱远胜于爱与亲情，他的工具理性价值观让他早已丧失了家庭感。一次，威尔赫姆要父亲说出母亲去世的年份，但是艾德勒医生却答错了。“‘哦，是那一年吗？’威尔赫姆说，为了掩藏他的悲伤和这个问题令人难堪的讽刺，他紧张地颤抖着，晃着头，频频地蹭着衣领。”（27）威尔赫姆想“如果要是问这个老医生他是哪年实习的，他准能准确地告诉你”（27），而他对自己的妻子、家人却毫无关心。威尔赫姆说道：“‘我相信那年是接近1934年的一个年头，爸爸’”，威尔赫姆在感叹父亲的无情，而艾德勒却在思量完全不同的事，“为什么见鬼他就不能在谈话时站直了呢，他一会摆弄裤兜、上上下下地提裤子，一会不安地蹭着脚”。（28）接着威尔赫姆说道，“‘是啊，这就是结束的开始，不是吗，爸爸？’威尔赫姆经常让艾德勒医生震惊，结束的开始？他是什么意思——这是话里有话？什么的结束？家庭生活的结束吗？老人很迷惑，但他不能给威尔赫姆抱怨的机会。他已经明白最好不要接受威尔赫姆这莫名奇怪的挑衅”（28）。这对父子彼此埋怨，互相看不顺眼，但又不能理解彼此的言语行为究竟有何所指。威尔赫姆感到“在和他父亲的谈话中他易于失去对自己的控制，每次和艾德勒医生谈话完，威尔赫姆都感到不满，尤其是当他们谈论家庭问题时，他的不满达到顶点”，而艾德勒却仍旧云里雾里，“在最后空留他一个人在挣扎，他父亲却看起来无动于衷”。（29）艾德勒医生的理性克制恰恰是威尔赫姆情绪爆发的触点，他所针锋相对的正是父亲在禁欲主义下对亲人的冷酷无情。威尔赫姆与艾德勒的父子关系不再亲密，甚至二人的价值观与行为模式都大相径庭，并且威尔赫姆身边除特默金外所有人都奉行着工具理性价值观，而威尔赫姆却只想听从自己内心的选择。

艾德勒医生在生活中追求工具理性、恪守禁欲主义，他反对威尔赫姆过度的情感释放，无法容忍他不受理性控制的行为。他认为威尔赫姆不讲卫生、仪表邋遢，他反感威尔赫姆一些不体面的小动作和坏习惯，尤其讨厌他喝可乐、抽烟、吃各种药片，他认为对药物与酒精上瘾是一个人缺少自控力的表现，当他看到儿子面容憔悴时，他立刻批评道："你吃每种药都吃过量了——先是兴奋剂，又是抗抑郁药，吃了止痛药又吃强身药，你可怜的器官都紊乱了。镇静剂不会让人好眠，兴奋剂也不会让人振奋。这就和毒药没两样，但人们都相信这些药片。"（33）此外，艾德勒医生还无法容忍威尔赫姆缺乏理智的开车方式，"他不能忍受他儿子的驾驶。威尔赫姆马马虎虎，他能挂着二档开几英里；他很少开到正确的车道，他既不打信号灯也不看信号"，威尔赫姆的车内到处是垃圾、废品，他开车时就像在"做梦"。（34）最让他讨厌的还是威尔赫姆在生活中的过度情绪化。威尔赫姆和父亲诉苦他和妻子玛格丽特闹分居时，玛格丽特出于报复夺走了孩子的抚养权，甚至连威尔赫姆喜欢的家中老狗都故意带走，"威尔赫姆极为难过"，"艾德勒医生却觉得他的儿子太过沉湎于情感之中了"，紧接着，威尔赫姆对父亲叙述玛格丽特如何不停地向他索要大额抚养费，使他陷入无底深渊，父亲的反应却依然冷淡，"医生不耐烦地说，'好了，这都是细节，不是原则，细节你可以省略，还有狗！你把各种不相干的东西都混到一起了，去找个好律师'"（48）。在二人的交际模式中可以看到威尔赫姆注重的是个人的感觉与亲情，尽管玛格丽特对他做出种种伤害，他也只是通过诉苦来宣泄愤怒，顾及她是自己两个孩子的母亲，他一直在支付超出自己能力范围的抚养费，即使被其拖垮也未冷酷地采取法律手段反击，但艾德勒医生并不关心儿子的情感与感受，他只是冷冰冰地从"计算性"的角度叫威尔赫姆去找个好律师。接着威尔赫姆继续和父亲抱怨玛格丽特对他有多么狠毒，突然毫无征兆地，"威尔赫姆用长满棕色斑点的手指和指甲扣住了自己粗粗的喉咙，开始扼住自己。'你在干什么？'老人叫喊道。'我给你示范她是如何对我的。''停——停下！'老人说道，命令式地拍着桌子"，"'把你的手从喉咙上拿下来，你这个蠢货'"（48）。艾德勒医生对威尔赫姆说道，"你没必要搞得像演戏一样，维基"，"这只是你的一面之词"（49）。在此处艾德勒医生直接否定了威尔赫姆"戏剧般"的情感行为模式，在争吵中他也说出了他认为自己能在商业社会获得成功而威尔赫姆失败的原因："是的。因为我努力工作。我也不自我沉湎于感情，不懒。"（50）艾德勒医生遵循资本主义文化中的禁欲主义准则，他倡导以计算利益得失的工具理性标准行事，在他眼里威尔赫姆的情绪化与缺乏理性是造成他在商业社会中失败的原因之一。

尽管艾德勒医生在指责威尔赫姆的同时义正词严地说自己代表犹太传统，自己是对的那类犹太人，但实际上他并不信奉犹太教，他的行为与20世纪诸多为了融入美国都市商业社会而背离犹太传统和犹太家庭伦理的犹太移民一样，并且作为一名象征着科学精神的优秀医生，他不仅是工具理性的代言人也是体面的美国中产阶级代表。相反，虽然威尔赫姆在去好莱坞追逐美国梦时把自己的犹太名字改为一个美国化的名字“汤米”，因此父亲觉得儿子代表新的那套，而且是错的那类犹太人，但威尔赫姆恰恰在经历了美国商业文化与犹太伦理的冲突后选择了向传统价值回归。他的性格继承了犹太戏剧中的传统，他的行为遵循俄国、东欧犹太人的“旧体系”，而艾德勒医生继承了白人清教徒的商业文化传统，他是一位“社会行为大师”，他举止客套、高度自控，威尔赫姆的戏剧般的感情正是艾德勒医生想扼制、堵塞的。[①] 有研究者指出骗子特默金（Tamkin）对威尔赫姆关于人具有两个灵魂的一段教导在这部小说手稿的几个版本中均有出现，这段教诲才是小说所表达的思想核心。特默金对威尔赫姆讲道：人有一个“真实”灵魂和一个“伪装”灵魂，“真实”灵魂“热爱真理”，而“伪装”灵魂追求“谎言”，“伪装”灵魂涉及“利己主义”“虚荣”与“社会约束”，它与“社会生活”“机械主义”相关，“真实”灵魂总是要为“伪装”灵魂付出代价。（70，71）该研究者认为，这段谈话点明了小说的标题和主题，小说题目“只争朝夕”（*Seize the Day*）作为罗马诗人贺拉斯（Horace）以来的“及时享乐”（carpe diem）主题，暗示着“一个人不仅必须真实对待自己的真正灵魂并学会如何去爱，还必须学会去拒绝这个充满铜臭味的、剥削人的金钱社会，去抓住‘此时此刻’”[②]。而笔者认为，“真实”灵魂就是威尔赫姆一直追求并在观看葬礼后经过顿悟所最终获得的，而“伪装”灵魂就是指艾德勒医生，通过刻画二人“情感”对峙“理智”的社会行为模式冲突，贝娄是在用威尔赫

---

① Donald Weber, “Manners and Morals, Civility and Barbarism: The Cultural Contexts of *Seize the Day*”, in *New Essays on Seize the Day*, Michael P. Kramer, ed., Cambridge and New York: Cambridge University Press, 1998, pp. 44 – 45, pp. 59 – 60.

② Allan Chavkin, “‘The Hollywood Thread’ and the First Draft of Saul Bellow's ‘Seize the Day’”, *Studies in the Novel*, Vol. 14, No. 1 (Spring 1982), p. 85.

姆貌似不理性的“蠢行”和屡次的情感用事来向以工具理性和禁欲主义为代表的资本主义文化进行反抗。

法兰克福学派哲学家赫伯特·马尔库塞（Herbert Marcuse）在其著作《单向度的人：发达工业社会意识形态研究》（*One Dimensional Man: Studies in the Ideology of Advanced Industrial Society*）一书中指出，正是工具理性使技术进步成为发达工业社会中的极权主义，而我们所处的这个社会也是极权社会。马尔库塞认为，在工具理性的作用下，发达工业社会中的人成了“单向度的人”，“‘单向度的人’即是丧失否定、批判和超越的能力的人。这样的人不仅不再有能力去追求，甚至也不再有能力去想象与现实生活不同的另一种生活。这正是发达工业社会极权主义特征的集中表现”。[①] 威尔赫姆的失败在小说中被刻画为在一些关键节点由于个人选择错误所导致的失败。而非出于威尔赫姆本人的具体行为过失，他的失败很大程度上是环境决定的或命中注定的失败，但奇怪的是，威尔赫姆几乎在每次面临人生重大选择时都意识或预感到了自己从情感方面出发所做出的选择在现实理性角度来看是不讨好的，但他却依然不改初衷，最终陷入了失业、破产、无家可归的可怜境地。和父亲、妻子、博尔思等人相比，只有威尔赫姆才不是那个单向度的人，他遵从情感的固执选择就是向极权主义做出的反抗。比如，造成威尔赫姆多年来四处奔波又中年失业的根源之一在于他年轻时没有完成宾夕法尼亚大学的学业就被骗子威尼斯（Maurice Venice）招徕到好莱坞去追求明星梦。对未来抱有极大幻想、对自己异常自信的青年威尔赫姆在和家人说明自己要中断大学学业、跑到好莱坞试镜后招致全家人的反对，他和全家人吵架并为此耽搁了3个月。

> 然后，他已经非常清楚地意识到风险而且他知道有100条理由反对他去，这使他恐惧得发慌，他还是离开了家。这就是典型的威尔赫姆。这么多考虑、犹豫、争论后，他还是不变地走了那条他无数次拒绝过的路。这样的决定，他一生有过10次之多。他已经认定去好莱坞会是个错误，他还是去了。他已经下定决心不娶他的妻子，但还是与她私奔并结婚了。他已经决定不把钱交

① 刘继：《译者的话》，载赫伯特·马尔库塞《单向度的人——发达工业社会意识形态研究》，上海译文出版社1989年版，第2页。

给特默金投资，然后他还是把支票给他了。(23)

在威尔赫姆被特默金骗走最后的积蓄前，艾德勒医生就曾提醒过他特默金不值得信赖，当他不得已向父亲艾德勒发起最后的求助时，艾德勒说道，“我不会再提醒你，我之前警告过你多少次”，“我不知道你得被烧焦多少次才能学乖，同样的错误，一次又一次”。(109) 威尔赫姆在将最后的积蓄交给特默金之前也曾对他的言行产生过怀疑，他问自己，“他是骗子吗？这是个精妙的问题”，“他能相信特默金吗——能吗？他头脑发热地、没有结果地寻找答案”，“在长久的斗争之后他做出了决定，他给了他钱”，“他已经筋疲力尽了，这个决定根本不算个抉择。这是怎么发生的？他好莱坞的失业是如何开始的？不是因为莫里斯·威尼斯，那个后来拉皮条的。是因为威尔赫姆自己酿成的错。他的婚姻，也是如此。像这样的一些决定就构成了他的人生”。(57，58)

“在工具理性支配的时代”，“并不存在正义与价值”，“人成为既定模式下的爬行者”。[①] 虽然威尔赫姆一再重复错误的选择并咽下苦果，但他在抉择时清楚自己在做什么，最后他依然选择相信特默金而不是父亲、相信自己的判断而不是他人的建议。这暗示着威尔赫姆再一次地拒绝遵从父亲与周围人代表的工具理性支配的资本主义文化准则，他坚持用情感去做判断而不是依据现实利益的可计算性去决定自己的人生，他拒绝做一名资本主义文化既定模式下的爬行者。当特默金向他揭示物质主义对人的毁灭作用并使他相信人的情感与爱的伟大时，他对特默金产生了认同，因此他犹豫过后还是把积蓄都给了特默金。

威尔赫姆在乐嘉士公司干了将近10年，随后他的老板让自己的女婿插手了威尔赫姆的地盘，威尔赫姆一怒之下辞职。“他们合理的说辞是这块营销地盘对于一个人来说有点太大了。可我有专营权。根本不是这么回事。真正的原因是他们已经到了必须提拔我在公司当头儿的地步了。副总。眼看就轮到我了，但是这个女婿闯了进来。”(35) 艾德勒医生与玛格丽特都从工具理性的角度出发，建议无法再找到工作的威尔赫姆接受这个不公平的社会现实并向原来工作的乐嘉士公司示好，但威尔赫姆却强

---

① 仰海峰：《法兰克福学派工具理性批判的三大主题》，载《南京大学学报（哲学·人文科学·社会科学版）》2009年第4期，第33页。

调，“感情使我在乐嘉士公司陷入困境。我对公司有感情，我属于公司，但他们把格尔伯安插到我头上时，我的感情被伤害了。爸爸认为我想得太简单了。但我没他想得那么简单。他有什么感情吗?”（56）有学者认为，“在商业事务中不理性的行为反映了威尔赫姆将人的价值投射到‘世俗生意’之上，他对乐嘉士公司没有提拔自己动怒，但却不能咽下自己那份骄傲，在找到更好的工作前先保留这份工作”①。威尔赫姆毅然辞职的行为与他之前那些一意孤行的选择一样，都是为了向不尊重个人价值、压抑人性与情感、只注重实际利益的资本主义工具理性进行反抗。

威尔赫姆除了通过“情感”行为模式来对峙周围人“理智”行为模式，并以此反抗资本主义文化的工具理性对人的个体价值的贬低外，他更是作为“受害者”主人公在小说中发出一名失败者、社会弃儿的声音，通过反抗父亲、妻子等周围人以利益为主导的“理智”行为，揭露他所处的都市资本主义文化已经解构了传统家庭的道德伦理。在小说中，艾德勒医生是个健康、英俊、整洁的老人，他在格劳瑞安娜旅馆的老年住户中颇有威信，人们敬重他曾是名优秀的医生、科学家，但同时他也是个冷酷无情、自私贪财的人，在他眼中金钱就是一切，他瞧不起自己失败的儿子，对于艾德勒来说威尔赫姆只是用来和别人炫耀、吹嘘以提高自己身份的砝码。他一方面以威尔赫姆没读完大学为耻，另一方面却和别人吹牛道：“我的儿子是销售。他没耐心读完大学。但是他自己也做得挺好。他的收入有五位数。”（13）“他每提起他的孩子，必吹嘘一番”（32），“威基过去在乐嘉士公司。他是他们的东北地区销售代表，他在那干了好多年，刚刚结束和公司的合作”。（35）威尔赫姆不禁反感艾德勒医生将自己当成商品向别人进行推销的商业化行为，“这就是爸爸，威尔赫姆心想，他才是销售员。他在和别人销售我”（13）。在威尔赫姆所处的商业社会中，人已经没有内在价值，只有商品价值，也就是说马克思理论中的“交换价值”取代了“使用价值”，“威尔赫姆所处的文化只重视金钱授予的权力，意识形态的镜头通过收缩扭曲了经验，一切人、事和经验都变成

① Julia Eichelberger, “Renouncing ‘The World'sBusiness’ *Seize the Day*”, *Studies in American Jewish Literature* , Vol. 17 (1998), p. 73.

商品，此外别无意义”。[1]艾德勒刚刚告诉博尔思（Perls）先生威尔赫姆的收入有五位数，“博尔思先生的声音就变得急切地尖利。‘是吗？是32%这一档的？我猜比这还高？’”威尔赫姆对此讽刺道，“唉！他们是多爱金钱哪，威尔赫姆想。他们崇拜金钱！神圣的金钱！美丽的金钱！人们对除了金钱之外的任何事都无动于衷。”（36）威尔赫姆批判自己所处的这个金钱、利益主宰一切的资本主义社会，人们自私自利、毫无怜悯之心，更丧失了付出爱与感情的能力。与艾德勒一样，威尔赫姆的妻子也仅关心他的赚钱能力，在他被特默金骗得身无分文、走投无路后，他收到了玛格丽特催促他交付赡养费的电话，当他对她诉说自己破产的缘由时，玛格丽特仍步步紧逼，威尔赫姆哀求玛格丽特去找份工作，但被无情地拒绝。他情绪激动地对她说：“你必须意识到你正在杀了我。你不能这样像个盲人一样。你不应该杀了我。”玛格丽特却冰冷地回答道：“我对你的赚钱能力有很大的信心。”（112）此时父子亲情、夫妻之情都被赤裸裸地物化，威尔赫姆的个人价值成为可被量化的数字。

威尔赫姆对在都市商业文化下人与人之间、父子之间的异化评价道：

> 那个令人恶心的博尔思先生早饭时说很难把理智者同疯子区分出来，这话在任何一个大城市都是对的，尤其是在纽约——这个世界的尽头，有着它的繁复性与机械性，砖瓦管道，电线石头，深沟高楼。这里的每个人都疯了吗？你看见的都是哪种人？每个人都在说他自己的那套语言，他自己才能明白的那套……要是别人能明白你的意思，你就是幸运的。这事会一次次地发生在你遇到的每个人身上。你必须翻译再翻译，解释再解释，来来回回，不理解或不被理解，这就是地狱本身的惩罚，无法区分理智的人与疯子、智者与傻瓜、长者与青年、病人与健康者。父亲不是父亲，儿子不是儿子。（83，84）

在小说结尾，威尔赫姆闯进了一支送葬的队伍，在看到死者的灵柩后，威尔赫姆想到了自己的种种不幸，他开始在教堂痛哭起来。

---

[1] Julia Eichelberger, “Renouncing ‘The World'sBusiness’ *Seize the Day*”, *Studies in American Jewish Literature*, Vol. 17 (1998), p. 73, p. 78.

站得挪开了一点，威尔赫姆开始哭了起来。开始他还只是出于感伤，哭得很轻，但很快他就出于更深层次的情感。他大声地抽泣，脸变得滚烫、扭曲，泪水刺痛着他的皮肤。一个男人——另一个人类生物，第一次从他的思绪中闪过，但其他人其他事却依然与他分离。我要做什么？我被剥裂、被踢开……哦，父亲，我向你请求什么？我将为我的孩子汤姆、保罗做些什么？我的孩子们。还有奥利维亚呢？我的亲爱的！为什么，为什么，为什么——你必须保护我远离想要取我性命的恶魔。如果你想要我的命，那就杀死我。拿走吧，拿去，从我身边拿走。

很快他就言语混乱、逻辑颠倒、前后不一。他不能自已。所有泪水的源头突然在他体内打开，黑色的、深沉的、滚烫的泪水喷涌而出，他的身体剧烈震动，他伸着倔强的头，拱着肩，面部扭曲，拿着手绢的手也不听使唤。他重整情绪的努力没有用。他喉咙里那个由难过和悲伤凝结而成的大疙瘩向上蹿动，他把它完全吐了出来，他捧着脸，哭泣着。他用尽全心地哭着。

他，孤零零地在教堂的人群中抽泣着。没有人知道他是谁。

一个女人说，“这可能是他们盼着的从新奥尔良来的表弟吧?”

“肯定是关系很亲近的人。”

“哦，天哪！像那样默哀，”一个男人说道，他带着闪光、嫉妒的眼神看着威尔赫姆沉重、发抖的双肩，扭曲的脸庞和发白的金发。

“可能他是死者的兄弟?”

“哦，我怀疑不是，”另一个旁观者说。“他俩一点都不像。简直一黑一白。”

鲜花和灯光在威尔赫姆模糊、湿润的眼中心醉神迷地融合在一起；大海般深邃的音乐充斥着他的耳朵。在巨大、幸福的忘我状态的泪水中，他隐匿于人群。听到哀乐，他陷入更深的痛苦，经过撕心裂肺地呜咽与痛哭，他内心最终的需要圆满了。(117，118)

小说的这段结尾非常著名，贝娄同时代的作家诺曼·梅勒（Norman Mailer）尽管并不喜欢他的创作，但却曾称赞这部小说的结局“出人意料的优美”[①]，另一名研究者也认为小说“在非比寻常的结尾中达到了高潮，并且这个结尾在之后很长一段时间内都将被阅读、争论”[②]。对于小说结尾“汤米为什么哭”这个问题，评论家们确实一直辩论不休，这也使得评论界对这部小说的意义无法达成共识。有研究者认为，在最后的“哭泣”中，“汤米通过‘未被教化’的情感释放得到了救赎：汤米由衷的泪水象征着他的道德战胜了僵硬的情感压抑。他情感的喷发使他在通往灵魂之处打开了一个通道”，“在贝娄的想象中，这种道德活动才使我们具有人性”。[③] 同时，威尔赫姆最后的哭泣也是一种“净化”活动，这使得小说的结尾变成了一种对峙，“爱与礼的对决，情感与人为习俗的对决，救赎的野蛮主义与压抑的教化之间的对决”。[④] 有研究者通过分析威尔赫姆痛哭文本中出现的与水有关的意象来判断一方面威尔赫姆被水淹没，暗示他在自怜中以溺亡的形式自杀，另一方面水可以用来洗礼、净化，它象征着威尔赫姆在遇到死者时所感受到的对所有殊途同归的人类的理解与同情。[⑤] 持相似观点的研究者还注意到威尔赫姆在看到死者的尸体后不仅仅是出于自怜而为自己哭泣，他是为全人类而哭泣，他第一次超越了自我沉湎并意识到了人与人之间手足般的纽带，这个纽带就是所有人都会受罪和死。[⑥] 其他研究者认为，此处威尔赫姆的哭泣涉及贝娄对弥尔顿（John Milton）《莱西达斯》（*Lycidas*）一诗的用典，威尔赫姆的哭泣不仅指他在泪海中溺亡，也指他在精神上重生。[⑦] 也有持相似观点的评论家将威尔赫

---

① Norman Mailer, *Advertisements for Myself*, London: Deutsch Press, 1965, p. 402.

② Harvey Swados, “A Breather from Saul Bellow”, *New York Post Magazine*, 18th Nov. (1956), p. 11.

③ Donald Weber, “Manners and Morals, Civility and Barbarism: The Cultural Contexts of *Seize the Day*”, in *New Essays on Seize the Day*, Michael P. Kramer, ed., Cambridge and New York: Cambridge University Press, 1998, pp. 44 – 45.

④ Ibid., p. 62, p. 64.

⑤ Peter Hyland, *Saul Bellow*, London: Macmillan Education Ltd., 1992, p. 47.

⑥ Allan Chavkin, “‘The Hollywood Thread’ and the First Draft of Saul Bellow's ‘Seize the Day’”, *Studies in the Novel*, Vol. 14, No. 1 (Spring 1982), p. 92.

⑦ Ellen Pifer, *Saul Bellow Against the Grain*, Philadelphia: The University of Pennsylvania Press, 1990, p. 94.

姆最后“不能自已的哭泣”视作“对无法解决的问题的释然”以及“他的创造性重生的开始”。[①] 另一位将威尔赫姆的哭泣理解为“重生”的评论者指出，威尔赫姆遇到的死者其实是他自己，暗示他一直像死了一样活着，棺材象征着摇篮以及他的重生，通过像新生儿降生一样哭泣，威尔赫姆以“真正的灵魂”重生，这部小说的意义也并不是指享乐主义般的及时行乐，而是人活着就要追求人类的美好、个人的体面与对人类的爱。[②] 甚至有评论家认为，威尔赫姆是一个具有代表性的人，他指“每一个人”，治愈好威尔赫姆就意味着治愈好全人类以及肯定人类的伟大，通过具有宗教意义的转化，“自我”经历了“死亡”“洗礼”“重生”的转化过程，因此这部小说是“对人类生活的再次肯定”，“对‘推销员’不必去‘死’、不必去过别人限定的生活、不必采取受虐的策略来保持童真的可能的肯定”。[③] 总之，相当一部分评论者将威尔赫姆最终的哭泣上升到道德与人性的角度，因此很多评论家认为它是一本颂扬人文主义精神的小说。

然而，也有部分评论家对威尔赫姆哭泣的原因以及小说的意义提出较为消极的看法。国内学者乔国强就认为，“汤米的哭泣既不是宣泄，也不是彻悟，而是愚人在公共场合里的一种自怨自怜”，“这部小说更加着重强调新一代犹太人由于放弃了父辈的信仰、缺乏父辈艰苦努力的精神，而在美国当代社会中所遭遇的失败。他们不仅没能在社会上安身立命，甚至连家庭生活也过得昏天地暗，难以维持”。[④] 另一研究者指出，“死者象征着威尔赫姆情感上不在场的父亲，空虚的自我最后服从于社会的自我、伪饰的自我和威尔赫姆的自我死亡”[⑤]。这位评论者接着引用贝娄 1984 年在访谈中对威尔赫姆的评价来否定小说结尾的积极意义，并且指出小说的结

---

① Joseph F. McCadden, *The Flight from Women in the Fiction of Saul Bellow*, Washington: University Press of America, 1980, pp. 91 –92.

② Lee J. Richmond, “The Maladroit, the Medico, and the Magician: Saul Bellow'sSeize the Day”, *Twentieth Century Literature*, Vol. 19, No. 1 (Jan 1973), pp. 24 –25.

③ John Jacob Clayton, *Saul Bellow: In Defense of Man*, Bloomington: Indiana University Press, 1979, pp. 28 –29.

④ 乔国强:《贝娄学术史研究》，译林出版社 2014 年版，第 272 页。

⑤ J. Brooks Bouson, “Empathy and Self-Validation in Bellow's Seize the Day”, in *The Critical Response to Saul Bellow*, Gerhard Bach, ed., Westport: Greenwood, 1995, p. 94.

尾结束突然并且不完整，因而削弱了作者意图的权威性。[①] 评论家格伦迪（Michael K. Glenday）也另辟蹊径，他指出《只争朝夕》的结尾加深了一种绝望感，无论从汤米一天的经历还是汤米最后的哭泣中都无法看到任何积极的意义，汤米只有置身于一群陌生人之中时才打开心扉，而且引发他真实情感迸发的也是一个陌生的死者，这暗示着汤米在人群中的孤独，他最终被淹没在自己感情的宣泄中而无法改变这个崇尚理性的现实世界。[②]

综合小说中威尔赫姆“情感”行为模式与周围人“理智”行为模式的对峙与冲突，以及威尔赫姆对周围人唯利是图、冷酷自私行为的批判和对自己遭遇的诉说，小说的结尾以威尔赫姆情感的迸发来表达对主张工具理性、藐视个人价值的社会的抗争，通过“哭泣”，威尔赫姆激烈而无言的反抗与控诉达到了高潮。然而，同样如部分评论家所说，以威尔赫姆的哭泣作为小说结尾并未给威尔赫姆已经失业破产、走投无路、被家人抛弃的生活提供一个实际可行的解决之道或看似美好的未来前景，读者无从得知威尔赫姆在哭过后将何去何从，以及威尔赫姆所代表的这类“受害者”人物又将在社会中遭遇怎样的命运。甚至威尔赫姆的哭泣也并未换来周围人的理解，这些旁观者仍旧以克制、理性的眼光在审视威尔赫姆为死者哭泣的动机，他依然是一位与周围人格格不入的社会“弃儿”。因此，很难判定这部小说就是对人文主义的肯定，因为在这场“情感”与“理智”的对决中，贝娄并没有赋予评论家们所谓的“净化”“重生”以最终的胜利果实。但是值得思考的是，作家是否就一定要在小说中为深陷当代社会困顿的主人公设置或找到一个解决之道？或作家是否须对资本主义文化矛盾有化解良策？贝娄在小说中批判资本主义文化中的工具理性遏制人的情感、压抑个体性，但贝娄与其小说中的“受害者”人物始终生活在资本主义文化语境中，尽管威尔赫姆是资本主义文化的“受害者”，但他也曾一度相信商业社会所谓的“成功”，跑到好莱坞去追求美国梦，做着发财梦去参与商品市场投机。如果贝娄在小说结尾设置威尔赫姆哭泣后重新战

---

① J. Brooks Bouson，“Empathy and Self-Validation in Bellow's *Seize the Day*”，in *The Critical Response to Saul Bellow*，Gerhard Bach，ed.，Westport：Greenwood，1995，p. 97. 关于贝娄对威尔赫姆的看法，参见 Matthew Roudané，“An Interview with Saul Bellow”，*Contemporary Literature*，Vol. 25，No. 3（1984），p. 279.

② Michael K. Glenday，*Saul Bellow and the Decline of Humanism*，Houndmills and London：The Macmillan Press，1990，pp. 54 – 91.

胜困难、融入社会的情节，这样的安排是否足够令人信服？这样做是否会削弱小说结尾的艺术与美学效果？

贝娄曾在访谈中谈道："我同情威尔赫姆，但我不尊重他。他是一个职业方面的受难者。我是一个借助职业的反抗者。"[①] 贝娄确实是一个借助文学创作来反抗资本主义极权文化的人，因此他同情威尔赫姆，但他并不尊重威尔赫姆，因为他仍是美国文化语境下的主流作家，他试图用笔去对抗工具理性对个体的异化，但此时他的目的是修正社会，而非推翻社会或使社会回溯到过去的、怀旧的前资本主义时代。因此，《只争朝夕》是他的早期马克思主义思想在50年代文学创作中的影响的延续，它更多的是对资本主义文化的批判。

## 二、资本的邪恶："受害者"的资本市场认知

贝娄除了在《只争朝夕》中通过塑造"情感"与"理智"的行为模式冲突并让"受害者"通过抗争来批判工具理性、禁欲主义对个人价值的贬抑外，还通过描写美国商业社会中的资本现象与资本市场来对资本主义文化中的贪婪攫取性进行批评。贝娄的犹太好友、美国著名社会学家、"纽约知识分子"成员丹尼尔·贝尔（Daniel Bell）总结资本主义的两大起源除了禁欲苦行主义（asceticism）外就是贪婪攫取性（acquisitiveness）。[②] 在《只争朝夕》中，养鸡业就是一个颇能代表资本累积与增值过程的行业，小说的全知叙述者曾这样描述纽约的养鸡业来揭示资本的贪婪攫取性："威尔赫姆对养鸡业有种奇怪的感觉，那就是它是邪恶的"，"养鸡房像是监狱，为了骗母鸡下蛋，里面的灯通宵亮着。然后屠杀。要是把被屠宰的鸡摞在一块，一周之内就会堆得比珠穆朗玛峰或太平山还要高。鸡血填满了墨西哥湾，酸性的鸡屎也会烧毁地球"。（85）威尔赫姆认为养鸡大王拉巴包特先生（Mr. Rappaport）这种攫取财富的手段是机械主义的、无情感的、有违自然规律并破坏自然环境的。通过讽刺养鸡业，小说指出资本主义中的贪婪攫取性是以牺牲传统的伦理道德和社

---

① Matthew Roudané, "An Interview with Saul Bellow", *Contemporary Literature*, Vol. 25, No. 3 (1984), p. 279.

② 丹尼尔·贝尔：《资本主义文化矛盾》，赵一凡等译，生活·读书·新知三联书店1989年版，第27页。

会秩序为代价的，并且威尔赫姆对资本家不择手段地追求资本增值的做法持否定看法与批判态度。

“骗子”“魔术师”“领路人”特默金医生让威尔赫姆对于资本现象与资本市场有了更深层次的认知，在特默金的言传身教下，小说实现了对资本市场本质的揭露与对资本主义贪婪攫取性的批判。有评论家指出，“在《只争朝夕》中特默金作为道德启蒙者的特殊功能类似于贝娄要用文学艺术达到的道德教育功能”，“特默金与威尔赫姆的关系可以和小说作者与听众之间的关系类比”，他在小说中的作用就是“交流真相”。① 其他研究者也指出，让人感到讽刺的是，最深刻的真知灼见竟是出自特默金之口，他在小说中对威尔赫姆起到了启蒙的作用。② 尽管他是假冒者、骗子，但他却是威尔赫姆的精神向导，最后他不仅骗走了威尔赫姆 700 元钱，还帮威尔赫姆摆脱了存留的幻想。③ 在小说中，特默金像救世主一般对威尔赫姆进行“布道”，他一直给威尔赫姆讲授自己对商业社会和资本市场的理解，这些观点有的是为了拉拢威尔赫姆才投其所好地对他鼓吹个人主义、鞭挞社会；有的是为了引诱威尔赫姆进行商品投资，骗其交出最后的积蓄，但它们和特默金最后的不辞而别一样，都在对资本主义与资本市场的认知方面为威尔赫姆上了生动而深刻的一课。

特默金常源源不断地对威尔赫姆传播着各类信息，“威尔赫姆总是在听着从特默金那传来的这样的故事”，通常随后威尔赫姆就会对他的观点产生一定程度的认同，一次，在特默金对资本主义文化进行批判后威尔赫姆也感觉到：

> 最为疯癫的就是商人，薄情寡义、夸耀卖弄、喧嚣骚动的商人阶级用他们强硬的手段、无耻的谎言来统治这个国家，他们那套根本没人相信。他们比任何人都更疯狂。他们传播着瘟疫。威尔赫姆想起了乐嘉士公司，很赞同很多商人都疯了的观点。而且

---

① Gilead Morahg, “The Art of Dr. Tamkin”, in *Modern Critical Views: Saul Bellow*, Harold Bloom, ed., New York: Chelsea House Publishers, pp. 155 – 156.

② Julius R. Raper, “Running Contrary Ways: Saul Bellow'sSize the Day”, in *The Critical Response to Saul Bellow*, Gerhard Bach, ed., Westport: Greenwood Press, p. 77.

③ Ellen Pifer, *Saul Bellow Against the Grain*, Philadelphia: The University of Pennsylvania Press, 1990, p. 94.

他觉得特默金确有他的独特之处，有时能说上些真话并对人有点益处。特默金也相信瘟疫说。他对特默金说，“我实在太赞同你了，他们无所不卖，无所不盗，他们见利忘义到骨子里了”。(63，64)

除了对资本主义文化与商业社会的批判外，特默金对威尔赫姆产生的最大影响是将威尔赫姆诱骗至资本市场。通过描写特默金在资本市场中对威尔赫姆进行“布道”，以及他致使威尔赫姆破产后失踪，小说将资本市场的诱骗性、残酷性揭露得力透纸背。特默金在小说中以职业投资人的身份出现，他堪称资本市场的代言人，他不仅是将威尔赫姆引入资本市场的导师，更进一步成为使威尔赫姆认知整个资本主义社会本质的领路人。贝娄的多数小说都发生在金融业发达的后工业大都市①，因此其中不乏对资本投资的描写，威尔赫姆这样的失业者愿意拿出最后仅存的积蓄到商品市场中赌上一把，以求扭转困境；《偷窃》中女主人公的丈夫凡尔德工作能力平庸，为了使家中的积蓄保值也买了矿产资源类股票；在《更多的人死于心碎》中，贝恩舅舅这样远离人间烟火的植物科学家也投资了股票，他的妻子玛蒂尔达更是雄心勃勃地想要贝恩搞来几百万美元买股票，自己做投资经理。通常认为，资本市场的兴衰反映了投资者对国家未来经济形势的信心，它是对经济前景的预期，在理论上，普通人能够通过投资分享经济增长带来的收益，但在贝娄的小说中，资本市场并没有所谓的投资功能，它只是一个吞噬了无数普通人积蓄的、血淋淋的赌场。早在《受害者》中，贝娄就通过暗讽股市的“绞肉机”性质来揭露资本市场的掠夺性、残酷性。男主人公利文撒尔在观察朋友哈卡维（Harkavy）的住房时描述道：“哈卡维从一个破产者那搞到这套房子，这个破产者在黑色星期五那天自杀了。”（231）黑色星期五就是指1929年股灾中美国股市暴跌

① 丹尼尔·贝尔（Daniel Bell）将社会形态依据发达程度分为前工业社会、工业社会、后工业社会。在前工业社会中人们主要从事“采掘和提取自然资源的工业”，“单纯用体力进行劳动”；工业社会是“商品生产的社会”，“机器处于主导地位”，人类“同经过加工的自然界竞争”；后工业社会中“大多数劳动力不再从事农业或制造业，而是从事服务业，如贸易、金融、运输、保健、娱乐、研究、教育和管理”，它是“以服务行业为基础的”，是“人与人之间的竞争”，主要是知识与专业技能方面的竞争。参见贝尔《后工业社会的来临——对社会预测的一项探索》，高铦等译，新华出版社1997年版，第20、133、141－143页。

的第二天。《只争朝夕》这部小说对资本市场本质的揭露比《受害者》更深刻、更彻底。

在小说中，资本市场与特默金都呈现出相似的诱骗性，它们都散发着具有魔力的“金钱”气息、制造出美好的“财富”幻象引诱着威尔赫姆走向陷阱。在认识特默金之前，威尔赫姆就喜欢赌博，但他运气很差，一直在输钱，从未赢过，在牌桌上他认识了住在同一家旅馆的特默金，特默金随之开始劝他进行商品期货投资，这一情节暗示着威尔赫姆即将在另一场赌博——商品投资中同样输得一塌糊涂。特默金在初次劝威尔赫姆进行商品投资时就把在市场中赚钱描绘得易如反掌，“‘这种投机的全部秘密’特默金告诉他道，‘就在于灵敏，你得行动迅速——买了卖；卖了买。但是要快！’”“很快你就会赚到拥有价值一万五或两万美元的大豆，咖啡，玉米，皮革，小麦和棉花。”（8，9）接着他把资本市场描绘得遍地黄金，不去发这份财俨然成为罪过，但对股市巨大的风险他却只字未提，他问威尔赫姆，“你没有停下来想想人们在市场里赚了多大一笔钱吗”，听到特默金抛出的诱饵，“威尔赫姆立刻从郁闷的表情变得气喘吁吁地笑了起来，说道，‘哦，我要是想过就好了！你怎么看？谁不知道除了1928到1929年期间股市都在赚钱？它现在还在上涨。谁没看过富布赖特的调研？到处都是钱。每个人都在拿铲子挖钱。钱是——是——’”。（9）看到威尔赫姆已无法抵御住对金钱的贪婪，特默金接着诱劝他道：

> “你能稳如泰山——当别人都在掘金的时候你还能坐得住？”特默金说。“我和你老实说我可坐不住。我想想那些人就因为有点钱投资，就能发财。他们没脑子，没才华，他们只是有几个钱，又用钱生了更多钱……当其他每个人都在赚你身边的钱的时候，你肯定也不想当个傻子。我知道有人只是到处闲逛，一周就能赚五千、一万块。”
>
> …………
>
> “这是一个商人的政府，”特默金说，“你可以相信这些人一周就能赚五千元——”
>
> “我不需要那种钱，”威尔赫姆说，“但是，哦！如果我能从这上面赚点稳定的收入就好了。不用很多。我不求多赚。但是我多缺钱啊——！如果你告诉我怎么炒股，我会非常感激。”（9，10）

纽约是全球金融中心，资本的魔力、高昂的物价使得资本市场对威尔赫姆这样的普通人产生了巨大的吸引力。华尔街时常上演一夜暴富的金钱神话，职业的金融精英通过市场中变幻莫测的数字操控全球资本市场的命脉，碌碌无为的普通人便被这个梦幻般的资本游戏吸引。特默金为威尔赫姆描述了一个快速、简单、不需要付出劳动就可以飞黄腾达的致富途径，威尔赫姆与无数投资者一样都相信自己会成为资本“赌场”中的幸运儿。因此，威尔赫姆才将最后的700美元积蓄作为筹码，企图奋力一搏赢回幸福。

为了进一步引诱威尔赫姆上钩，特默金一边像魔法师一样对他继续念着“咒语”，一边像救世主一样对他进行“布道”。特默金先是声称自己与其他投资者不同，他已掌握了在市场中盈利的科学规律，他对威尔赫姆说道，“他们是赌博，我是科学地从事它”（9），而且他宣称自己在投资圈人脉很广，华尔街股票分公司的经理全都认识他。然后，为了骗取威尔赫姆的信任，他又对威尔赫姆说道：“当我不收费时我是最有效的。当我仅仅出于热爱时。没有经济回报。我将自己排除在社会作用之外。尤其是金钱。我寻找的是精神补偿。”（66）他整日口若悬河、滔滔不绝，像个有魔力的法师迷惑着威尔赫姆和周围人，他“笑起来像个仁慈的魔法师”（81），在交易市场中“他认识好多人，他一直在和别人谈话。他在给别人建议，收集信息吗？还是在实施他从事的神秘职业？催眠术吗？或许他能够让和他谈话的人精神涣散”（82）。但在股票市场与特默金的虚假光环背后，却隐藏着不堪一击的脆弱与残酷的掠夺性。

在与特默金一道经历了贪婪与恐惧双重情绪驱使的交易买卖后，商品行情的快速涨跌使威尔赫姆认识到，资本市场买卖的本质就是一场将普通人的资产吞噬干净的赌博。威尔赫姆本可以用最后的700美元积蓄将拖欠的旅馆房租付清，但在他听从特默金的建议买入猪油后，他发觉“要付账单他就不得不撤回掉经纪账户中的钱，这个账户已经因为猪油下跌被监管起来了”（26）。“威尔赫姆不懂这里面的门道，但他知道农民会被保护的，而且证券交易所正在关注着市场，因此他相信猪油会再涨起来”（26），于是他并没有在略微亏本的情况下抛出猪油去支付房租。随后特默金又让威尔赫姆买入黑麦，此时“黑麦价格又上涨3了个点”，特默金说，“再涨1.5个点，我们就能弥补上猪油的损失了”。（88）这时威尔赫姆与特默金在卖出猪油方面发生了意见分歧：

“我认为你应该现在就下卖出的指令。让我们即使带点小损失也卖出吧。”“现在出局？还没赚钱呢。”“为什么不？为什么我们要等?”“因为”，特默金笑着，带着一副几乎是公开嘲讽他的样子说道，“当市场开始走好时，你应该保持平静。现在正是你能赚钱的时候。”“当市场变好时我想要出局。”“不，你不应该这么不理智……12 月的黑麦很紧缺，它又涨了 2 角 5 分。我们应该持货待涨。”“我已经对赌博失去兴趣了，”威尔赫姆说。“它涨得这么快，让人不安心，它很可能会跌得同样快。”(88)

出于贪婪，威尔赫姆最终并没有抛出，当他最后一次来到交易市场时商品价格大跌，触手可及的希望再次幻灭，他几近崩溃，“那些猪油数字看起来很陌生。那个数字不能是猪油！他们一定是把数字放错位置了。他沿着线看回到空白处。它已经下跌到 19 美分了，从中午到现在就跌了 20%。黑麦合约呢？它又跌回到更早前的位置，他们错过了卖的时机”(103)。威尔赫姆不仅没能在投资中获利反而损失了仅存的积蓄，在特默金消失、父亲拒绝帮他支付房租后，他不得不流落街头。威尔赫姆将资本市场的本质定义为一场投机性赌博，在想要抛掉手中的股票时，他说“我已对赌博失去兴趣了”。著名犹太作家塞西娜·欧芝克（Cynthia Ozick）也指出特默金是“一个用威尔赫姆的钱来赌博的市场赌博者，一个一时的投机者”①。尽管艾德勒医生训斥威尔赫姆不该轻信特默金，但导致威尔赫姆最终走投无路的并不仅仅是因为他被特默金欺骗并将钱交给他进行商品买卖，他的最终破产还源于作为一个不懂金融规则的普通人在特默金的引诱下掉入了资本市场这个陷阱。

通过叙述特默金对威尔赫姆的“布道”与最后的失踪行为，资本市场的逐利性、剥削性与残酷性被揭露得淋漓尽致。特默金对威尔赫姆这样描述资本市场：“钱与杀手这两个词都是 M 字母开头的。还有机械主义”，“赚钱就是进攻。这就是全部事实”，“人们来这个市场是来杀人的。他们说，我要制造一场杀戮。这不是偶然。只是他们没有真正的勇气杀人，他们树立了一个杀人的符号。钱。他们用幻想杀人”。(69) 威尔赫姆对此一知半解地说道，“这意味着这个世界充满了凶手，所以它不是世界，它

---

① Cynthia Ozick, “Introduction”, in *Seize the Day*, New York: Penguin Modern Classics, 1996, p. xix.

是地狱”。“当然，”特默金说，“至少是炼狱。你行走在尸体上。它们遍布周围。我能听见它们悲惨绝伦的哭喊，痛苦地绞扭着双手。我能听见它们，这些可怜的畜生。我无法不听，无法不看。我也不得不跟着哭喊。这就是人间的悲喜剧。”(71)

接着特默金为威尔赫姆读了一首他创作的诗：

机械装置对机能主义
主义对自私
如果你自己能够知道
你现在和将来是多么伟大崇高，
你会感到欢欣、美妙、神魂颠倒。
大地、明月和海洋将都会听从你的号召。

你为什么耽搁延迟
只让自己食用干面包?
又为何不把地面剥光，
趁世界万物由你掌握?

去追求你尚未到手的东西，
让自己躺在自己的荣耀之上
看吧，你权力无限。
汝为国王。汝正年富力强。

正视眼前。
张目细看。
太平山脚下
便是你永生的摇篮。①

有评论家指出特默金的这首诗肯定了这样一个看法，“通过将自己从破坏性的、规范性的拜金社会语境要求中解放出来，并将自我贡献给真实

① 索尔·贝娄:《只争朝夕》，宋兆霖编、蒲隆译，河北教育出版社2002年版，第88–89页。

内心需求的创造性实现，人就能够用能力来追求选择和自由”[1]。表面来看，这首诗中对人性的赞颂、对个人主义的肯定、对人类能力的乐观精神似乎印证了一些评论者认为的这部小说是贝娄对人文主义的肯定和对物质主义的弃绝。但是，威尔赫姆在听到这首诗后完全没有理解这首诗中所描绘的人性的伟大，相反，他感受到的是自己在这个唯利是图的资本主义社会中是多么无助，他在挣扎中又想到自己在商品市场中已经赔得一塌糊涂，他不由地感到绝望并发出一丝哀叹，“钱和一切！拿走！当我有钱的时候他们要把我活吃，就像电影里演的巴西丛林里的食人鱼。当它们把河里的牛吃光时是多么丑恶。他面色发白，面色似土，5 分钟后就只剩一具骨架漂走。当我没钱了，至少他们会放过我”（76）。在威尔赫姆心中，无论是商品市场还是他所生活的商业社会都抛弃了情感、道德，只剩下冰冷的机械主义，这里不仅遵循着适者生存、优胜劣汰的残酷丛林法则，它们更是在资本主义制度伪饰下的合法的血腥战场与人间炼狱。

接着特默金试图对威尔赫姆阐释这首诗的含义，他先告诉威尔赫姆，这首诗中的“你”就是指威尔赫姆，然后他说道：“当我写这首诗时你就在我脑中。当然，这首诗的主人公是病态的人类。如果他睁开眼，他就会变得伟大。”（77）接着，他解释道：“这首诗的主要观点就是建构与破坏。没有中间选项。机械主义是破坏的。钱当然是破坏的。当最后一个坟墓被挖的时候，也得给挖坟人付钱。”（77）最终，威尔赫姆仍没能接受“导师”特默金关于人性部分的讲解，但他体会到了这个冷血的资本主义社会对人性的粗暴践踏，更令人感到讽刺的是，特默金这样一个视金钱如粪土的人性颂扬者与道德卫道士，在取得威尔赫姆的信任并骗到钱后就残忍地溜之大吉了，他将威尔赫姆再次推向生活的深渊并最终骑在了威尔赫姆的后背上，特默金的真实身份就是以骑在这些“受害者”背上为谋生手段的骗子。当威尔赫姆发现自己被利用后，他更加绝望，“我是那个在下面的人；特默金在我的背上。他让我背着他，还有玛格丽特也是。他们像这样骑在我身上，把我撕碎，踩在我身上并打断我的骨头”（105）。特默金的失踪戳破了他对威尔赫姆描绘的人性社会的美丽幻象，也否定了他鼓吹的道德理想的存在，并用一记最响亮的耳光打醒威尔赫姆，留给他商

---

① Gilead Moraghg, “The Art of Dr. Tamkin”, in *Modern Critical Views*: *Saul Bellow*, Harold Bloom, ed., New York: Chelsea House Publishers, p. 155.

业社会中最残酷的现实。

早前的研究者一直关注贝娄早期“受害者”小说中的人文主义思想，因此贝娄作品中的政治思想一直未引起学界足够重视，极少有学者站在资本主义制度与文化的对立面来分析小说。贝娄自50年代起就在公共场合对政治三缄其口，他不喜欢研究者分析他的政治观点，1993年贝娄还在文章中写道契诃夫称“作家应该‘参与政治的程度有限，至少他们应该能够保护自己不受政治连累’”[①]。显然，因畏惧美国打压、迫害共产党员，以及针对亲共人士的“红色恐怖”，贝娄成名后对自己的早期共产主义政治经历有刻意隐藏的嫌疑。评论界也对贝娄小说中的政治思想挖掘不深，尤其是对他的早期作品重视不够。虽然和中、后期代表作《赫索格》《洪堡的礼物》等相比，贝娄的早期小说在创作手法、叙述技巧、思想主题的广度与深度上都稍显稚嫩，贝娄最早的两部小说在出版后也没有获得很好的销售和业界认可，贝娄后来自己对他的早期小说评价不高并且也不愿多谈，但这也可能是因为他的早期小说中流露出一定的左翼思想，使得贝娄不想对其多加评论，而并不完全因为成名后羞于提及早期拙作。因为据贝娄的私人信件来看，至少在他刚创作完早期小说的那段时间内，他觉得自己的作品写得很成功。[②]

避免在公共场合谈论政治并不意味着就要将政治从作家的生活中刨除，“事实上，知识分子要参与政治，文学要参与政治，这种理念始终贯穿于纽约知识分子的批评实践中”[③]。即使贝娄在公众视野下脱离了左翼政治，但实际上他与许多老左派终身私交甚笃，例如他与美国托洛茨基运动创始人、托洛茨基的秘书兼保镖格雷特泽（Albert Glotzer）的交往从30年代一直持续到1998年。[④] 作为作家，贝娄虽对公众隐藏了自己的政治倾向，但他从未改变过对政治与社会的关注，而他早期作品中潜藏的左翼思想也值得学界引起注意。

---

① Saul Bellow, *It All Adds Up: From the Dim Past to the Uncertain Future*, New York: Penguin Modern Classics, 2007, p. 105.

② Saul Bellow, *Saul Bellow: Letters*, Benjamin Taylor, ed., New York: Penguin Books, 2010, p. 57.

③ 曾艳钰：《纽约知识分子》，载《外国文学》2014年第2期，第126页。

④ Saul Bellow, *Saul Bellow: Letters*, Benjamin Taylor, ed., New York: Penguin Books, 2010, p. 6, p. 542.

# 第三章　中期小说中对反文化运动的反思

贝娄60年代出版的《赫索格》与《赛姆勒先生的行星》也被称为“观点小说”[①]。贝娄认为，出于民粹主义文学传统，多数美国作家都是“写人们，为人们写”，而不书写作家自己的观点或不会让观点显露无遗，“如果有观点，它们也属于他们所书写的整个阶层的人民”，比如惠特曼、海明威就是这类作家。但贝娄却觉得作家不在作品中发表自己的观点是作家在对现实装聋作哑，并且会让读者变得愚蠢。[②] 贝娄批评民粹主义思想总是要求作家成为整个民族的代表，因此作家不得不隐藏个体真实的想法，并认为这是导致当今美国文坛缺乏“观点小说”的原因。[③] 贝娄的小说既是作家对客观世界的公开批评与改造，也是作家个人思想和言论的解放。与很多美国作家不同，因为带有犹太民族特有的哲学思辨性与作为“纽约知识分子”成员的批判意识，贝娄的多数作品都饱含主人公对历史、政治、哲学、社会学的深度思考，这些小说不注重故事情节与人物虚构，而是具有较强的自传性。有评论家指出，当读者阅读贝娄的小说时，既是在偷听他也是在倾听他，而且他们很难区分出哪些声音与想法是贝娄的，哪些又是他的主人公的。[④] 分别出版于1964年与1970年的《赫索格》（*Herzog*）与《赛姆勒先生的行星》（*Mr. Sammler's Planet*）就是这类小说的代表。

贝娄的文学创作源于对美国社会现实问题的关注，他写作的目的也与

---

① “观点小说”（novel of ideas）是被贝娄研究者普遍使用的术语，因为多数贝娄小说都弱化故事情节，而是强调知识分子主人公对社会的严肃思考，因此他的小说也被称为“观点小说”或“哲学小说”。Sanford Pinsker, “Meditations Interruptus: Saul Bellow's Ambivalent Novel of Ideas”, *Studies in American Jewish Literature* , Vol. 4, No. 2 (Winter 1978): 22 – 32.

② Sanford Pinsker, “Saul Bellow in the Classroom”, in *Conversations with Saul Bellow*, Gloria L. Cronin and Ben Siegel, eds., Jackson: University Press of Mississippi, 1994, p. 94.

③ Jane Howard, “Mr. Bellow Considers His Planet”, in *Conversations with Saul Bellow*, Gloria L. Cronin and Ben Siegel, eds., Jackson: University Press of Mississippi, 1994, p. 82.

④ M. Gillbert Porter, *Whence the Power? The Artistry and Humanity of Saul Bellow*, Missouri: University of Missouri Press, 1974, p. 161.

他作为知识分子用笔来医治美国社会的理想有关，但随着早期共产主义革命的失败，贝娄的政治聚焦逐渐从现实层面回退到思想层面，并且贝娄中期小说中的政治意识呈现出较强的矛盾性。首先，《赫索格》与《赛姆勒先生的行星》均出版于美国社会意识形态的转型期。在50年代，麦卡锡主义极右势力主导了美国思想界，但在政治高压之下，新左翼思想在六七十年代形成反扑，美国社会爆发了以消解中心、质疑权威、追求平等、推进多样性为目标的学生运动、民权运动、女权运动、同性恋运动、反越战运动等反文化运动。此外，60年代还发生了废除种族隔离制、肯尼迪兄弟被暗杀、阿波罗号登月等重大历史事件。其次，在贝娄与“纽约知识分子”脱离了共产主义后，贝娄的思想也进入了一个转型期。贝娄60年代初的作品仍继续关注资本主义工业社会对人的异化，因而赫索格企图在自然的乌托邦隐退中找寻个体的价值，但随着60年代中、后期新左翼青年倡导的反文化运动在全美由轰轰烈烈地展开到失去控制地颠覆秩序、破坏治安，贝娄也从起初支持反文化运动解放人性、主张平等转变为对其产生怀疑。犹太人的族裔身份让贝娄能在与主流思想保持一定距离的情况下对其进行审视，曾经失败的左翼政治经历与公共知识分子具有责任感的批判思维都让他开始反思反文化运动，尤其当反文化运动到达巅峰，整个国家陷入混乱和无序时。贝娄及其作品对反文化运动的质疑使他遭到了新左翼人士的猛烈攻击，这让贝娄意识到，这场本意以推动民主为目标的社会革命，正在构成颠覆现有秩序的新极权，贝娄甚至在小说中表达了一种警惕，那就是如果不与美国新左翼保持一致，就有可能成为潜在的、新的“受害者”。贝娄“以自由主义的可能性和变化性为名义，与绝对论者的思想战斗”，这也是“纽约知识分子自始至终的世界观的中心点”。①

研究者吉登斯坦（Gitenstein）从意第绪文学传统的角度指出贝娄作品中含有“双重视角”，“他的语言是双重的；他的模式是双重的；他的人物是双重的”②。另一位评论者格雷史尔（Glaysher）也指出，《赫索格》与《赛姆勒先生的行星》中均具有很多二元悖论的矛盾元素，他认

---

① Nathan Glazer, “On Being Deradicalized”, in *The New York Intellectuals Reader*, Neil Jumonville, ed., New York: Routledge Press, p. 391.

② Barbara Gitenstein, “Saul Bellow and the Yiddish Literary Tradition”, *Studies in American Jewish Literature* (1975－1979), Vol. 5, No. 2 (Winter 1979): 24－46, p. 29.

为贝娄“不是忽视这样的矛盾，贝娄把它们编织进他的小说中辩证的壁毯里。他将它们并置”[①]。贝娄的中期小说在对反文化运动的反思上具有辩证性的特征，这无疑增强了作品的文学魅力与思想深度，但遗憾的是，也正因此，这些知识分子主人公对政治理想的建构也颇为矛盾。

## 第一节 田园与荒原：浪漫主义学者在20世纪60年代的辩证“自然”观

《赫索格》是贝娄1964年出版的一部与浪漫主义、超验主义文学传统相关的代表作。这部小说不仅获得了美国国家图书奖，它的成功也被认为是使贝娄“得以获得1976年诺贝尔文学奖的重要因素之一”[②]。男主人公赫索格（Herzog）是位研究浪漫主义史的美国犹太学者，他离开城市，离群索居地住到新英格兰乡村并身体力行时行超验主义生活试验，以求在60年代大众文化与物质主义盛行时期肩负起引导文明的使命。小说中不乏赫索格视角下的自然景观书写及他与自然的互动，但遗憾的是学界对小说中的“自然”关注不多，并且对赫索格与浪漫主义、超验主义的渊源也莫衷一是。国内学者程锡麟聚焦小说中的空间与记忆，但却并未对“自然”进行分析。[③] 汪汉利博士指出了小说空间与赫索格主体性之间的关系，他认为赫索格离开家庭与城市空间而来到乡村是对自己主体性的守护。[④] 相较而言，美国学者对赫索格与浪漫主义的渊源研究得较为深入。查夫金（Allan Chavkin）指出小说主要继承了19世纪英国浪漫主义文学传统，但他觉得“和这些诗歌相比，自然风景在这部小说中的作用是小的”，他还认为赫索格是一位“世俗的浪漫主义者”，而不再追求逝去的、

---

① Frederick Glaysher, “A Poet Looks at Saul Bellow's Soul”, in *Saul Bellow and the Struggle at the Center*, Eugene Hollahan, ed., New York: AMS press, 1996, p. 46.

② 刘兮颖：《〈赫索格〉中的身份危机与伦理选择》，载《外国文学研究》2015年第6期，第109页。

③ 程锡麟：《书信、记忆、与空间——重读〈赫索格〉》，载《外国文学》2012年第5期，第45-52页。

④ 汪汉利：《〈赫索格〉：空间叙事与主体性》，载《外语与外语教学》2013年第2期，第89-92页。

天真的理想主义。[①] 研究者奎尤姆（M. A. Quayum）却认为“小说属于美国主流文学传统”，它是对爱默生超验主义与惠特曼浪漫主义的继承。他根据“干净者”“肮脏者”[②] 人物分类得出结论：赫索格是一个结合二者精神的、“完整的、平衡的人”[③]，他指出贝娄笔下的主人公都具有对话性的“双重意识”[④]。著名文学评论家布鲁姆（Harold Bloom）也认为赫索格继承了惠特曼的传统，但他又缺少惠特曼般的真正“自我”，或者说他自我表达受阻。[⑤] 但这些学者都没有对小说中的“自然”进行专门分析。

赫索格视角下的自然是他的浪漫主义、超验主义认识论的客体化反映，但它不是折中的、修正的，而是动态的、矛盾的。为了抵抗大众社会对个体的压抑及物质主义对诗性精神的侵蚀，赫索格秉承超验主义精神，走出城镇、走向自然，通过建造自己的乌托邦，通过在自然中读书、思考、治学、给他人写信，来试图用思想引导世界。在“文化战士”[⑥] 赫索格眼中，自然是他梦中的理想田园。然而，“田园”在现实生活中却幻灭为未被教化的、原始狂野的“荒原”，赫索格不得不与自然中非理性的力量进行博弈，他效仿梭罗通过劳动改造自然并试图在“荒原”中建立秩序与文明，但遗憾的是，他在与自然的对抗中败下阵来，他意识到“田园理想”已凋为明日黄花。小说中无序、不受控的荒原力量暗喻美国60年代失去理性的反文化运动，暗喻以赫索格童年朋友纳赫曼（Nachman）

---

① Allan Chavkin, “Bellow's Alternative to the Wasteland: Romantic Theme and Form in 'Herzog'”, *Studies in the Novel*, Vol. 11, No. 3 (1979), pp. 326 – 337.

② 奎尤姆的分析部分基于1965年贝娄在接受《共加哥论坛报》（*Chicago Tribune*）访谈时的谈话，贝娄反对当时美国存在的由“干净者”和“肮脏者”两类人物构成的二元对立；部分基于贝娄在 *The Writer as Moralist* 一文中对这两类人物的定义，他认为“干净者”赞扬资本主义美德，即“稳定、抑制、责任感”，他们是保守的，而“肮脏者”是浪漫主义者，他们赞扬“冲动、无规则的趋势、心灵智慧”，他们是“情感的道德主义者”。M. A. Quayum, *Saul Bellow and American Transcendentalism*, New York: Peter Lang, 2004, p. 5.

③ M. A. Quayum, *Saul Bellow and American Transcendentalism*, New York: Peter Lang, 2004, p. 86.

④ Ibid., p. 6.

⑤ Harold Bloom, *Modern Critical Interpretations: Herzog*, New York: Chelsea House Publishers, 1988, p. 2.

⑥ 赫索格在写给泽尔达（Zelda）姨妈的信中称自己为“可怜的文化战士，还未被毁掉人性的同情心”。Saul Bellow, *Herzog*, New York: Penguin Modern Classics, 2001, p. 35. 所有引文为笔者所译，后文只随引文标出页码，不另加注。

为代表的“垮掉的一代”嬉皮士群体，以及浪漫主义传统中过度的情感“潮湿”（dampness）[①]。离群索居地居住于“荒原”之上，赫索格的精神陷入混乱，他意识到个体的退化在当代美国社会已不可避免，最终他不得不退出自然、重返都市。同时，“自然”的双重性也使赫索格这样一位企图依靠个人来改变社会同时又追求理性与秩序的犹太学者受困于当代美国文化，他无法也无力医治社会顽疾并最终不得不归顺大众社会。

## 一、归隐田园：浪漫主义者、超验主义者的“自我”追寻

赫索格全名摩西·依坎纳·赫索格（Moses Elkanah Herzog），它也是现代主义巨著《尤利西斯》中一个小人物的名字。虽生活在声色犬马的60年代，但和现代主义作品中的人物相似，赫索格常在污染、嘈杂、压抑的都市景观中感到被异化。坐进纽约的出租车，他发现：“车窗如果打开，灰就会涌进来。他们正在拆建高楼。整条街挤满了混凝土卡车……下面是打桩的撞击声，高处的钢筋不休止、饥渴地直窜进冷酷、纤弱的蓝天……街下面烧着廉价汽油的车子喷发出有毒的废气，汽车全挤在一起，令人窒息、刺耳，机器的喧嚣和各有目标、碌碌奔波的人群——太可怕了。”（32）他眼中的纽约与纽约人宛如T. S. 艾略特《荒原》中的伦敦与伦敦人，“百老汇在暮色中泛着阴沉的蓝光，好像身处热带；在下坡的80街处就是哈德逊河，稠密如水银……在街中间的长凳上，坐的都是老人：脸，头，尽是明显衰败的迹象，女人的大长腿和男人鼓鼓的眼睛，干瘪的嘴和黑黑的鼻孔……一只逃跑的气球像逃逸的精虫，由一个黑点快速逃进了西边橙色的尘霾中”（178）。污染、嘈杂、压抑的城市景观使赫索格欲逃离都市，寻觅一片心灵净土，只是他所追求的不是一部分现代主义大师

---

① 赫索格谈到现代主义诗人休姆（T. E. Hulme）将浪漫主义定义为“溢出的宗教”并将浪漫主义感觉的涌动定义为“潮湿”（dampness）。虽然赫索格并不赞同休姆对人性的贬抑以及希望事情是“清楚的、干燥的、节约的、纯粹的、冷酷的、坚硬的”的观点，但他同样反感“潮湿”。Saul Bellow, *Herzog*, New York: Penguin Classics, 2001, p. 129. 古希腊哲学家赫拉克利特在其残篇中阐释“逻各斯”这一概念时将灵魂归为“干燥的”“潮湿的”，“干燥的灵魂是推理性的灵魂，潮湿的灵魂则缺乏理性。有理性的灵魂则具有健全的思想，健全思想的最高体现是智慧”。赫拉克利特认为逻各斯就是“理性的灵魂，即具有健全的思想的灵魂”。参见刘立辉《艾略特〈四个四重奏〉引语解读》，载《国外文学》2002年第3期，第107页。

们热衷的艺术或宗教，而是田园理想。

赫索格"特别钟情乡村生活"（129），他自己也评价道："我的记忆类型是古老的，属于农业或田园阶段"（265）。作为一名研究浪漫主义社会根源的历史学家，赫索格的博士论文《17、18世纪英法政治哲学中的自然状况》（*The State of Nature in 17$^{th}$ and 18$^{th}$ Century English and French Political Philosophy*）就是以自然为研究对象，在撰写成名作《浪漫主义与基督教》（*Romanticism and Christianity*）时，赫索格也曾从城市搬到康涅狄格州东部的偏远乡村居住。

赫索格的田园理想深受浪漫主义与超验主义影响。和年轻貌美的玛德琳结婚后，赫索格用父亲留下的2万美元在西马萨诸塞州小镇伯克夏购买了一处偏僻的乡间宅邸。他冲动地"怀着幸福之梦"（48）购买了这处"欢乐之屋"（328），这栋古宅周围巨树参天、花草繁茂、翠鸟成群，距离最近的路德村和民居也有2英里远，周围全是废弃的农场。赫索格远离机器嘈杂与人声鼎沸，从清晨到日落只听得到鸟啼虫鸣。在对这里的乡间生活进行描述时，小说中两次出现"宁静"一词（5，323），此外还有"美丽的""可爱的""绿色的""奇迹的""愉快的"（97，331，331，337，339）。虽然赫索格在隐居期间因婚姻、事业不顺一蹶不振，但自然景观仍对他的心灵产生了医治作用。出车祸后赫索格肋骨断裂，行走在古树青苔之中，他却觉得脚步无比轻快，"他在疯长的草坪处停了下来，对着阳光闭上眼睛，感到一片红色之光，呼吸着梓铃花、泥土、金银花、野葱和草本植物的芬芳"（310）。踏进老屋，"打开房中的窗子，阳光和乡间的空气立刻涌进。他惊异于自己感到如此满足……满足？在和谁开玩笑，这是愉悦"（313）。坐在屋中，看到前院的云杉，他仍感到"清澈的心灵满足"（313）。赫索格也时常体会到自然的神性，看着古宅周围的风景，他觉得"上帝的面纱使得自然万物都成了谜"，它们"如此特别，详尽，又丰富"。（72）走在树林之中，他感叹道："在上帝的虚空之中，听不到纷繁的世事，也看不到遥远的距离。20亿光年之外。超新星。日间的光华，被行于此处。在上帝的虚空中。"（325）正如爱默生（Ralph Waldo Emerson）在《论自然》一文中谈道，自然中神秘、有灵的万物使身居其中的人也生机盎然，心灵与自然的和谐交流可成为人的精神食粮。[①]

赫索格搬到这栋乡间宅邸不仅因为自然是他作为浪漫主义学者的研究对象，更重要的是，他企图通过离群索居的乡村生活来追求个体的独立。小说中提到赫索格中学时就读过爱默生的论文，尤其是《美国学者》一文。爱默生在此文中指出："所有的人里，学者最多地受到自然景象的吸引"，真正的学者更应该是掌握了自然奥秘的大师。[②] 爱默生鼓励学者从自然中汲取营养，并强调思考的独立性、创造的重要性，他认为"人不能从一个宇宙变成一个卫星"[③]。正是在这种思想影响下，一心想在学术界一鸣惊人的赫索格搬到乡村开始隐居生活。隐含叙述者也评价这座隐没于自然之中的宅邸是赫索格独立探索学术之道的"理想场所"，这里正适合他对"西方传统中'心灵的法则'、道德情感主义及相关主题的起源提出自己独创的见解"（119）。

但赫索格没有将自己的乡居生活局限于学术象牙塔内，归隐田园也不是为了出世、避世，恰恰相反，赫索格的乡村隐居背后孕育着他作为知识分子引导美国文化的责任感与变革社会的强烈愿望。赫索格的名字摩西与《旧约》中带领以色列人历经磨难，用 40 多年时间走出埃及，最终重返耶路撒冷的希伯来民族英雄相同。赫索格渴望在虚无主义、享乐主义盛行的 60 年代像摩西一样，带领人类走出迷途与泥沼，回归心中圣城。赫索格指出，"西方文化的一大特点就是个人对历史的责任感"（128），在隐居期间，尽管因精神错乱已中断学术研究，他仍不断地给逝去的或健在的政治家、哲学家、思想家以及各色人等写信，他说道："我一直以来慌张地给四处写信。更多的语言。我用语言追求真实。"（272）他评价自己具有"浮士德的不满精神和广泛的变革性"（68），小说的全知叙述者也说道："文明的进步——确实，文明的幸存——依赖于摩西·E. 赫索格的成功。"（125）爱默生在"美国学者"一文中将知识分子定义为"世界的眼睛与心脏"，他指出，学者应指引他人，同时学者也应追求自由与勇

① 参见爱默生《论自然》，载《爱默生集：论文与讲演录》（上），吉欧·波尔泰编、赵一凡等译，生活·读书·新知三联书店 1993 年版，第 8－10 页。

② 同①，第 64 页。

③ 同①，第 68 页。

敢，安于贫穷与孤独，抵抗喧嚣与粗俗。[1] 赫索格的乡村隐居生活恰是基于“美国学者”的使命感和责任感。

如果说爱默生为赫索格的乡居试验提供了思想指引，梭罗（Henry David Thoreau）就是赫索格实现隐居生活的效仿对象，并且与梭罗相似，赫索格自给自足地生活在人烟稀少的自然之中是为了保有独立、自由的个体性，并对资本主义文化的贪婪与拜物进行批判。早在《赫索格》出版的110年前，梭罗就曾搬到马萨诸塞州毗邻瓦尔登湖的木屋居住，他将自给自足的隐居生活当作试验，他认为个人不必与大众苟同，强调人要有自己的独立精神与生活方式。梭罗的离群索居背后暗含着对美国政府的非暴力抵抗，他对政府未能废除奴隶制以及发动墨西哥战争不满，为了以“文明的”方式革命，他拒绝赋税并搬到瓦尔登湖畔隐居，随后他发表了演讲“论公民的不服从权利”（Civil Disobedience），这篇讲稿后来对民权运动领袖马丁·路德·金（Martin Luther King）产生了深远影响。

赫索格效仿梭罗隐居乡野同样是出于对美国大众社会权力制度的不满以及对“自我”和个人主义的追求。赫索格感到，在当代美国都市，人都生活在有组织的权力控制下，人被机械化，他评价自己身处“一个没有共同体、贬低人价值的社会中”，“多重的权力导致自我无足轻重”（201），因此他宁愿走出城市、走向自然。正如梭罗认为“社交是廉价的”[2]，赫索格也大胆批判大众社会中人与人之间的集体性关系“不是像兄弟手足一样，而是堕落”（176），这也是个体性与人性的堕落。赫索格不禁感叹“公共生活将个人生活驱之殆尽”（162），所以他试图通过自给自足的乡村隐居摆脱大众社会的权力束缚并重塑自我与个体性。小说背景与创作时间均发生在“二战”结束十几年后，赫索格身为犹太人耳濡目染了震惊于世、骇人听闻的犹太种族大屠杀，在反思纳粹分子发动屠杀、制造战争的文化机制时，他对大众文化展开尖锐的批评。他指出正是现代民主制度使希特勒这样的魔鬼得以统治集体化了的、失去精神与真正个性的人类。赫索格一方面主张建立秩序，将权力关进制度的牢笼，一方面指责大众文化使人们失去思考能力，他批评道，“美国白人社会已经被去政

① 爱默生：《美国学者》，载《爱默生集：论文与讲演录》（上），吉欧·波尔泰编，赵一凡等译，生活·读书·新知三联书店1993年版，第75－77页。

② 亨利·戴维·梭罗：《瓦尔登湖》，苏福忠译，人民文学出版社2008年版，第114页。

治化了”，同时，他指出由马丁·路德·金引领的“非暴力”民权运动正是在“戳醒大众催眠般的恍惚”。(67)

此外，赫索格还反对当代美国社会中主导的物质主义与实用主义，他效仿梭罗远离城市、走入自然，这也意味着他试图脱离立足于城市的商业资本主义，重返以土地为主体的乡村文化。文艺复兴以降，英美文学传统中就出现了城市与乡村、机器与花园的二元对立。[①] 梭罗所处时代正值美国工业资本主义勃发时期，在瓦尔登湖畔隐居时，修建到康科德的铁路刚好经过梭罗的住处，铁路使小镇的商业与消费日益蓬勃，同时也带来工业污染，破坏自然资源。梭罗惊异于资本主义商业不知疲倦的贪婪攫取性，他倡导人应该过简朴的生活，通过劳动自给自足而不沉湎于物质，国家也不会充斥着商业与商品。赫索格生活在“二战”后美国消费文化达到顶峰时期，他不仅与物质主义、实用主义占主导的美国社会格格不入，也因不满妻子生性奢侈、拜物浪费产生婚姻矛盾。在赫索格看来，道德、宗教、艺术纷纷被尼采的门徒解构，在虚无主义与享乐主义盛行的当下，整个美国社会俨然成为一个商业社区，“每个公民的生活都成了一桩生意”(11)。赫索格批评道，“国家意志都被卷入商品生产中，而对核心的人类生活却毫不关心”，“现在我们都被吸引到国家生产总值这些现象中”。(162) 在100多年前，梭罗还只是惊异于商人为赚取利润不惜跋涉到偏僻的乡间砍伐树木、冬天围湖取冰；而在赫索格所处的时代，人们却已贪婪到试图炸开南北两极的冰川来攫取石油。(68) 并且，因为科学技术对人类生活的改变远大于道德，美德沦为虚无，而实用主义至上，赫索格不禁自问：“善通过机器生产与交通运输就轻易地被完成。美德能与之媲美吗?”(164) 他批判科学与技术将人类从繁重的劳动中解放，但却没有赋予人类以思想和内容，致使人类成为享乐的空壳。

---

① 美国学者马克斯（Leo Marx）指出，莎士比亚的《暴风雨》揭示了“田园理想”与“人工现实”这个矛盾的主题，伊丽莎白时代的航行者一方面将新发现的美洲大陆想象为乌托邦式的伊甸园，另一方面美国又被描写为可怕的荒野，“离开城市、回归自然”俨然已经成为美国寓言，此后，二者的对照不断地出现在《瓦尔登湖》《白鲸》《哈克贝利·费恩历险记》等文学作品中。18世纪后半叶，美国的制造业、工业技术已得到较大发展，美国文坛既有爱默生和惠特曼这类对工业化的田园理想给予赞颂的作家，他们相信科学技术可以为乡村服务；也有对“花园里的机器”这一母题比较悲观的作家，如霍桑、梭罗、麦尔维尔等，他们都反对机械观的文化。参见利奥·马克斯《花园里的机器：美国的技术与田园理想》，马海良、雷月梅译，北京大学出版社2011年版，第23－52、167－227页。

查夫金认为这部小说的主旨就是为了追求人性而与物质社会对抗，为了克服当代价值观而重返19世纪英国浪漫主义价值观。[1] 但多数学者都将赫索格的离群索居定义为负面的自我疏离。克雷顿（John J. Clayton）就指出，贝娄小说中的人物都在自我疏离、自我异化，他们大多具有受虐狂般的自我厌恶感。[2] 研究者巴赫（Gerhard Bach）也认为，贝娄觉得人在社会中生活要好于自我强加的疏离。[3] 奎尤姆甚至觉得，小说中赫索格从孤独到融入社会的过程是朝圣的过程，是“从无序走向有序”[4]。但事实上赫索格的乡村隐居生活是颇具积极意义的，他逆时代而上、悖资本主义发展而行的背后蕴含着一个美国知识分子的良心，受田园传统与超验主义精神的影响，他企图通过离群索居的乡村生活重建自我心灵与社会心灵的花园，只是赫索格的田园美梦在现实生活中却幻灭为荒原噩梦。

## 二、幻灭荒原：超验主义的消亡与极端浪漫主义下“垮掉的一代”

学者史尔（Walter Shear）认为赫索格的遭遇体现了人文主义思想，作为个体，赫索格阶段性地被自己的动物主义所困，但又不时地被超验的冲动萦绕。[5] 赫索格曾如此感叹自己的超验主义生活试验：“假设我接受了挑战，我就能够成为摩西，路德村的犹太老人，留着白胡子，在我晾晒的衣服下用我的古老的刈草机刈草，吃着土拨鼠。”（49）这番话不仅暗示了这场试验的不合时宜，也是对梭罗为引导文明而背离文明的反讽。在独居乡村的过程中，赫索格并未完成他的浪漫主义著述，远离尘嚣的生活也没能让他静心思考，相反，如同现实中狂野、不受控的荒原，赫索格逐渐神志不清并愈发对动乱、革命等人类阴暗面产生兴趣。（6）婚姻背叛

---

① Allan Chavkin, “Bellow's Alternative to the Wasteland: Romantic Theme and Form in ‘Herzog’”, *Studies in the Novel*, Vol. 11, No. 3 (1979), p. 326.

② John J. Clayton, *Saul Bellow: In Defense of Man*, Bloomington: Indiana University Press, 1979, pp. 62 – 76.

③ Steven M. Gerson, “The New American Adam in *Augi March*”, in *The Critical Response to Saul Bellow*, Gerhard Bach, ed., Westport: Greenwood, 1995, p. 58.

④ M. A. Quayum, *Saul Bellow and American Transcendentalism*, New York: Peter Lang, 2004, p. 125.

⑤ Walter Shear, “Bellow's Fictional Rhetoric: The Voice of the Other”, in *Saul Bellow and the Struggle at the Center*, Eugene Hollahan, ed., New York: AMS Press, 1996, p. 190.

也使他彻底陷入低谷，年轻、漂亮的玛德琳无法适应与世隔绝、闭塞的乡村生活，她最终出轨并抛弃赫索格，在玛德琳和许多人看来，这栋乡村老宅是一座自我囚禁的监狱。赫索格花费了大量时间、金钱来修缮、维持这栋陈旧的宅邸，他试图赋予荒原以秩序，但在与自然狂野力量的抗争中，他精疲力竭并最终放弃。在遭遇离婚、车祸、事业失败、经济拮据后，赫索格不得不遵从现实，低价处理了这栋乡间老宅，重返城市。赫索格的失败不仅揭示了田园理想不过是南柯一梦，还隐喻了当代美国社会中个人主义的溃败与超验主义的消亡。小说通过批判“垮掉的一代”的极端浪漫主义思想，暗示60年代美国已如荒原一般动荡不安。

在描述这栋承载着赫索格田园梦想的乡间宅邸及其自然环境时，小说中多次出现“古老的”一词（25，48，154，328），其次还有“哀伤的”“废弃的”“腐朽的”“阴郁的”“无希望的”（6，48，61，120，310），赫索格还描述房子是“旧式的”，带有“腐朽的维多利亚时代装饰”，室内的家具都像“废墟”一般（120）。与美国浪漫主义大师和超验主义先贤在一个多世纪前因抗拒工业资本主义而对逝去的田园理想无比缅怀相比，赫索格在20世纪60年代仍企图重返田园并以此排斥大众商业社会的做法确实有些荒谬，他的螳臂当车不仅无法改变历史进程还使他落得与社会格格不入。赫索格的乡村生活被称为“幸福之梦”“宁静之梦”“梦想般的好奇心”（48，322，310），但这场不合时世的“旧梦”抵不过60年代的美国“现实”，隐含叙述者也形容这所房子是赫索格“最大的错误”“赫索格的愚蠢”“对他真诚又可爱的愚蠢的纪念碑”“垃圾”“废墟”“监狱”“疯人院”（48，309，309，90，154，39，254）。

赫索格的隐居试验失败其实早露端倪。小说开篇就描述赫索格努力完成的学术著作涉及“普遍的联系”这一主题，他试图在著作中“推翻关于自我的独特性这个浪漫主义最后的错误”，他甚至怀疑梭罗指涉的“自由”是否只是“怒嚎的空洞”（39）。在效仿梭罗隐居的过程中，赫索格亲身试验并证实了个人主义、超验主义在当代美国社会的消亡。与爱默生、梭罗认为人身处自然不会感到寂寞相反，小说中形容赫索格与玛德琳的隐居是“被埋葬在遥远的伯克夏”“被埋葬在乡村”并“流亡”，他们的生活“乏味”又“了无生趣”，隐居的乡村“杳无人烟”，它“远离一切”也“远离文明”，小说中还称赫索格的乡间居所是“与世隔绝的地方”“穷乡僻壤”“遥远的绿色洞穴”“沉没的角落”“一场灾难”（72，

39，254，39，74，322，97，322，74，90，322，322，154)。

在给《大西洋文化》编辑的信中，赫索格从社会因素分析了当代美国社会的超验主义与个人主义：

> 你相信超验向上也向下吗？我们应该承认超验的不可能吗？它涉及历史分析。我认为我们塑造了一段新的乌托邦历史，和现在相比，一个田园牧歌的、想象的过去，这是因为我们憎恨世界现在的样子。对现在的憎恨还未被好好理解。或许在大众文明中，新兴意识的第一需要就是表达精神。这种精神，发自奴隶的沉默，吐出丑恶并嚎叫出多少时代累积的极度痛苦。或许鱼类，蝾螈，骇人的、蹦跳的、远古的哺乳动物都能在这哭声中添加一笔长久的痛苦，发出它们的声音……进化就是自然变得有自我意识——对于人来说，自我意识在这个阶段就伴随着一种普遍自然力的缺失，以失去本能为代价，牺牲自由和冲动……或许群众和人们对我们自爱自恋的冲动所采取的报复（也是对自由的需求的报复）是不可避免的。在这个群众统治的新时代，自我意识使我们自己成为怪兽。这无疑是个政治现象，采取行动来压抑个人冲动或抑制想要拥有足够空间与范畴的个人需求。个人不得不处于压力之下，考虑清楚“权力”的定义以及它在政治中的所指，并搞清楚这对于自己而言的个人后果。因此人会被激怒得报复自己，这是嘲笑、鄙视、否定超验的报复。(163，164)

赫索格不仅指出超验主义思想残余的原因在于个人对当代大众社会权力压抑的反抗，也指出超验主义试验是一场基于田园牧歌的、对已逝去事物的乌托邦想象，当代社会中的超验主义试验因大众文化对个体的压抑必将异常艰难。在20世纪后半叶这个“后文艺复兴、后人文主义、后笛卡尔的”时代（93），个体性必然要被牺牲，赫索格试图顽固地、对抗地逆流而上，但他却远没有梭罗的勇气与智慧。小说中将赫索格在20世纪后半叶的浪漫主义理想、超验主义试验与堂吉诃德在17世纪追求早已绝迹一个世纪的骑士精神做类比：“他或许应该停止自己表现得如堂吉诃德一般的行为。因为他不是堂吉诃德，对吗?”（286）然后，赫索格对自己狼狈不堪的乡村隐居感慨道：“但是像我这种人，表现出骄傲的主观性并从人类集体历史进程中任意地撤出……把我的个人生活变成了马戏表演，变成了角斗士战争。”（307）精疲力竭、疲于应付的赫索格不得不承认个人有尊严的时代已经逝去了，在当今美国社会，个人尊严“全属于博物馆了”（193），他也意识到“一个人不可能变为乌托邦”（48）。1966 年贝娄在接受采访时表示个人生活已一去不返，接着他谈道：“对我来说，《赫索格》的一个重要主题就是个人在令人羞愧又无能的隐私中被囚禁，赫索格感到被它羞辱了，他喜剧性地与它抗争，他最后开始意识到他认为的知识分子‘特权’被证明是另一种形式的束缚，任何人没注意到这一点就错过了这本书的关键。”①

除了印证了个人主义的溃败与超验主义的消亡，赫索格的乡村隐居试验也遭遇了荒原中非理性力量的侵袭。与梭罗同自然的和谐相处相反，赫索格一直与自然中狂野、不受控的力量进行博弈，他试图利用理性在自然中建立文明与秩序，但却屡战屡败，最终精神失常。荒蛮的自然不仅隐喻60 年代因反文化运动而陷入骚乱的美国社会，赫索格还通过描述“垮掉的一代”纳赫曼（Nachman）的悲惨境遇，对浪漫主义中过溢的情感予以讽刺，最终赫索格放弃自然、回归大众社会。

在花费了一年的修理时间才使这所年久失修的宅邸没有坍塌后，森林的潮湿不仅使老宅的水箱彻底生锈，也使赫索格的身体患上了严重的风湿。与受损的老宅和主人相比，花园里却杂草丛生，房子周围的植物茂盛地疯长。渐渐地赫索格对耗费大量时间、体力打理老宅感到绝望，“幸福之屋”逐渐变成一个无底黑洞，“房子正在等待着他——巨大的，空洞的，急切的”（121）。赫索格本想坐在屋中观鸟，但还未对准望远镜的焦距，鸟就飞走了，留下的是一群他用喷油枪、刷油漆都无法赶走的马蝇。（122）老鼠贪婪地啃噬家具、器皿、食物，蚱蜢在盥洗室出没，鸟儿、猫头鹰在抽水马桶和灯里做窝，窗帘上挂着鸟粪，鸟窝里的粪便、死老鼠等掉落在赫索格的婚床上，婚床上的污物象征着赫索格曾经最珍视的浪漫主义田园梦想如今却被残酷的现实玷污。梭罗视修缮房屋为享受，尽管独居乡野，但与自然的愉悦相处却使他并不孤独，象征着超验精神的鸟儿时常在他窗前停歇，鼹鼠在寒冬与他为伴，红松鼠、松鸦、山雀给他的隐居

---

① Gordon Lloyd Harper, “The Art of Fiction: Saul Bellow”, in *Conversations with Saul Bellow*, Gloria L. Cronin and Ben Siegel, eds., Jackson: University Press of Mississippi, 1994, p. 73.

生活带来欢乐。相反，赫索格却在孤独、疯狂的乡村隐居中逐渐精神失常，他荒唐的乡居试验也沦为对梭罗的戏仿。赫索格将德莱顿、蒲伯的诗集放在可欣赏原始自然的盥洗室内，试图用文明与理性的力量对抗外部荒原的无序、混乱，于是古典诗集与寄居在水管中的大蚱蜢共处一室。(311) 赫索格吹奏着双簧管，哀怨、怀旧的乐声响起，另一边的厨房却鼠虫泛滥，苍蝇多得令人作呕。(121) 在修建房屋时他想象是在修建自己的"凡尔赛宫"与"耶路撒冷"(123)，他试图在外部荒原的无序与混乱中建造、维护自己的理性文明与信仰权威，但最终却精疲力竭、败下阵来。小说中这样描述赫索格的乡居试验："自给自足和离群索居、高尚文雅，它是如此诱人，听起来如此纯真，在描述中它太适合微笑着的赫索格了，只有到后来你才能发现，在这个避世的天堂中有多少邪恶。"(311) 有评论家指出，这栋乡村老宅本身就暗示着疯狂，房子中疯狂的潜流也成为赫索格精神状态的象征性延伸。① 看似"天堂"般的浪漫主义田园却孕育着"邪恶"与"疯狂"，这股狂野、非理性、不受控的外部力量不断地侵蚀着赫索格的心理与生理健康，贝娄借此暗喻美国 60 年代如火如荼的反文化运动的潜在危害，以及对"垮掉的一代"过溢情感的批判。

赫索格虽不赞同大众社会对个体性的压抑，但他同样焦虑这股狂野、非理性的力量会使美国社会失去控制。小说通过描述赫索格在法院旁听的三起案件，寥寥数笔就勾勒出 60 年代美国在社会反文化运动下充斥着的暴力、骚乱的浮世绘。在第一起暴力伤人、恶意抢劫案件中，一名黑人仅仅为了几毛钱就将人打得头破血流。第二起案件中，一名男实习医生欲在中央车站的男厕所对陌生男人施行性骚扰与猥亵。第三起是一名靠接待男客或女客为生的变性娼妓，他持假手枪在店里抢劫以充毒资。赫索格看到这名不男不女的家伙在法庭上带着一种报复、反叛社会的愉悦，他讽刺这个娼妓"带着糟糕的幻想来挑战糟糕的现实"，这个罪犯甚至大言不惭地对法官说道，"你的权威和我的堕落是完全一样的"。(229) 60 年代的反文化运动原本是一场以推动民主、平等为目标的人性解放运动，它意在打破权威、推动多样性，但随着民权运动、女权运动、同性恋运动、学生运动在全美以席卷之势展开，一部分新左翼青年破坏性的极端情感宣泄使美

① Jonathan Wilson, *Herzog: The Limits of Ideas*, Boston: Twayne Publishers, 1990, p. 83.

国的城市陷入不安与骚乱。贝娄曾在访谈中表示60年代的纽约充满疯狂，只有表演者才有一席之地，像作家这样的知识分子已经无处可去，[①] 而赫索格正经历着贝娄谈到的60年代窘境。作为富有社会责任感的公共知识分子，贝娄始终对极端意识形态怀有警惕，他曾在访谈中将到达顶峰的反文化运动与纳粹发动“二战”和大屠杀都溯源到极端的浪漫主义精神，他批评正是过溢的情感“潮湿”导致了西方20世纪的噩梦，贝娄指出，当情感过度宣泄时，社会动乱与战争会随之爆发，人们就会抛弃理性与现实而沉醉于乌托邦，他为60年代的反文化运动感到担忧，并认为在其作用下纽约已经陷入了疯狂。[②]

小说还叙述了赫索格的好友纳赫曼这位“垮掉的一代”的典型代表的悲惨经历。赫索格在第8街那群“留着公狮子般络腮大胡、画着绿色眼影的同性恋者中”看到了“戴着垮掉的一代的帽子”的童年玩伴纳赫曼，这位“佝偻的诗人”（129）与其妻子劳拉都是无业、游荡于欧洲、痴迷诗歌的嬉皮士。多年前在巴黎，纳赫曼曾带着一副“死人般的脸”找到赫索格借钱，他衣着破烂、肮脏，和妻子都是一身病痛。赫索格感到他情绪过于激动并“对这种情感过溢感到排斥”，赫索格判断道，“他的脸粗糙松垮，是疾病、苦难和荒唐造成的结果”。（130）随后小说通过赫索格的意识流跳转到他与纳赫曼曾去纽约的精神病院探望劳拉，那时劳拉刚刚自杀未遂，这是她的第三次自杀，她身体羸弱，“只想谈法国文学”，说的都是“瓦雷里[③]诗歌中意象的形状”。（132）纳赫曼将劳拉的屡次自杀归咎于美国的资本主义和物质主义，他抨击道，“回到根源全都怪资本主义美国”，但“我不是马克思主义者，你知道，我的心追随着威廉·布莱克和里尔克”（133），接着他死气沉沉地又搬出虚无主义的观点对赫索格说与其卑贱地活倒不如解脱地死。赫索格排斥纳赫曼过多的情感，他理智地答道，“并没有你想象的这么糟糕”，“大多数人都是非诗性的，你却把这看作背叛”，（134）最终，劳拉还是自杀了。纳赫曼的遭遇迫使赫索格不得不思考“垮掉的一代”的过激反抗，浪漫主义中过溢的情感与脱

---

① Joyce Illig, "An Interview with Saul Bellow", in *Conversations with Saul Bellow*, Gloria L. Cronin and Ben Siegel, eds., Jackson: University Press of Mississippi, 1994, p. 106.

② Sanford Pinsker, "Saul Bellow in the Classroom", in *Conversations with Saul Bellow*, Gloria L. Cronin and Ben Siegel, eds., Jackson: University Press of Mississippi, 1994, pp. 95 – 97.

③ 瓦雷里，全名保尔·瓦雷里（Paul Valery, 1871—1945），法国著名象征主义诗人。

离现实的诗性精神不仅是造成60年代美国社会动荡的原因，更是酿成纳赫曼个人悲剧的根源。“垮掉的一代代表着一股浪漫主义的文学趋势，从某方面来说和19世纪美国作家梭罗和惠特曼的超验主义观点很相似”，“垮掉的一代继续着很多早期浪漫主义对于自然、直觉、超验意识和反工业主义的承诺”。[①] 1966年接受采访时，贝娄被问及对《赫索格》以及对60年代反文化运动的看法，他回答道：“我似乎在我的书中问过，一个人应怎样避免空虚革命的荒诞、抵抗巨大社会的控制而不陷入虚无?”[②] 贝娄指出，浪漫主义者总是想避开肮脏的现实，“逃到自然中，逃到艺术中”，“贝娄认为他们所指的理想社会是虚幻的”，“贝娄批评了那种盲目的逃避行为”，“逃到自然中，不会获得什么”，“对于逃向艺术，贝娄也持怀疑态度”。[③]

在小说结尾，赫索格仍对这栋乡间老宅恋恋不舍，最后还是在商人哥哥威利的劝说下，受伤未愈、经济拮据的赫索格才不得不将其出售。赫索格想摘些鲜花来招待客人，他想到：“摘些鲜花吗？他是在表现体贴周到和友爱。但这会被别人如何阐释……这些花不能用；不会，它们不会被人利用来对他不利。因此他没有把这些花扔掉。”（341）老宅、鲜花象征着浪漫主义与超验主义精神，赫索格并没有为回归社会而将它们丢弃，他的回归更多的是迫于现实的无奈。

贝娄的小说被定义为观点小说、知识分子小说，贝娄说他把小说创作当作调查身边周遭社会的工具，小说家不仅是有想象力的历史学家，他们还能够比社会学家更接近当代现实。[④] 作为贝娄观点小说的代表作，《赫索格》也是贝娄与近现代西方思潮、美国60年代反文化运动及“垮掉的一代”的一场思辨性对话，通过这些观点的碰撞，作家也试图在小说中建构出一个理想社会。尽管赫索格不赞同大众文化对个体的压抑，但他又

---

① Neil Jumonville, *Critical Crossings: The New York Intellectuals in Postwar America*, Berkeley: University of California Press, 1991, p. 187.

② Gordon Lloyd Harper, “The Art of Fiction: Saul Bellow”, in *Conversations with Saul Bellow*, Gloria L. Cronin and Ben Siegel, eds., Jackson: University Press of Mississippi, 1994, p. 76.

③ 郭春英：《索尔·贝娄对反理性思潮的反思》，载《东岳论丛》2003年第1期，第138页。

④ Michiko Kakutani, “A Talk with Saul Bellow: on His work and Himself”, in *Conversations with Saul Bellow*, Gloria L. Cronin and Ben Siegel, eds., Jackson: University Press of Mississippi, 1994, p. 182.

认为60年代反文化运动背后的极端浪漫主义与情感主义是反智的，他怀疑反文化运动将成为一场导致虚无主义的破坏性的革命。在6年后出版的小说《赛姆勒先生的行星》中，贝娄再次将性解放运动、民权运动、学生运动、“垮掉的一代”纳入老年知识分子赛姆勒的观察视阈，并在其中将对失去理性与秩序的社会的批判推向高潮。其次，思辨性也是犹太文学及贝娄小说的重要特征，《塔木德》与《托拉经》都以对话辩论为主体，观点的思辨性与对事物本质的哲学思考一直都是贝娄小说的独特风格，也是其文学价值与思想品位之所在。最后，犹太人上千年来失去故土、流散各地，犹太文化具有反田园传统[①]，这也是导致小说形成双重“自然”及自然使赫索格失去安全感的原因。但在小说结尾，赫索格并没有完全放弃自己的浪漫主义、超验主义理想，这无疑也是小说独具人文主义精神的乐观一面。

## 第二节　施暴与反暴：暴力病人在反文化运动中的双重“暴力”观

《赛姆勒先生的行星》是索尔·贝娄于1970年出版的一部获美国国家图书奖的代表作。它延续了贝娄上一部知识分子小说《赫索格》的风格，其中充满了老年主人公赛姆勒对60年代美国社会与西方文明的观察与思辨，因此，它也是一部观点小说，并且被认为是“贝娄第一部鲜明的政治小说”[②]。被纳粹打瞎一只眼睛、妻子在大屠杀中被杀害、从死囚营中逃脱的赛姆勒（Sammler）是一位年逾七旬的波兰裔犹太幸存者。他曾在战前作为记者旅居英国多年，并与著名科幻小说家威尔斯（Herbert George Wells）和伦敦的布鲁姆斯伯里（Bloomsbury）精英知识分子群体关系密切。移民美国后，这位饱读诗书的智者对60年代美国反文化运动大肆批判，他不仅与小说中的黑人、学生运动分子发生冲突，还将“垮

① David Brauner, “Nature Anxiety, Homosocial Desire and Suburban Paranoia: the Jewish Anti-Pastoral”, in *Post-War Jewish Fiction: Ambivalence, Self-Explanation and Transatlantic Connections*, New York: Palgrave Press, 2001, pp. 74 – 112.

② Andrew Gorden, “Mr. Sammler's Planet: Saul Bellow's 1968 Speech at San Francisco State University,” in *A Political Companion to Saul Bellow*, Gloria L. Cronin and Lee Trepanier, eds., Kentucky: The University Press of Kentucky, 2013, p. 154.

掉的一代”与纽约描绘得疯狂、混乱；反之，赛姆勒主张构建有秩序的社会，他强调个人责任，反对个人欲望。这部小说在出版后备受争议并使贝娄陷于舆论漩涡。贝娄传记作家阿特拉斯（James Atlas）认为，贝娄作为知识分子与高雅文化的代表，在小说中视60年代民权运动、学生运动、女权运动为造反。[①] 学者福施（Daniel Fuchs）指责这部小说完全没有对人性与自由的肯定，它“不支持人性，更别提革命了”[②]。贝娄的儿子也将它定义为贝娄的“分水岭小说”，指出贝娄在这部小说中出现政治右转并支持父权制与犹太主义。[③] 史密斯（Carol R. Smith）甚至认为，小说结尾赛姆勒的女婿艾森（Eisen）用带有犹太标志的铁器袭击黑人扒手，这象征着贝娄认为犹太人要除掉黑人，他们要通过战斗建立秩序并积极、暴力地维护美国性以保证犹太人自己的美国地位。[④] 高顿（Andrew Gordon）也指出，同60年代其他政治小说相比，贝娄只字未提越南战争，而只描写了大屠杀和以色列六日战争，贝娄忽略了反文化运动者的目的是质疑、反抗在越战中不公正的政府权威，他们并不是贝娄笔下的“疯子”。[⑤] 面对批评，贝娄却表示丝毫不想为小说道歉，他评价这部小说是他创作以来最喜欢、最快完成的作品，在这部小说中他将自己脱光与读者赤裸相见。[⑥] 而目前国内对这部小说的研究与对贝娄其他作品的研究相比数量较少，尽管研究视角都比较新颖，如聚焦小说的疾病叙事、创伤叙事、记忆与历史研究、引路人研究以及同其他作品的比较研究，但国内研究者大多仍遵循着现代主义语境下元叙事的批评思路，称颂贝娄追求秩序与理性的

---

① James Atlas, *Saul Bellow: A Biography*, New York: Random House, 2000, p. 387.

② Daniel Fuchs, *Saul Bellow: Vision and Revision*, Durham: Duke University Press, 1984, p. 227.

③ Gregory Bellow and Alan L. Berger, “Blinded by Ideology: Saul Bellow, *The Partisan Review*, and the Impact of the Holocaust”, *Saul Bellow Journal*, Vol. 23, No. 1 – 2 (Fall 2007 – Winter 2008), p. 16.

④ Carol R. Smith, “The Jewish Atlantic-The Deployment of Blackness in Saul Bellow”, in *A Political Companion to Saul Bellow*, Gloria L. Cronin and Lee Trepanier, eds., Kentucky: The University Press of Kentucky, 2013, pp. 121 – 122.

⑤ Andrew Gorden, “Mr. Sammler's Planet: Saul Bellow's 1968 Speech at San Francisco State University”, in *A Political Companion to Saul Bellow*, Gloria L. Cronin and Lee Trepanier, eds., Kentucky: The University Press of Kentucky, 2013, p. 154.

⑥ Jane Howard, “Mr. Bellow Considers His Planet”, in *Conversations with Saul Bellow*, Gloria L. Cronin and Ben Siegel, eds., Jackson: University Press of Mississippi, 1994, pp. 79 – 80.

人道主义精神并肯定他的犹太性，而对小说中的种族主义思想和暴力问题鲜有提及，而且受贝娄影响，国内评论者对小说中美国60年代的反文化运动与“垮掉的一代”多持偏向负面的看法。

大屠杀、60年代骚乱的纽约街头、以色列战场构成了小说的三个主要场景，它们均由暴力这一共同意象串联、并置；暴力还是小说中构成人物关系的重要元素，不同人物作为施暴者与受暴者的身份转变，以及他们借助或明或暗的暴力手段进行的权力斗争蕴含着小说的政治主旨；暴力还是小说发展的叙述驱动力，从开篇至结尾，各种显性或隐性的暴力斗争推动小说的情节走向高潮。但目前还没有研究者通过研究小说中的暴力对其政治内涵进行挖掘。暴力是战争之鞭，是种族斗争的手段，更是60年代民权运动者、反文化运动者为伸张人权与社会公正所采取的极端行为。暴力在60年代的美国社会中无所不在，却非无所不能。暴力在被建构的同时也在被解构。失语的他者通过反凝视对凝视者的隐性暴力进行反抗，主人公赛姆勒从施暴者到暴力观察者，再到暴力冲突制止者，进行了一系列身份转变，赛姆勒在施暴的同时也是因暴力残害导致身心受到双重创伤的受害者，小说中暴力叙事的表层下还潜藏着反暴力功能，这使得小说的政治寓意显得更加复杂、深刻。

美国著名黑人作家杜波依斯（W. E. B. Du Bois，1868—1963）曾经指出，美国黑人都具有“双重意识”（double consciousness）[①]，为了避免极端思想并塑造真正的民主，贝娄作为美国犹太作家也将“双重意识”赋予了这部小说。学者波特（Porter）也认为，赛姆勒用一只独眼看世界象征着他视角的二元性，“在审美水平来说，这是一种叙事策略，赛姆勒不仅向外看也向内看”，“他失明的左眼从历史哲学视角掌管对当下事件的内省性分析”。[②] 贝娄将“双重意识”赋予了赛姆勒这位欧洲犹太遗老，他不仅在对60年代飘摇动荡的美国社会进行政治审视，同时他也能够通

---

① 双重意识（the double consciousness）由著名美国黑人作家杜波依斯（W. E. B. Du Bois，1868—1963）提出，他认为美国黑人都具有“双重意识”，“这种感觉总是能够使人从他人的眼中看待自己”，并且他们能够感受到自己的“二重性”，既是一个美国人，也是一个黑人，“两个灵魂，两个思想”，两种在体内打架的理想。W. E. B. Du Bois，*The Souls of Black Folk*，Mineola：Dover Publications，1994，p. 2.

② M. Gillbert Porter，*Whence the Power? The Artistry and Humanity of Saul Bellow*，Columbia：University of Missouri Press，1974，p. 161.

过这个时代中拼命发声的他者来反思自己的政治立场。这部小说不仅与外部世界对话，也与自己对话，不仅质疑外部世界，也质疑自己。这一“双重意识”也成就了这部小说的艺术魅力。

## 一、隐性的暴力斗争：犹太人与黑人的凝视和反凝视

凝视（gaze）是带有目的的持续观看，它是主体对他者施加的沉默的视觉暴力，哲学家与心理学家对“凝视”这一现象从不同方面予以分析。萨特指出，“凝视”即“他人的注视”蕴含主、客体二元对立的关系，当主体意识到自我身份存在于他人的注视中，主体的自由就被他人的凝视行为所打破，主体与客体此时会展开权力争夺来互相“凝视”。拉康将对“凝视”的考察重点转移到客体，他认为主体的身份也同样要靠客体的凝视来建构，此时主体的权威化为乌有，而由于客体的局限性与盲目性，主体成了一个匮乏的幻象，并可能因为凝视过程中产生的折射现象被扭曲。福柯在社会学领域对凝视行为进行考察，他关注凝视过程中权力的运转机制并指出凝视蕴含着政治规训与权力斗争。弗洛伊德则主要关注凝视过程中的转化，他不仅分析了凝视者与被凝视者主动、被动关系的转化，还指出从凝视他者到自我凝视的过程中新主体正在被建构。黑格尔则认为，在客体两者进行互相凝视的过程中能从对方眼中看到自己的欲望，为了使自己的欲望被对方承认，两者都企图把对方变为自己的奴隶，“正是在凝视与被凝视者的相互运动中，人类原初的主客体关系即‘主—奴关系’才开始建立起来”[①]。

70多岁的小说主人公、叙述者赛姆勒被描写成一位天生的观察者，他与其他犹太人借助跟踪、照相等手段对黑人扒手进行的凝视以及黑人扒手对其进行的反凝视在小说中构成了种族主义权力斗争的双重暴力。小说的开端就写道，赛姆勒先生已经连续几日在坐公交车时观察一名黑人扒手作案，尽管在大屠杀中被打瞎左眼，但他的右眼却“黑黑亮亮”“满是洞察力”，高高的身材也使他得以“观察到、看到他的最微小的犯罪细节”，

① 张德明：《沉默的暴力——20世纪西方文学/文化与凝视》，载《外国文学研究》2004年第4期，第116页。

赛姆勒总是“向下盯着”，“好像在看开心手术”。[1] 有学者认为，将赛姆勒的观看比喻为观看心脏手术，这是将他的凝视“建构为科学家的凝视”，使得他的权威性具有科学的理性主义。[2]通过凝视，赛姆勒对黑人扒手进行监视并与其构成权力关系，再将凝视的结果转化为叙述者的权威话语传达给不在场的读者。

赛姆勒看到这名“强壮的”黑人“衣着相当地优雅”，“但是脸上却露出一只巨兽的厚颜无耻”（2），他眼睁睁地看着这个“优雅的畜生”在扒窃一只钱包（3）。随后，他又有四次看到这名黑人扒手作案，他“盯着这名黑人颇具男子气的手”“强壮的喉结”“非洲式的鼻子”（6，7），这个贼在盗窃一位乘客时“像医生对诊所病人那样拽下他的衣服”，赛姆勒看见他“动物般的动作”（37），他“英俊、惊人、自大”，他是“非洲王子或一只巨大的黑色动物”（10）。赛姆勒对他说话，却“从未听到过这个黑人的声音”，“他像只猎豹不会说话”（39），有着“猎豹一般的沉默”（233）。通过对黑人扒手的凝视，赛姆勒在重构客体的过程中将白人种族主义价值观融入其中，对黑人形象进行扭曲，使其被暴力地重构为一只非人的动物、一位失语的他者。通过白人的凝视将黑人男性贬抑为强健的动物是常见的种族主义话语。法国作家弗朗茨·法侬（Frantz Fanon）早就指出，白人可通过带有种族歧视的凝视对黑人暴力地进行重写、重构。法侬本来从未留意过自己的黑皮肤，当他走在巴黎的街上，一个白人小男孩看到他后对妈妈叫道：“看，一个黑鬼。”接着，孩子又恐惧地喊道，“妈妈！看那个黑鬼！我害怕”。法侬突然意识到自己在孩子的凝视中成为他者，自己的黑皮肤成了“食人族、智力缺陷、物神崇拜、种族缺陷、贩奴船”等能指符号，在白人小孩眼里，他是一只动物，而不是与孩子相同的人类。[3]

60年代初期，犹太人与黑人曾是主张废除种族隔离、争取民权与平等的政治同盟，犹太人常用金钱和法律知识援助黑人同种族歧视斗争。1964年，种族隔离制度废除后，犹太人与黑人的关系恶化。1967年在纽

---

① Saul Bellow, *Mr. Sammler's Planet*, New York: Penguin Modern Classics, 2007, p. 2. 所有引文为笔者所译。后文只随引文标出页码，不另加注。

② Ethan Goffman, “Between Guilt and Affluence: The Jewish Gaze and the Black Thief in *Mr. Sammler's Planet*”, *Contemporary* Literature, Vol. 38, No. 4 (1997), p. 713.

③ Frantz Fanon, *Black Skin White Masks*, London: Pluto Press, 2008, pp. 84 – 85.

约布鲁克林的一所高中，黑人家长与犹太教师以及教师工会爆发剧烈冲突，这一事件也成为黑人与犹太人关系走向破裂的导火索。① 黑人作家詹姆斯·鲍德温（James Baldwin）就在《土生子的注解》（*Notes of a Native Son*）一书中称从事商业买卖的犹太小贩是黑人的剥削者，犹太人也日益感到自己受到周边黑人的暴力威胁。贝娄的好友、"纽约知识分子"成员、美国犹太作家、政治家诺曼·蒲德赫莱茨（Norman Podhoretz）曾于1963年发表论文《我及我们的黑人问题》（*My Negro Problem-and Ours*），分析60年代犹太人与黑人之间普遍存在的种族问题及其背后隐含的意识形态。蒲德赫莱茨指出，犹太人对黑人的情感是双重的，很多犹太移民从小就被身强体壮的黑孩子欺负，因此他们既嫉妒黑人具有男子气概的、运动员般的体魄，又恐惧黑人的暴力威胁与对犹太教的歧视。② 而贝娄本人也"在初期是非常支持民权运动的"，但"随着非裔美国人开始暴力地寻求政治权力，贝娄变得反对民权运动"，"他一再责怪黑人，尤其是当一些知名的黑人发表反犹言论的时候，事情变得更糟"。③ 赛姆勒的凝视中折射出的黑人扒手形象恰是矛盾的，黑人既被想象成高贵的非洲王子，又被贬抑为原始主义的野兽，贝娄透过赛姆勒之眼将黑人扒手的形象暴力重构，并且小说中被黑人扒窃的对象都是白人，这隐含着犹太人对60年代黑人反犹主义的恐惧，以及白人保守主义者对当时美国社会充斥着黑人暴力犯罪的焦虑。

赛姆勒对黑人的凝视过程本质上是白人主体对黑人他者行使隐性暴力权力的过程，在施加权力时，赛姆勒及其他白人还借助了视觉技术、权威机构、大众传媒等手段。"在20世纪世界图像时代，技术手段、人的目光和资本体制形成三位一体的共谋格局"④，小说中犹太人对黑人的凝视就是建立在照相技术、新闻媒介和警察这一暴力权威机构之上的。赛姆勒

---

① Harvey Teres, *Renewing the Left: Politics, Imagination, and the New York Intellectuals*, New York and Oxford: Oxford University Press, 1996, p. 205.

② Norman Podhoretz, "My Negro Problem-and Ours", *Transition*, No. 20 (1965), pp. 13-14.

③ Gloria L. Cronin, "Our Father's Politics: Gregory, Adam, and Daniel Bellow", in *A Political Companion to Saul Bellow*, Gloria L. Cronin and Lee Trepanier, eds., Kentucky: The University Press of Kentucky, 2013, p. 192.

④ 张德明：《沉默的暴力——20世纪西方文学/文化与凝视》，载《外国文学研究》2004年第4期，第119页。

先是试图在权力斗争中借助警察来规训黑人扒手。“他给警察打电话并说道，‘我想要报告一场犯罪’”。“‘你觉得我们应该做什么？’‘拘捕他。’‘我们必须先抓住他。’‘你们应该放个警察在公交车上。’”（8，9）赛姆勒的朋友费弗尔（Feffer）对黑人扒手的凝视还借助了照相机这样的视觉技术发明并准备将照片发给报社这一公共传播媒介。20 世纪以来，照相技术等视觉科技与文学、艺术作品中的“凝视”变得密不可分，镜头的凝视进一步满足、延伸了文学的凝视。“照相术满足了大众要使事物更‘接近’自己的强烈愿望。通过快门的按动，将遥远的不在身边的事物置于眼前或手边，以便更近距离地凝视之，观赏之，把玩之，占有之。”①照相机作为凝视的工具也成为小说中犹太人与黑人权力斗争的关键，费弗尔企图用相机偷拍下黑人的扒窃过程并曝光给报社，被黑人发现后二人因争夺照相机这个“凝视之眼”“权力之证”扭打到一起，“黑人在抢那个米诺克斯，为了得到那台微型相机，给了费弗尔肋骨还有肚子几脚”，“但是费弗尔，尽管恐慌，仍然顽固”。（237）赛姆勒想劝费弗尔放弃相机使二人停止打斗，但却于事无补，“‘找个警察来’，赛姆勒说”（238）。

在被警察以警力不足的理由拒绝后，赛姆勒“本该远离那辆公交，但他反倒努力去重复那种经历”（10），他开始沉迷于追踪、监视黑人，“他相当地努力想重复一次那个经历。他去到哥伦比亚圆场附近守株待兔，直到再次看到那个人。他曾有四次惊心动魄的时刻看到整个犯罪过程发生”（6）。“赛姆勒不得不承认一旦他看见扒手在干活，他就非常想再次目睹。他不知道为什么。这是件有权力感的事件。”（7）赛姆勒对黑人扒手的追踪、监视成为猫和老鼠的游戏，种族隔离制度取消后，赛姆勒指责白人新教徒以丢脸的方式与黑人暴民混在一起，他认为正是“一体”（whole）的政治诉求导致了 60 年代的动乱，因此他主张“隔离”（separate）（149），赛姆勒对黑人的追踪监视实则是种族隔离制度取消后，反对废除这一政策的白人对黑人进行的继续监视。

但正如暴力可被受暴者解构，凝视也与反凝视（counter-gaze）共生，贝娄通过描述黑人扒手对赛姆勒进行的“反凝视”权力抗争，在小说中

① 张德明：《沉默的暴力——20 世纪西方文学/文化与凝视》，载《外国文学研究》2004 年第 4 期，第 118 页。

悖论性地解构了种族主义话语并同时实现反暴力功能。萨特认为，“我被他人看见”具有恒常可能性，相较于“看见别人”，“被别人看见”更接近真理，不仅“他人时刻注视着我”，并且他人原则上就是“注视着我的人”。① 我们与我们凝视的对象一样，“是他人注视的对象”，我们会成为“映射在他人眼中的样子，从‘主体—我’沦为‘对象—我’”。② 拉康也提出“凝视的先在性”（the pre-existence of a gaze）这一概念，在主体凝视客体时，二者的眼神必有交汇处或黏合区，因此主体不仅在看，也必然同时被看，并且“我只能从一点向外看，但在我的存在内，我却在四面八方地被看”。③

赛姆勒先生在“凝视”时因怕被黑人注视感到焦虑并恐惧地逃离，这有效地消解了他作为主体的逻各斯中心主义，削弱了他的种族主义权力。赛姆勒通过凝视对黑人他者行使权力时十分恐惧，并极力避免黑人对他潜在的反凝视，他意识到凝视行为可能致使自己遭受暴力迫害。在小说开篇，隐含叙述者就形容赛姆勒观看黑人盗窃白人的过程好似观看一场开心手术（open-heart surgery）。开心手术是外科手术中风险最大、难度最高的一种，这一手术的血腥暴力先是暗喻了黑人窃贼对白人造成的施暴伤害，随即，它又使赛姆勒这位暴力受害者旧病复发。赛姆勒感到自己的凝视可能被黑人发现，“尽管他掩饰着，决定当窃贼看他时不转过头去”，他还是气血上涌、怒发冲冠、牙根紧咬。恐惧使他的创伤病症发作。“在头颅底部，神经、肌肉、血管紧紧地交错”，“战时在波兰的那种感觉又传回被毁掉的细胞”，“那像通心面一样的神经”。(3) 在另一次黑人作案的过程中，“在他的快速转头中，他看到了赛姆勒”，“被看见的赛姆勒看起来心潮汹涌，心脏像从他身上飞奔逃跑的生物，他的喉咙疼痛，直抵舌根，那只瞎眼感到剧痛”。(37，38) 当他回到家，对被凝视的恐惧使他在大屠杀中受到的创伤再次复发，回忆起自己躲避、逃脱劫难的过程，他痛苦得不能自已。犹太人在欧洲历史上长期被隔离、监视，在“二战”期间受到纳粹的抓捕、追踪、杀害，赛姆勒不仅是幸存者，他及他的家人

---

① 萨特：《存在与虚无》，陈宣良等译，生活·读书·新知三联书店2007年版，第324页。

② 陈榕：《凝视》，载赵一凡等编《西方文论关键词》，外语教学与研究出版社2006年版，第352页。

③ Jacques Lacan, *The Four Fundamental Concepts of Psychoanalysis*, Alan Sheridan, trans., Jacques Alain Miller, ed., London & New York: Karnac Press, 2004, p. 72.

也是战争暴力与种族主义的受害者，当他作为施暴者欲将自己的种族偏见强加于黑人扒手时，尽管黑人在凝视下失语，赛姆勒这位前种族主义受害者的创伤却再次发作，他的记忆闪回到波兰、战争、森林、地窖、通道、墓地等自己躲避追踪与凝视的场所，这构成了潜藏在赛姆勒暴力叙事下的更具反讽意味的反暴力功能。

不仅如此，黑人在发现自己被跟踪、监视后，通过积极、主动地进行反凝视权力抗争，成功地解构了赛姆勒在凝视中的主体性与他的白人权威性，通过在赛姆勒眼前展示黑人特有的、巨大的男性阳具，黑人使赛姆勒由凝视变为被迫观看，并且使赛姆勒先前凝视扒窃的快感消失殆尽，用象征男性权力的阳具向年老体衰的赛姆勒示威。当黑人发现赛姆勒跟踪、监视自己的扒窃行为后，黑人尾随赛姆勒到他居住的公寓大厅，从背后“用身体压迫他，用肚子抵着他的后背”，同时用手推他，“‘什么情况？你想干吗？’赛姆勒说，他从未听到这个黑人的声音，黑人像只猎豹不能说话”，黑人“胁迫赛姆勒至墙角”，“用前臂把赛姆勒顶在墙上”，解开自己的衣服，拉开裤子上的拉链，“然后赛姆勒的太阳镜被从他的脸上摘了下来，扔到桌上”，“他被按着脖子静静地向下看，黑人扯开内裤、掏出阳具”，“阳具和巨大椭圆形的睾丸一起被展示着”。（39）在详细描述黑人的阳具之后，“越过顶着他的前臂和拳头，赛姆勒被要求凝视这个器官，强迫也许不是必要的，他无论如何都会看到”（40）。“这期间间隔很长。这个男人的表情不是直接胁迫的，而是奇怪地、沉着地控制整个局势的（masterful）。那玩意是带着令人迷惑的确定性被展示出来的。有权有势（lordliness）”，随后他将那玩意放回裤子，松开赛姆勒，“用一只强有力的（powerful）手把他强有力的（powerful）胸前的领带抚平”。（40）有评论者认为，赛姆勒此处对黑人阳具的凝视应验了法侬对于种族歧视的看法，法侬认为只要一涉及黑人，就总是与生殖器相关，人们意识不到黑人而只注意到阴茎，黑人变成了阴茎，因此这部小说是对黑人极端的去人性化，使黑人从人减弱为部分。赛姆勒对黑人阳具的描述也不是真实的，而是出于想象，出于一种对性既恐惧又沉迷的感觉，对黑人他者既害怕又对外来的、不可控制的性的夸大。[①] 但笔者却认为，黑人有力地胁迫赛姆

① Ethan Goffman, “Between Guilt and Affluence: The Jewish Gaze and the Black Thief in *Mr. Sammler's Planet*”, *Contemporary Literature*, Vol. 38, No. 4 (1997), pp. 715 – 716.

勒观看自己巨大的阳具，这正是其采取的反凝视策略。黑人反凝视的过程与胁迫赛姆勒观看的一举一动均带有高人一等的权力感与身体优于老年赛姆勒的阳性力量感。赛姆勒也评价道，“这个男人的器官”，“一根巨大的有性功能的肉”，“骄傲地半肿着并以自己的权力展示着”，“它是想要表达权威”，“它是极端合法（superlegitimacy）或主权的象征，它是掌控”。（44）在赛姆勒对华雷斯（Wallace）讲述黑人的露阴行为时，华雷斯也评价道，“我通常认为一个男人的阴茎看起来是表达性的”，“我认为它们是想要说些什么”。（154）显然，黑人是在用自己巨大的、阳性的生殖器表达黑人的男性气概，黑人窃贼在白人面前由被监视到主动展示阳具的转变正如美国黑人由被歧视、被种族隔离到打破隔离制度、通过民权运动发出自己的声音一样。在被迫观看黑人的阳具后，赛姆勒愈发感到作为手无缚鸡之力的老年知识分子，自己的男性气概在暴力与荷尔蒙盛行的美国已被阉割，前所未有的虚弱感使他感到自己“老了”，“缺乏体力”，“他知道做什么，但没有力量执行”，“赛姆勒没有力量”，“如此没有力量就意味着死亡”。（240）由此，赛姆勒强加在黑人身上的凝视被黑人的反凝视瓦解，种族主义者不见硝烟的视觉暴力被解构为潜藏的反暴力。

## 二、显性的暴力斗争：由施暴者到暴力观察者再到暴力制止者

尽管赛姆勒对60年代的暴乱感到无法忍受，他也尝试积极地介入、改变美国的政治语境，但作为一名身患残疾的古稀老人，身体的衰弱、权力感的丧失使他更多地选择参与隐性的权力斗争，借助知识分子的智力优势与叙事能力、通过可见或隐晦的手段，对黑人扒手、女性人物以及反文化运动者施加意识形态上的隐性暴力。但是，作为第二次世界大战、以色列六日战争①、美国60年代街头暴乱等诸多重大暴力事件的参与者，赛姆勒也经历了由施暴者到暴力观察者再到暴力制止者的变化，并在此过程中彰显了小说的反暴力主旨。

贝娄的小说不仅蕴含着矛盾悖论的思想、迂回跳跃的叙事，小说中人物的身份及关系也多变、复杂，赛姆勒因犹太人的种族身份沦为一名大屠

① 六日战争，也被称为第三次中东战争，于1967年6月爆发，是以色列与埃及、叙利亚、约旦等阿拉伯国家之间的战争。

杀受害者，但同时他也是一名暴力施害者。“二战”期间，赛姆勒曾作为波兰游击队员在战场上击毙过德国士兵，小说通篇含有多处赛姆勒对纳粹血腥杀戮犹太人的场景闪回记忆，但是同样也含有叙述赛姆勒如何杀人施暴的场景。身处纽约的赛姆勒回忆起在“二战”期间的一个冬季，他与其他游击队员潜伏在波兰的扎莫希特森林中，昼伏夜出地伺机破坏桥梁，捕杀掉队的德国士兵。一次，赛姆勒瞄准了一位德国战士，他勒令他解除武装、脱掉衣靴。士兵照做后苦求饶命。然后小说的隐含叙述者对这个士兵的神态做了如下描述：“红头发，一张宽脸盘上挂着红色的胡子茬，他几乎不能呼吸。他面色惨白，眼下紫青。赛姆勒已从他的面容看到了土色。他在他的脸上看见了坟墓。嘴上挂着污垢，鼻子下皮肤上的褶皱里都是泥土，那个人对赛姆勒来说已经入土了。他不再需为活着而穿衣。他被标注出来，丢掉。必须死。去了。”（113）赛姆勒在这名束手就擒、手无寸铁的士兵眼里没有看到恐惧、惊吓、悲伤等人类的情感，他也没有流露出任何感情，他所想到的只有置对方于死地。“‘别杀我，把东西拿走。’赛姆勒没有回答，而是远远地站着。‘我有孩子。’赛姆勒扣动了扳机。随后尸体倒在了雪地里。第二发子弹打穿了他的头，把它干碎。头骨炸开。脑浆横流。”（114）在赛姆勒施暴的过程中，他与被害者既没有语言对话也没有情感交流，小说在此处也没有叙述赛姆勒的大脑与心理活动，他所做的就是以一种残忍、冷酷的方式夺取他人的性命，仿佛他杀死的并不是一个人、一个同类、一条生命，并且形成了一幅恐怖、血腥、刺激的暴力画面。赛姆勒紧接着把死人身上他能用得上的衣物、食品、武器都拿走，然后他匆匆回头看了眼死人，却毫无怜悯和恐惧之心，而是“真后悔没能把他的衬衫脱下来”（114）。赛姆勒吃了死者的干粮，此时隐含叙述者评论赛姆勒道，“他并不能完全算是人了，破布、纸、缠伤口的绳子扎起的一堆东西而已。要是绳子断了，那堆东西可能被吹到它们想去的任何地方”（114）。小说以赛姆勒破烂的衣着来指代他这个人，尤其是暗喻人的生命价值如破布、烂绳一般。紧接着小说插叙了一段赛姆勒在波兰被屠杀的场景，随后又回过头来开始分析赛姆勒杀人时的心理状态：

它仅仅是愉悦吗？它比那更多，它是欢喜。你把它称作黑暗行为吗？相反，它是光明的。它主要是光明的。当他开枪时，赛姆勒他自己原本也几乎是个死人，一下又有了生命。在扎莫希特森林中挨冻，他经常梦想能够靠近一堆火。哦，这比火还奢侈。他的心被耀眼的、狂喜的缎子滚上了边。杀那个人，毫无怜悯地杀那个人，因为他已毫无怜悯之心。火光一闪，只见炙热的白焰。当他再次开枪，他不是为了确认那人已经死亡，而是为了再次尝试那狂喜。去饮下更多的火光。他要为这个机会感谢上帝。如果他还信上帝的话。但在那时，他心中并无上帝，然后他自己明白了夺走一条生命是怎样的感受。它可能是一种狂喜。(115)

在先后叙述赛姆勒如何施暴及受暴后，这段极具反讽效果的描述对赛姆勒施暴行为的心理机制进行了解释。如果赛姆勒不是施暴者而仅仅是一名受暴者，他作为知识分子主人公对于暴力的思考就不够完整、深刻，贝娄在此处设置赛姆勒枪杀德国士兵的记忆闪回，并且与赛姆勒被屠杀的闪回并置，继而对施暴者的心理进行分析，使它成为一种针对施暴行为的普遍性分析，并构成反暴力功能。有学者指出，赛姆勒在成为杀人的施害者时经历了泛滥的酒神“狂喜”情绪。[①] 尼采在《悲剧的诞生》（*The Birth of Tragedy from the Spirit of Music*）中将艺术的起源归为古希腊神话中的日神阿波罗（Apollo）精神与酒神狄俄尼索斯（Dionysus）精神。日神阿波罗代表光明，他的精神蕴含于诗歌等艺术形式，它以梦境为境界；酒神狄俄尼索斯代表一种神秘的陶醉状态和狂喜，酒神精神蕴含于音乐等艺术形式，它的精神是迷醉。[②] “较之日神精神，酒神精神是一种更原始、更深刻的冲动。”[③] “当所有原始民族的人们歌唱赞歌时，在致幻那部分力量的影响下酒神精神就会被激发”，“它如此被激发，以至于个体完全忘记了他自己”。[④] 赛姆勒在杀人时就进入了一个充满酒神精神的忘我世界，杀人使他失去了理性与智慧，使他体验到动物的原始本真，使他陷入狂喜、迷醉。不仅赛姆勒施暴过程中的非理性主义与暴力带给他的快感应归咎于

---

① Sukhbir Singh, “Kant, Schopenhauer, Saul Bellow: Evil in *Mr. Sammler's Planet*”, *Saul Bellow Journal*, Vol. 24, Issue 2 (2011 Fall), p. 60.

② 参见杨冬《西方文学批评史》，吉林教育出版社1998年版，第517－518页。

③ 同②，第518页。

④ Friedrich Nietzsche, “The Birth of Tragedy from the Spirit of Music”, in *Critical Theory since Plato*, 3rd Edition, Hazard Adams and Leroy Searle, eds., Beijing: Peking University Press, 2006, p. 688.

酒神精神，“二战”中的战争杀戮以及纳粹实施的犹太种族大屠杀都使施暴者经历了忘我、失去理性的迷醉与狂喜，受此影响，赛姆勒担忧在摒除理性的酒神精神作用下，60年代反文化运动者会在癫狂与狂欢之中导致美国走向暴动与骚乱。

小说中赛姆勒第二次参与显性的暴力斗争是在他已达72岁高龄时中断在纽约的安静生活，于1967年在侄子格鲁纳（Gruner）的资助下作为战地记者前往加沙报道以色列六日战争。与“二战”期间作为施暴者和受暴者的身份不同，这次赛姆勒是一名暴力战争的观察者，他不仅通过记忆闪回叙述了残忍战争场景的荒诞，还对战争中人的麻木与冷漠做了剖析。赛姆勒一开始将自己主动前往中东喻为一次出征，尽管他既“不是一位犹太复国运动者，赛姆勒很多年来对犹太事务也没多少兴趣”（116），也不是一位犹太教狂热分子，与犹太身份相比，他更像是一名知识分子，但赛姆勒对于主动参与这次战争是带有使命感的，“他不能静静地坐着”，“他有义务去”，他感到“就是因为25年来同一个民族遭到了种族灭绝的第二次威胁”，“他拒绝再待在曼哈顿看电视”。（116）赛姆勒积极主动地介入战争，其目的是防止对犹太人的种族屠杀与暴力迫害再次发生。国内学者吴银燕指出赛姆勒以70多岁高龄仍投入以色列六日战争，是一种积极的行为层面的疗伤。[1] 事实上，赛姆勒拖着带病残躯于古稀之龄冒着枪林弹雨再次走上战场是因为作为一名大屠杀幸存者，他活着的使命就是思考犹太人与暴力的关系，当他看到关于六日战争的报道后，“不论如何，似乎对于赛姆勒来说他都必须到达那个场景。他要在那，去发出报道，去做事，或许就去死在大屠杀中。经过这么一件事，他就不能坐在纽约”，“并且赛姆勒自己走向了极端，或许变得太绝望，冲昏头脑，开始想着安眠药、毒品。它真是混乱的神经系统，‘神经通心粉’。这是他的旧的波兰神经在狂怒。它是他的旧恐慌，他特殊的灾难”（117）。当听

---

① 吴银燕：《〈赛姆勒先生的行星〉中的创伤与疗伤》，载《理论界》2015年第7期，第126页。

说六日战争爆发后，赛姆勒患有的创伤后应激障碍[①]再次复发，大屠杀中遭受的创伤使他与暴力终身捆绑，参与暴力、见证暴力、抵抗暴力、制止暴力已经成为他的责任与义务。暴力是赛姆勒个人的灾难，但作为一名大屠杀幸存者，他受到了其他犹太人如侄子格鲁纳的敬仰，他成了维系这个美国犹太家族的纽带，他不仅是犹太民族“受难者”的象征符号，也是犹太人“大屠杀”共同记忆的维系。

整部小说中关于赛姆勒亲历的六日战争场景共有三次闪回叙述。与“二战”不同，他叙述的六日战争突出了战争的荒诞感、无意义感，并且他刻意将尸横遍野、血流成河的战争场景叙述得异常轻松、随意、日常，小说用后现代主义的强烈反讽有效地突出了反暴力主旨。首先，赛姆勒没有正面叙述战争场面与冲突双方，而是通过管窥西方战地记者的女友来凸显战争的荒诞与无意义，以并置、拼接、混杂等文学手法叙述了战争场景闪回记忆。赛姆勒前往医院探望病危的侄子格鲁纳，侄子的女儿安吉拉、儿子华雷斯分别试图说服赛姆勒帮助自己得到更多的遗产。此时，赛姆勒由安吉拉的性感衣着联想到在六日战争中他看到的时髦女郎。赛姆勒与西方记者到达以色列，坐着大巴汽车跟在坦克后面来到加沙地区。在叙利亚、巴勒斯坦边境，他与以色列官员、记者躲在一处离战场两英里外的山谷下，移动着的坦克纵队掀起了灰尘，前方虫子般大小的飞机上投下炸弹，远处是战斗的轰鸣声与阵阵烟雾。此时，一群原是偷拍名人的意大利狗仔队记者带来了三个有着英国口音、衣着特别时髦的女郎，她们的衣服来自伦敦知名服装店，穿着短靴和超短裙，戴着假睫毛。“这些年轻的女士不知道她们在哪，这是怎么回事，她们和情人吵了起来”，“女郎们生气了”，她们是坐直升机来的，“甚至不清楚飞机要飞到哪”，一个瑞士记者和以色列军官抱怨前线不适合这些女孩，“地上全是大洞，因为是炸弹造成的，新坑还都黑着”。(135) 记者建议让这些姑娘躲进散兵坑，炮弹

---

① 创伤后应激障碍（PTSD）全称为 Post-traumatic Stress Disorder，尽管医学界认为这一病症早在公元前就在交战双方的士兵中存在，但作为概念却是在 20 世纪六七十年代才开始被认知、定义，它指生理或情感创伤导致的焦虑失调，引起病症的创伤可能包括伤害、袭击、强奸、经历战争或产生重大伤亡的灾难。通过噩梦和闪回，病人会经历事件意象或记忆的持续重现，并伴有失眠、孤立感、隔绝感、失望、负罪感、易怒、注意力涣散等症状。Elizabeth Martin，*Concise Medical Dictionary*，9th Version，New York：Oxford University Press，2015；John D. Roche，*The Veteran's PTSD Handbook*，Washington D. C.：Potomac Books，2007，p. 1.

随时会来，姑娘们躲进刚燃烧过的洞里，“她们没有因为生气而忘记受惊，而是开始害怕，到了现在有些人已经开始吓昏，在已经妆容模糊的化妆品下，一个开始有点抽泣起来，另一个不断憋气，脸也红了。她变成了中年妇人，像个打杂女工。闪耀的黑饰边在女郎周围升起，那是被火药烧亮的草皮”。(136) 尽管出于犹太人未尽的义务与大屠杀幸存者的责任感出征，赛姆勒却完全没有以犹太人立场执种族正义之辞，也没有言语诋毁、攻击阿拉伯参战者。他的闪回叙述中，战争的来龙去脉、参战双方的军事实力、战况进程完全没有涉及，而是通过叙述一群与战争本不相关、无辜被卷入的时髦女郎的啼笑皆非的经历将战争抹上了一层强烈的怪异感。通过将这些无知的时髦女郎与战争中电影镜头般的轰炸场景并置，战争的荒诞感与无意义感跃然纸上。

此外，赛姆勒还将美国犹太神父和尸积如山、血流成河的战争场景并置，本该以宗教拯救世人的神父反讽地成为赛姆勒在战场上参观死尸的“领路人”，神父没有带赛姆勒进入天堂，反而指引他走入地狱，并且神父对战争中的大规模死亡没有表现出丝毫怜悯。除了战场上的时髦女郎外，赛姆勒还在叙述战争闪回时选取了“怪异的” (136) 纽维尔神父 (Father Newell) 这一人物进行回忆。纽维尔身着越南丛林里的绿色作战服，脚穿丛林作战靴，理着美国海军军人的发型，在越战结束后从东南亚回国，“当他听说这场战争就立刻去了” (136)。纽维尔神父不似其他宗教人士在人类历经灾难时以救赎罪恶为职责，而是一名热衷于战争的、冷血的战争专业人士，赛姆勒叙述了纽维尔神父指引他参观尸横遍野的战争场景：

> 他很了解现代战争，当他们经过最后几片灌溉过的田野、进入西奈沙漠时，神父能够指出赛姆勒可能错过的东西。然后他们开始看见死人，未被埋葬的阿拉伯人尸体。纽维尔神父把第一个死尸指给他看。赛姆勒可能永远都不会注意，而会把那具尸体仅仅当作一个发绿的麻袋，它塞得紧绷绷的，被从一辆卡车扔到白色的沙地上。所有这些车辆，人员装载车、坦克、卡车、轻型车都被撞碎、碾平，车轮都飞了。
>
> 它们被撞出道路，陷进沙里，很多都烧着了，成为沙丘上的废墟。车辆周围是叠得高高的尸体。在挖好的位置、放武器处、

> 战壕里，有几百具死尸。这气味像潮湿的纸壳板。这些死人的衣服，绿褐色的汗衫、束腰外套、衬衫都因尸体的肿胀、气体、流液紧绷着。肿胀得巨大的胳膊、腿，在太阳下炙烤着。狗在大啖着死尸。在战壕里，尸体斜靠在掩护墙上。狗来了平趴在地上，舔舐着尸体……可怜的人们！

“在太阳下，那些脸变软、变黑、融化、流逝。肉陷进头骨里，鼻子上的软骨歪了，嘴唇收缩，眼睛液化，流液填满窟窿在皮肤上闪着光。一股怪异的人体油膏的味道。一股湿纸浆的味道。赛姆勒先生强忍着恶心。纽维尔神父看起来对枪弹的直径、装甲的厚度及射程知道不少。”（207）此时隐含叙述者评价道：“这是场真正的战争。每个人都尊重杀戮。为什么牧师不呢？他穿着一双美国大战靴走着，就好像他不是个牧师。他不再是犹太教教士。他是新闻记者。他不再是被认为的那样。赛姆勒也不再是。”（208）赛姆勒在记忆闪回中故意将战争过后残忍的大规模死伤场景与对战争专业、对死亡麻木的神父并置，意在强调杀戮的稀松平常，连神父也对此麻木，他讽刺人的生命价值被践踏，即使宗教，在人性恶之花绽放时也沦落。“这个战争，随着人类事件的发展，是一件最小的事。在现代经验中，如此微弱。什么也不算。”（208）这场战争此时已不再具有意义，它不再涉及以色列与阿拉伯国家的利益斗争，它无所谓正义的一方，它的唯一指向就是杀戮，而赛姆勒与牧师也失去了原有的身份，当他们卷入战争后，他们与死者相比，唯一的身份就是还活着的人。

小说中赛姆勒对六日战争的闪回叙述源于贝娄本人于1967年六日战争爆发之时前往以色列战场的经历，贝娄将所见所闻写成纪实性战地日记《以色列：六日战争》并将其收录于《集腋成裘集》。贝娄在最初前往以色列时也是出于犹太人的民族使命感，但是很快他的身份就转变为一个中立的暴力战争观察者，战争在他眼中也转变为一场没有正义者的战争。通过对比贝娄的日记与小说中赛姆勒的战争回忆可以发现，小说中惨绝人寰的死亡场景源于贝娄1967年日记中的亲眼所见，不仅二者对于死亡场景描述的吻合度极高，并且小说中提及的大规模战死者尸体都是在西奈半岛战争中死亡的埃及阿拉伯士兵，而非以色列军人[1]，由此可见小说意在使赛姆勒以中立的身份对战争的死亡惨景做出客观描述，而非偏倚于他的犹太民族身份。相反，小说中意大利狗仔队记者以及三位被吓哭的英国时髦女郎则是贝娄以艺术加工的方式虚构的。根据贝娄的战地日记，他仅提到了一位摄影记者有一位衣着时髦的英国少妇相随[2]，同时他的战地日记也未提到类似于纽维尔神父这样热衷于杀戮、对死亡麻木的战争专家、牧师，显然贝娄为了增加战争的荒诞感与人们对死亡的麻木感才在小说中虚构了这两个情节。而这部小说的诞生，也是受他在六日战争中对暴力战争的见闻启发，“六日战争中的死亡和毁灭在他脑中萦绕不去，1968 年他开始写《赛姆勒先生的行星》”[3]。

相比之下，赛姆勒第三次参与显性的暴力斗争不再是对他记忆的闪回叙述，而是以他在一群冷漠、疯狂的暴力旁观者中，冒着危险来制止种族暴力斗争作为小说的结尾，以此实现赛姆勒与暴力关系的身份转变并完成小说的反暴力功能。小说开篇就叙述了在公交车上赛姆勒如何通过凝视将黑人扒手的形象暴力重构，这条犹太人与黑人暴力斗争的情节线索随着赛姆勒对黑人的跟踪、凝视以及黑人对其进行的反凝视抗争展开，小说的结尾又回归到因费弗尔在公交车上对正在行窃的黑人拍照而引发艾森对黑人的暴力袭击。尽管在这场暴力斗争中，犹太人与黑人的施暴、受暴关系是动态的，但赛姆勒始终是从一群冷漠地围观暴力的狂热群众中站出来制止艾森疯狂行凶的人，并且与同为暴力受害者、犹太病人的艾森展开了观点相左的、关于如何对待暴力的对话。赛姆勒看到费弗尔与黑人因抢夺相机在公交车上争斗，至少 20 多个人在围观，但却没有人准备干涉。费弗尔根本不是黑人的对手，他被紧紧压着，拼命挣扎，但坚决不交出相机。“‘你们哪些人’，赛姆勒命令道，‘这儿，帮帮他，分开他们’，但是当然，‘哪些人’并不存在。没有人想要行动，突然间赛姆勒感到极度地格格不入，声音、口音、句法、方式、脸、思想，一切，都是外来的。”（238）赛姆勒试图分别劝阻黑人和费弗尔无果，他两次命令艾森劝架但

---

① 参见索尔·贝娄《以色列：六日战争》，载宋兆霖编《集腋成裘集》，李自修等译，河北教育出版社 2002 年版，第 260－261 页。

② 同①，第 259 页。

③ Robert F. Kiernan, *Saul Bellow*, New York: Continuum Publishing, 1989, p. 10.

都没得到回应，“赛姆勒再次转向人群，艰难地盯着。没有人愿意帮忙吗？所以即使是现在，现在，仍然如此”，然后赛姆勒的眼中闪过各色人等的脸庞，他们肤色各异，但就是不采取行动，“他们的按兵不动是多么怪异的品质啊”，“黑色的脸庞呢？相似的欲望，但是是另一边的，不过他们都一个样”。(239) 在赛姆勒眼中，不论看客们的种族与立场如何，他们都在期待一场流血的暴力表演以满足自己的欲望，这种满足正如当年击毙德国士兵带给自己生理上的刺激与心理上的狂喜。观众们无动于衷，“他们在这又不在这，他们在场又不在场。他们在狂喜的状态中等待，这是多么至高无上的特权”(239)。在赛姆勒第三次命令艾森前去拉架时，艾森不但没有拉开二人反而用尽全力将带有犹太标志的圆形铁器勋章朝黑人脸上重重一击，在艾森拉开架势打仗时，他身上“有一种没有限制的、不受束缚的东西”，“他对待那个男人的方式有种强健的邪恶”，“那一击含尽一切，教训、谋杀、一切”，“艾森划伤了他的皮肤，他的脸颊在流血、肿胀”，“‘他会杀死那个鸡奸者！’人群里有人说道”。(241) 显然，这位旁观者也是一位对黑人怀有歧视的种族主义者。赛姆勒劝阻无效后，艾森更猛烈地用铁块对黑人袭击，“鲜血有几处流到他的面颊上，这可怕的铁器透过布袋子把他的脸切开”(241)。赛姆勒抓住了艾森的肩膀把他扭走，他对艾森吵道：“你疯了，艾森，疯狂到要谋杀他。”此时黑人已倒在血泊之中，艾森答道：“你不能只打像这样的男人一下。当你打他，你必须真的打他。否则他就会杀死你。你知道。我们都参加过战争。你是个党员。你有枪。难道你不明白吗？”(242) 艾森振振有词的逻辑让赛姆勒感到自己才是那个荒谬的人。作为大屠杀受害者，艾森迷信、崇拜“暴力”，在疯狂行凶、几近将黑人扒手打死时，他与旁边冷漠又狂喜地围观暴力场景的群众实现了共谋犯罪。赛姆勒突然同情起那个黑人，“他可能代表疯狂的精神，但是疯狂中带着高贵。赛姆勒多么地同情他，他会做多少事来阻止这些残暴的击打！血多么红，多么多”(243)。研究者威尔森（Wilson）认为，黑人与赛姆勒具有某种身份联系，黑人是赛姆勒明显的翻版、另一个自我，该研究者分析了二人衣着、打扮的相似之处，比如二人都衣着时髦、都戴太阳镜，并且二人都是受害者。① 但笔者认为，

① Jonathan Wilson, *On Bellow's Planet: Readings from the Dark Side*, London and Toronto: Associated University Presses, 1985, pp. 148 - 149.

赛姆勒对黑人是从最初以凝视为手段行使隐性暴力，到最终因为自己具有暴力受害的相似经历以及反暴力的社会诉求而对黑人从歧视转变为共鸣。赛姆勒对黑人的怜悯是对所有遭受暴力迫害的人类的怜悯，他所赞美的高贵是生命的高贵。赛姆勒发现他与黑人扒手不再是完全不同的人，他们的生命价值是等同的。随后，他又想到尽管艾森是个战争受害者，但他却是应该被关进疯人院的杀人的疯子，不仅仅是艾森，华雷斯、费弗尔、安吉拉，他们全部是疯子，“让我们全待在这个伟大的游乐场里，彼此玩着离奇可笑的死亡游戏。成为你亲近的人的表演者”（244）。不论是赛姆勒身边这些年轻一代的犹太人，还是60年代美国街头群众或学生运动分子，在赛姆勒看来他们都是疯狂地通过暴力表演虚无的人。至此，在对暴力受害者的同情与对施暴者的谴责下，隐藏在小说中的反暴力功能实现。

## 三、反文化运动下创伤后应激障碍患者的不可靠暴力叙事及反暴力功能

在著名反战小说《五号屠场》中，冯内古特（Kurt Vonnegut）写道，1968年是美国社会暴力、骚乱、不安达到顶峰的一年，不仅美国前总统约翰·肯尼迪的弟弟罗伯特·肯尼迪在这一年被枪杀，民权运动领袖马丁·路德·金也于同年遇刺，美国政府还会每天向民众通报越战死亡人数。[①] 索尔·贝娄曾与冯内古特同时就读于芝加哥大学人类学系，尽管没有直接证据表明贝娄在创作《赛姆勒先生的行星》时读过《五号屠场》，但这部仅比《五号屠场》晚一年出版的小说同样诞生于美国社会暴力达到顶峰的时刻，并且相似的是，它们都是叙述在战争中身患创伤后应激障碍的暴力受害者如何在新暴力环境中处世的小说。赛姆勒及其女儿舒拉（Shula）、前女婿艾森均为幸存者，在纳粹的暴力屠杀中九死一生、身心残缺地逃到美国，这些尚未摆脱创伤阴影的犹太人在60年代再次陷入美国社会革命以及以色列六日战争等暴力漩涡，他们不得不应对为了伸张社会公平与正义而过度使用暴力的反文化运动者，以及抛弃传统、行为乖张的“垮掉的一代”。赛姆勒认为，自己侥幸幸存又忍受身体残疾和神经疼痛苟活是因为还有未完成的事业，他自问道，“有难以言说的任务吗？他是被派来做某件事的吗？”（227）国内学者张军将赛姆勒未完成的使命解

---

① Kurt Vonnegut, *Slaughterhouse-Five*, New York: Delacorte Press, 1969, p. 182.

读为“如何传承、维系犹太教信仰”[①]，但小说表明赛姆勒的母亲与其本人均不是严格宗教意义上的犹太信徒，而是“自由思想者”，他的名字阿塔尔（Artur）也不是犹太人的名字（68），赛姆勒的犹太人身份更多是文化意义上的。贝娄的儿子格利高里（Gregory Bellow）也谈到赛姆勒的青少年时期生活甚至包括他的名字都使他倾向于脱离犹太本源，而且他指出赛姆勒与贝娄都远离犹太人身份。[②] 此外，学者瑞亚（Rhea）认为，小说的中心议题即赛姆勒所承担的责任的意义在于当大屠杀幸存者身处后大屠杀时代，突出“没有死去就更好吗”这一质问，赛姆勒所在的地球对犯罪冷漠，有施虐倾向，赛姆勒既是其受害者也是见证者。[③] 而笔者认为，瑞亚所指的“赛姆勒的责任”从本质来讲，就是在后大屠杀时期思考应该如何处理犹太人与暴力的关系，赛姆勒不仅是暴力的亲受者也是暴力观察者、暴力反思者，犹太文化认为只有受难者才是真正意义上的犹太人，这才是作家贝娄创作这部小说的意义。

作为暴力受害者，赛姆勒并没有被塑造为单一地呼吁和平、抵制暴力的反战人物，相反，在面对60年代美国社会的暴力事件及中东冲突时，他带着鲜明的意识形态及政治主张，主动成为暴力的施加者，积极投身美国和以色列的政治语境中，因而这部小说在美国评论界引起争议并受到诟病。赛姆勒一方面企图建构暴力叙事并以意识形态为武器参与当代美国政治斗争，他支持精英主义并维护旧的权力等级秩序，他认为“一个人要自我珍视正确的理性，才能拥有并修复秩序与权威”（36），只有“从秩序和统治原则出发，人类才能将自己和绝对自由的特权、不可理喻的冲动的特权分割开”（178）；另一方面，他否定60年代改革社会、推行民主与平等的必要性，认为改革的“最终状态永远比最初更加虚无”（61），他还反对反文化运动，认为美国文明正在疯狂的革命下岌岌可危。尽管赛姆勒以理性和秩序为由反对社会改良，但他本人的暴力叙事也同样未能免

① 张军：《贝娄〈赛姆勒先生的行星〉中的引路人研究》，载《外国文学》2013年第3期，第78页。

② Gregory Bellow and Alan L. Berger, “Blinded by Ideology: Saul Bellow, *The Partisan Review*, and the Impact of the Holocaust”, in *Saul Bellow Journal*, Vol. 23, No. 1 – 2 (Fall 2007 – Winter 2008), p. 15.

③ Thomas Rhea, “The Dual Nature of Duty in Saul Bellow's *Mr. Sammler's Planet*”, in *Saul Bellow Journal*, Vol. 23, No. 1 – 2 (Fall 2007), p. 54.

除这个时代特有的“极端”。

赛姆勒在建构暴力叙事以表达自己的政治诉求时首先将种族主义思想融入其中。他对白人新教徒没有维持好秩序感到气愤，指责他们是“胆小的投降者，不是强大的统治阶级”，并认为种族隔离制度的废除使白人丢脸地与“少数民族暴民混在一起”，他甚至批评白人民权运动者“没有作为知识分子与社会秩序评判者的尊贵感”，讽刺他们“认为做白人就要生腐败之病，做黑人就能拥有治愈的力量”。（26）黑人不仅在他的凝视下被扭曲为失语的动物，赛姆勒还通过比较，否定自己与黑人作为人的共性，“当然他和扒手是不同的，一切都不同，他们思想的、性格的、精神的轮廓都隔之千里”（53）。

赛姆勒还患有厌女症，通过对女性人物进行暴力叙事，赛姆勒诋毁、排斥女权及性解放运动。赛姆勒拥护传统男权社会，他无法接受60年代在美国掀起的追求性自由与性表达的性革命，他讽刺纽约是“妓女”，“盘尼西林使纽约看起来更干净了”（134），女性身上都有股“恶心的味道”，“女人天生比男人更粗野”，“有更多味道”，更需要控制，尤其是那些象征着女权的“波希米亚反抗者最为有害”，他指责她们“丧失了女性气质与自尊”，并且“她们厌恶权威就是不尊敬任何人，甚至她们自己”。（28，29）赛姆勒多次对小说中的女性人物流露出轻蔑的态度，在他的叙述中他的母亲歇斯底里、缺乏理智，玛戈特过于软弱，她同情社会上的一切弱者，舒拉是个热衷收集垃圾、不可救药的怪女人。被赛姆勒的凝视扭曲得最严重的就是富豪侄子格鲁纳的女儿安吉拉（Angela），安吉拉不仅富有还有社会地位，她不需要依靠婚姻也能过富裕的生活，赛姆勒认为她是这个时代女性的代表，也是性解放运动与女权运动的象征，她身上有着人人都能闻到的色情女人味，她衣着暴露，和《时代》杂志上的女郎们别无二致，她淫乱、滥交，随时散发着放荡的性欲，与未婚夫一起同陌生人大玩换偶、群交。在小说中安吉拉是赛姆勒、格鲁纳、华雷斯等犹太男性共同批判的对象，华雷斯不仅因她的滥交恐惧女人并成为同性恋，赛姆勒还指出安吉拉象征着的女权运动与性解放运动使美国男人的男性气概遭到阉割，他评价道，“她是女性权力的类型，是荡妇。每个神话都有它的天敌，杰出的男性神话的敌人就是荡妇”，“安吉拉代表种族现实主义，总是指出男人的睿智、美、荣光、勇气都只是一场空，她的作用就是打败男人关于自己的神话”。（154）赛姆勒甚至批评女权运动就是一场两性战争，他的厌女症是为维护男权而战。

不仅如此，小说中的学生运动分子和反文化运动者也在暴力叙事中被建构。小说叙述了赛姆勒1969年在哥伦比亚大学做名为“30年代的英国场景”的演讲时与学生爆发的激烈冲突，他过时、保守、被认为缺乏革命精神的演讲使得本意是来参加大众集会的新左翼青年们大失所望，他们侮辱了他并将他轰下台。这一情节改写自贝娄1968年在旧金山州立大学的演讲经历，他实际的演讲题目是“作家现在应在大学中做什么”。贝娄认为美国大学应该是精英主义与高雅文化的，但此时旧金山州立大学是美国反文化运动的桥头堡，黑人及其他少数族裔、工人阶级学生占有相当大的比例，这些新左翼青年正力求通过示威、游行来推动美国大学的多种族性与多阶级性。贝娄将自己在旧金山州立大学演讲的历史背景刻意抹去，而将其改编为无辜的赛姆勒在哥伦比亚大学受到疯子般的极端学生分子攻击，这暗示着贝娄正在通过新的叙事方式进行文学创作以重构历史文本，并借此解构了历史真相。有学者指出，贝娄的偷梁换柱预示着他在这部小说中出现了政治右转，赛姆勒将反文化运动等同于法西斯主义与斯大林主义，事实上新左派完全不能与之相提并论，新左派从未害过任何人，也并未如赛姆勒认为的毁灭大学与西方文明。① 还有研究者认为，新自由运动激怒了贝娄，他鄙视学生运动、民权运动、女权运动并视它们为对他所珍视的事物的反动。② 小说中赛姆勒斥责学生分子道：“真实是多强的激情啊！但是真实也是野蛮，难道接受大粪也成为一项标准吗？多非凡啊！青春？和性交的想法一起？所有这些都混合着性、大粪和战斗，是爆发、攻击、龇牙威吓，北非猿猴们正在嚎叫。”（34）在赛姆勒眼中，反文化运动使文明坍塌，此时的纽约走向末世，城市中是“疯狂的街道”“淫荡的梦魇”“怪物巨兽”，“上瘾者、酒鬼、堕落者公开在中城庆祝着他们的绝望”。（60）赛姆勒讽刺人们像原始人一样回到了史前时代，让他想到奴隶制与动物的起源，这些疯狂的波希米亚少年企图打破种族隔离与阶级差异的一体化政治主张在他看来“是被麻醉的、被摧残的”。（149）

---

① Andrew Gorden, “Mr. Sammler's Planet: Saul Bellow's 1968 Speech at San Francisco State University”, in *A Political Companion to Saul Bellow*, Gloria L. Cronin and Lee Trepanier, eds., Kentucky: The University Press of Kentucky, 2013, p. 164.

② James Atlas, *Saul Bellow: A Biography*, New York: Random House, 2000, p. 387.

但是，贝娄对个人历史文本的改编未必完全出于对反文化运动的排斥，赛姆勒种种非理性的暴力叙事也未必就是小说右倾的反映，因为很多批评贝娄与这部小说的学者忽视了一个问题，即赛姆勒作为小说的叙述者与贝娄政治思想的代言人，是一位因受到纳粹暴力迫害而身心残缺的病人，他不仅在大屠杀中失去亲人、财产，还失去一只眼睛且神经受损而无法像正常人一样生活。小说含有对赛姆勒所患病症及他对大屠杀暴力场景闪回记忆颇多篇幅的叙述，赛姆勒也清醒地意识到并指出自己的不正常状态。由这样一位患病的暴力受害者进行暴力叙事，其可靠性存在争议，并且通过叙述赛姆勒在战争中遭受的暴力创伤及病症发作时他忍受的反复折磨，反暴力效果逐渐实现。

尽管赛姆勒有着“结实的双颊，面色对于七十多岁的人来说很棒，皱纹也不多，但是，在左侧眼睛的那面，细细长长的纹路就像冰块或破裂的玻璃杯上的线条”。（13）表面看来他是一位显得年轻、健康的智者，但作为社会观察家和评论者，赛姆勒失去了一只去“看”、去“辨明”外部世界的眼睛，他无法像正常人一样用双眼准确地对观察对象“对焦”“定位”，眼伤周围遍布着的皱纹还严重影响了他的外观、加重了他的衰老。赛姆勒虽然显得“彬彬有礼”“体贴入微”，但实际上却“脾气火爆，在受刺激时要比其他人暴力”，“他的神经系统也被损坏，狂怒发作时，他会因剧烈的偏头痛卧床不起、处于癫痫发作后的状态，尽管这种情况十分少见，但令他痛不欲生。然后他一周中的大部分时间都躺在一个小黑屋里，身体僵硬，手紧握在胸前，浑身淤血，疼痛极了，交谈时甚至不能答话”（20，21）。医学家认为创伤后应激障碍不是指涉心理问题的精神病，而是一种由神经系统受损导致的神经病，它是不可治愈、不可逆转的，并且症状会在一生中的任何时刻复发。[①] 因此，尽管幸存，赛姆勒仍被折磨成永久丧失正常生活功能的病人，他控诉大屠杀就是一群人将另一群无辜的人的生命一笔勾销，“如果你有幸得以生还，你也被留下怪癖。德国人想要杀我，波兰人也朝我开枪……这种经历就是畸形”，“我当然畸形，并且沉湎其中”。（190）赛姆勒不仅明确表述了自己作为战争病人的畸形状态，他的病症本身也成为犹太人对种族主义暴力迫害的控诉。

---

① John D. Roche, *The Veteran's PTSD Handbook*, Washington D. C.: Potomac Books, 2007, pp. 9 - 10.

赛姆勒在经历大屠杀后出现了众多创伤后应激障碍的症状，它们既与小说的暴力叙事相辅相成也互为消解。由于创伤后应激障碍的影响，赛姆勒呈现出强烈的疏离感与隔绝感，他厌世并对美国社会现实产生认知扭曲，与人群的隔阂及交往障碍使得他的思想与行为停留在已逝去的、“二战”前的伦敦。赛姆勒常操着一口波兰牛津口音英语，像英国绅士一样手提雨伞在60年代躁动的纽约街头闲逛。他感到自己和其他人类有些分离，他总是专心致志于完全不同并且很遥远的事，似乎生活在不相称的柏拉图时代或奥古斯丁所在的13世纪。医学家指出，强烈的隔离感、认知扭曲、闪回、身体记忆、原始的防御、自我状态的改变和对早期创伤无意识的重复都会在创伤幸存者身上萦绕不去，即使是在创伤事件结束之后很久，他们的内心仍然是不安全的，所以很多创伤幸存者依赖隔绝与隔离来维持安全感。[①] 而赛姆勒维系安全感、缓解厌世感的做法就是通过摆脱与现实地理空间和时间的联系实现自我疏离。

首先，出于厌世感，赛姆勒追求与现实地理空间的隔离及对其的超验，他所居住或向往的空间都是对他在遭受战争创伤、躲避纳粹追杀时身处的死亡空间的戏仿，他与现实空间的隔离、对超验空间的追求实则是遭受暴力创伤后应激障碍的重复病发。在大屠杀中，赛姆勒夫妇和六七十个犹太人先是被要求在砂石地里挖坑，然后大家被剥光衣服，纳粹开始朝向他们开枪，人们纷纷倒入集体坟墓中，随后一两吨土倒下将他们活埋，妻子就死在他身旁，赛姆勒因处于尸堆上部幸免于难，他爬出后先是藏身在沼泽地里，后来又躲进一个家族墓地里假扮了三四个月死人，靠善良的墓地看守提供的食物和掩护活了下来。黑暗、隔绝的棺材不仅弥漫着死亡气息，世界也在此静止，赛姆勒失去所有又随时陷入性命之忧、死人之所，尽管最终侥幸逃脱，却被永久地烙上了死亡之印。随后，这种失去生命迹象、被死亡笼罩的空间不断在赛姆勒的生活和思想中重现。赛姆勒在纽约的住所诡异地与现实空间脱离，“沉重又像花瓶般脆弱的巴洛克风格让他觉得这间12楼的房间像是一个瓷器柜，把他锁在其中”（21）。瓷器柜的外形与棺材颇为相似，赛姆勒的住所如同一座陈旧的棺材将遭受暴力创伤后脆弱不堪的赛姆勒关在其中并与现实空间隔离，这个空间虽然安全，但

---

① Kate Hudgins, *Experimental Treatment for PTSD*, New York: Springer Publishing Company, 2002, p. 18.

却死气沉沉。此外，赛姆勒还多次感到地球就是他的坟墓、监狱，他无法忍受“二战”中独裁者利用极权实施种族灭绝与大屠杀，无法忍受地球上弥漫着的存在主义的厌倦和虚无，更无法忍受60年代美国社会的狂热和极端，他总是在思忖如何逃脱，“地球既是我们的母亲也是我们的葬身之处，离开这个多产的肚皮，也离开这个大坟墓”（150）。时逢1969年美国阿波罗号宇宙飞船登月前夕，这一重大事件使赛姆勒将出走的欲望寄托于移民月球，那里将是一座诞生出新亚当的伊甸园，小说标题《赛姆勒先生的行星》就点明赛姆勒对月球的向往关乎小说的主旨。“从月亮上落下一条垂直线，让它与坟墓相交。在坟墓里面，一个男人直到现在还被照顾着、温暖着、指甲也被修剪得整齐。那些浓艳的彩虹出现。腐朽。赛姆勒先生曾经与死亡轻轻松松地打过交道。他失利、败退”，他感到自己难以应付世事，“但对遥远事物的思考似乎有帮助，月球，它既无生命，又得以不灭”。（85）大屠杀造成的暴力创伤使赛姆勒不能再像正常人一样在现实世界与空间中生活，但他渴望能够抵达的超验空间——月球，仍然是对与世隔绝、无生命迹象、时间停顿的死亡空间的戏仿，赛姆勒对月球的遐想也源于他在大屠杀中创伤记忆的重现与闪回。月球空间象征着赛姆勒患有创伤后应激障碍的精神状态，小说以赛姆勒对月球的向往为名，是暗示这是一部描述犹太暴力受害者患创伤后应激障碍病症的小说，如此，小说题目本身也成为反暴力主旨的点睛之笔。在得知华雷斯已经和航空公司预订座位想去月球而且成千上万的人都想移民月球后，赛姆勒立刻改了主意，他对华雷斯说：“‘我更喜欢海底’，‘我看起来是个下深海而不是上高空的人’，‘海洋深邃，但有顶有底，不像月球没有天棚’，‘我个人需要一个天花板，哪怕很高。是的，我喜欢天花板，高的会比矮的更好’”。紧接着，小说的全知叙述者评价道，“幽闭恐惧症吗？死亡是限制”。（151）赛姆勒遐想的海底仍然是对大屠杀中死亡空间的戏仿，尽管活着，暴力创伤却使他虽生犹死，赛姆勒在活人的世界困难重重，他深陷死亡不能自拔，宁愿屠杀中被杀害的是自己。

除空间外，赛姆勒出于对历史及现实世界的厌恶渴望打破过去、现在、未来的线性时间锁链，将时间的重心放在对未来的乌托邦想象中，但受创伤后应激障碍影响，赛姆勒对未来的遐想演变为过去暴力创伤时刻的不断再现。在大屠杀中幸存后，赛姆勒感到尽管重新加入了生活，但在本质上他是绝望又孤立无伴的。作为一个日渐衰老的幸存者，无法改变事实的无力感使得他对时间无助。“赛姆勒是没有权力感的。如此没用权力感就是死亡”，他是“一个过去的人”，突然之间他跳出身外并旁观起自己，“那不是他自己，那是某个人，这点击中了他。那个人精神萎靡，在人与非人的状态之间，在满足与空虚之间，在充实与虚无之间，在有意义与无意义之间，在此世与无有世界之间”。(240)“对于很多创伤幸存者来说，创伤带来了强烈的无望的经验，更高权力的任何信仰比如神和超出个人的、好的力量都被摧毁了。”① 发生在过去的创伤导致此时此刻的赛姆勒是绝望的，他渴望通过时空旅行进入一个未来的乌托邦世界，那里的人类将更加完美、更加理性。赛姆勒最崇敬的作家威尔斯是全世界最负盛名的科幻小说家之一，赛姆勒关于时空旅行的畅想以及对暴力战争与种族灭绝的思考都与威尔斯的科幻名作《时间机器》《星际战争》有关，出于对威尔斯笔下未来乌托邦的迷恋，他余生的心愿就是写一部关于威尔斯的著作。女儿舒拉为了帮父亲实现想法，将劳尔教授撰写的《月球的未来》教学讲义偷走，希望该书有助于启发父亲。但是赛姆勒对未来去月球旅行的幻想尽管起初充满希望，但却逐渐演变为对过去事件的重复，他总是通过记忆闪回无助地重历过去的创伤事件，梦想打破时间的线性锁链去同样使他产生异化感的月球旅行，这实际仍是对赛姆勒创伤后应激障碍的隐喻。从遭受暴力创伤的那一刻起，赛姆勒的生命进程就已经停止，他的现在与未来都是对过去时间，尤其是创伤时间的不断重复。

除了赛姆勒所幻想、追求的超验空间与未来时间都是受创伤后应激障碍影响对经历创伤时空间、时间的不断再现外，整部小说赛姆勒对于大屠杀场景闪回记忆的叙述多达八处②，以及一次赛姆勒转述艾森对纳粹杀人场景的简短描述③。尽管详略不一，但它们都是关于纳粹分子对犹太人暴力施害时血淋淋的杀戮场景，以及赛姆勒在千难万险中逃脱、幸存却陷入创伤后应激障碍无法痊愈的记忆。这些闪回有些发生在赛姆勒于纽约街头

① Kate Hudgins, *Experimental Treatment For PTSD*, New York: Springer Publishing Company, 2002, p. 23.

② 小说共出现 8 处大屠杀场景记忆闪回。Saul Bellow, *Mr. Sammler's Planet*, New York: Penguin Modern Classics, 2007, p. 11, p. 38, pp. 73－75, p. 112, p. 114, p. 162, p. 169, p. 226.

③ 赛姆勒描述艾森在“二战”时是一个“被用挖战壕的工具屠杀的物件”，因为据艾森说“在他从纳粹占领区逃到俄区之前，他目睹过，人如蝼蚁般不值得浪费子弹，他们的脑袋直接被铲子拍碎”。Saul Bellow, *Mr. Sammler's Planet*, New York: Penguin Modern Classics, 2007, p. 138.

闲逛时、他对黑人扒手进行监视追踪时、他与劳尔博士讨论登月计划时、他看到同为暴力受害者的女儿舒拉时、他探望临死的侄子格鲁纳时，而有些闪回就掺杂在他日常的胡思乱想中。这些描述大屠杀杀戮场景的闪回记忆贯穿小说全篇，它们不论是对大屠杀中纳粹对犹太人残虐施暴的揭露，还是对幸存者赛姆勒创伤后应激障碍持续复发的隐喻，都构成了反暴力功能。

最后，小说中的大屠杀暴力受害者也不仅赛姆勒一位，患有创伤后应激障碍无法痊愈的幸存者也不仅只有赛姆勒。贝娄在小说中塑造了以赛姆勒为首，女儿舒拉、前女婿艾森为辅的大屠杀幸存者群体，并让这些犹太病人都在进行暴力活动的同时发挥了反暴力的功能。舒拉与艾森是患病症状比赛姆勒更严重的暴力受害者，因为青少年时期就遭遇大屠杀，他们的大部分人生都处于大屠杀创伤导致的畸形中，他们缺乏正常的家庭、正规的教育、正经的工作，也没有赛姆勒作为知识分子的思考能力与智慧。在赛姆勒眼中，女儿舒拉是个怪人，她长相不错、年龄不大，却以收集垃圾为好，整日像老鼠一样翻遍纽约的垃圾箱。舒拉热衷宗教，她既是虔诚的犹太教徒，又因“二战”时曾在基督教修道院藏身四年而改宗信奉基督教，同时她又按照天主教徒的习俗过节。大屠杀对舒拉生活的介入使得她的身份发生断裂，赛姆勒认为这个失去了根的可怜孩子是“漂浮的”(162)。前女婿艾森也是种族主义暴力的受害者，“二战”时他在斯大林格勒（现名伏尔加格勒）受伤，随后在一辆载满伤残老兵的列车上被反犹分子推下火车导致脚趾因冻伤被截肢。在没来美国前，他“饿得要死，被丢在以色列的沙漠里，虱子、精神失常、热病就是他仅有的财产”(138)。但另一方面，这两位犹太病人也在60年代暴力、骚乱的纽约随波逐流、行凶作恶，从上一个暴力时代的受害者变为下一个暴力时代的施暴者，用自己人格的疯狂来迎合美国60年代社会运动的疯狂。赛姆勒对舒拉偷东西、觊觎伊利亚的财产感到愤怒，这个孩子“无法无天”(lawless)（133)，“她是怎样变成这样的”。舒拉知道自己是个怪人，但却故意为之，赛姆勒将舒拉的暴力行径归结为她曾经的暴力受害经历，“就是一个人从最初的年岁里所经历的那样东西，那个人第一次从死亡那里学来的东西，通常都是疯狂的”（162)。艾森更是小说中美国60年代暴力与疯狂的代言人，艾森的名字“Eisen”是德语“铁”的意思，他原本就是一名身强力壮的铸铁工人，经常对妻子拳脚相加，虽在“二战”

中遭受迫害并致残，但他并不憎恨种族主义者也从未思考过社会暴力产生的本质，而是以“以暴制暴、恃强凌弱”为原则继续生存。60年代他跑到纽约借助反文化运动的疯狂势头摇身一变成为一名造型艺术家，但他画中的人物在赛姆勒看来都是尸体，他的画作充满死亡气息，他还用黄铁铸造出粗糙丑陋的造型并声称那是艺术品四处兜售。赛姆勒将暴力、疯狂的艾森视为反文化运动的象征，他多处使用“疯狂”（mad，crazy）、“疯癫”（insane）、“疯子”（maniac）等词来形容艾森（52，126，127）。赛姆勒警惕地认为，纳粹正是利用全民的疯狂与疯癫才使一个正常的国家发动战争机器、合法实施大屠杀，因此，他对反文化运动的担心实则是对极端暴力事件再次重演的担心，也是他遭受大屠杀创伤后极度缺乏安全感的焦虑表现。舒拉与艾森作为小说中的两位犹太病人，增强了小说的反暴力功能，而他们的施暴行为又引发了赛姆勒作为暴力事件观察者的反暴力思考。

贝娄曾在两次采访中谈到他怀疑反文化运动，他认为60年代的纽约疯了，作家无处可去，只有表演者才有地方去①，这与小说中赛姆勒对反文化运动者与“垮掉的一代”年轻人的批评不谋而合。但根据赛姆勒对黑人、女性、反文化运动者隐性或显性的暴力叙事就来判定这部小说的保守主义基调或强调小说中的犹太意识是不准确的。有学者认为，小说中艾森的暴力与以色列六日战争的暴力都使读者不能相信以色列的国际声誉能够通过军事努力得到救赎。② 显然，小说并不鼓励以暴力手段恢复暴力受害者的权力地位与身份。通过叙述赛姆勒对黑人的凝视和黑人对其进行的反凝视，通过叙述赛姆勒在暴力冲突中由施暴者、暴力观察者再到暴力阻止者的身份转变，通过突出强调赛姆勒在60年代反文化运动中的不可靠暴力叙事与作为大屠杀幸存者的创伤病症，在揭露了暴力政治的无意义与暴力对社会及个人造成的巨大危害后，小说的反暴力意义得以彰显。

作为两部以美国60年代反文化运动为背景并且书写内容都涉及美国反文化运动的小说，不论是《赫索格》中的双重“自然”还是《赛姆勒

---

① Joyce Illig, “An Interview with Saul Bellow”, in *Conversations with Saul Bellow*, Gloria L. Cronin and Ben Siegel, eds., Jackson: University Press of Mississippi, 1994, p. 106; Michiko Kakutani, “A Talk with Saul Bellow: On His Work and Himself”, in *Conversations with Saul Bellow*, Gloria L. Cronin and Ben Siegel, eds., Jackson: University Press of Mississippi, 1994, p. 183.

② Ethan Goffman, “Between Guilt and Affluence: The Jewish Gaze and the Black Thief in *Mr. Sammler's Planet*”, *Contemporary Literature*, Vol. 38, No. 4 (1997), p. 720.

先生的行星》中的双重“暴力”都暗示着作者对美国60年代反文化运动的辩证性思考，而与此前学界认为贝娄反对反文化运动不同。尽管在这种意识的主导下，小说中的政治理想也显得模棱两可、无法成立，但是从现实角度来说，作为一名公共知识分子，贝娄成功地在新左翼思想大行其道时对其保有了冷静与质疑，这两部小说作为对极左思想的一种平衡、修正，对当时的美国思想文化界有一定裨益。

# 第四章　晚期小说中的为人文而辩

《洪堡的礼物》（*Humboldt's Gift*）与《拉维尔斯坦》（*Ravelstein*）是贝娄晚期小说中思想最成熟、最具代表性的作品，与早、中期小说中愤懑不得志的“受害者”人物以及游离于主流社会之外的知识分子主人公相比，这两部小说的主人公分别是文学界的名人与学术界有影响力的知识分子，贝娄对政治的关注也由早期小说中对小人物个人命运的书写以折射出的社会时代弊端，转向这两部小说中文化名流视阈下对人文学科未来发展的担忧。

评论界一致认为贝娄的小说因注重哲学思考、忽略故事情节而具有较高的自传性与真实性，“他使生活以当代作家都无法与之比拟的方式入侵了他的小说”[①]，而这两部小说可以称为贝娄作品中自传性最强的作品，它们的主人公都以贝娄已经逝去的好友、“纽约知识分子”成员为原型，并且小说都基于贝娄与好友的交往经历而创作。在《洪堡的礼物》刚出版后，贝娄就在访谈中承认主人公洪堡的原型就是他的好友、现代主义诗人、“纽约知识分子”成员德尔莫·施瓦茨（Delmore Schwartz）[②]，而西特林的原型就是他本人，这是一部基于二人交往经历所创作的小说。[③] 这部小说聚焦美国两代文学家洪堡（Humboldt）与其弟子西特林（Citrine）在文坛近半个世纪的命运沉浮。在小说中，大众文化盛行于美国社会，以诗歌为代表的文学、艺术因其超验此岸世界的想象力与独一无二的创造性，在与可被大规模生产的、以市场需求为导向的文化工业商品竞争中濒

---

① David Mikics, *Bellow's People: How Saul Bellow Made Life into Art*, New York: W. W. Norton & Company, 2016, p. 221.

② 德尔莫·施瓦茨（1913—1966），美国犹太诗人、短篇小说家，“纽约知识分子”成员，20世纪30年代活跃于《党派研究》期刊并发表文集《责任始于梦想》（*In Dreams Begin Responsibilities*），受到现代主义诗人T. S. 艾略特、庞德、威廉·卡洛斯·威廉姆斯等人的好评。他年少成名，诗歌以哲学思考见长，曾在雪城大学、普林斯顿大学等高校执教，后期所写史诗《创世纪》（*Genesis*）在评论界遇冷，诗名衰落。此后他饱受酗酒与精神疾病困扰，最终心脏病突发死于纽约哥伦比亚旅馆。

③ Walter Clemons and Jack Kroll, “America's Master Novelist: An Interview with Saul Bellow”, in *Conversations with Saul Bellow*, Gloria L. Cronin and Ben Siegel, eds., Jackson: University Press of Mississippi, 1994, p. 124.

临淘汰，诗性精神的美在科学与技术主导的社会中缺乏实际用处，诗歌玄妙的幻想也被理性放逐，肤浅与追求享乐的大众不易也无兴趣去了解深奥的文学、艺术。面对日益萎缩的文学生存土壤，诗人洪堡在后现代商业文化语境下企图复兴文学、艺术的政治权力斗争举步维艰。首先，他通过自己与朋友作为文化名人的影响力来结交政要，企图以此干预国家政治决策并打造一个由文学家掌握政权的乌托邦政府。遗憾的是，小说中用文化谋权的知识分子都由盛至衰，并最终丧失权力。然后，洪堡认识到诗歌的神圣性在追求实用主义、功利主义的美国已经沦落，作家们企图通过消费商品来改变文人在社会中的权力等级地位，并且试图将文学与商业市场结合，使文学重现神力。但现实是作家们破产并最终失去了财富，以金钱供养文学的努力都以失败告终，作家们在物质的诱惑下也迷失了自我。受施瓦茨的悲剧命运、现代主义诗歌在后现代文化中的衰落影响，贝娄在70年代对文学、艺术的发展前景较为悲观，他对美国大众文化的态度也比较负面。贝娄对大众文化对文学、艺术造成侵害的看法很可能受到法兰克福学派文化工业理论的影响，40年代在贝娄初出茅庐时，“纽约知识分子”中的主要成员以及《党派评论》的编辑们与流亡到美国的法兰克福学派成员有过密切接触，而其中不少犹太作家都是贝娄从事创作之初的领路人。尽管文学政治在权力博弈中难以取得成功，但是，小说的结尾仍保留着一丝对文学前景的信念，正如小说的叙述者西特林始终认为只有文学和艺术才能在这个虚无主义的世界拯救心灵、关注灵魂、实现超验，贝娄也坚信文学是在用想象书写人类的真理，它能带领人类摆脱厌烦、超越死亡、获得永生。

而在时隔25年后出版的贝娄最后一部小说《拉维尔斯坦》中，贝娄将对后现代文化语境下诗歌前景的担忧引申为对整个人文学科发展的关注。《拉维尔斯坦》的主人公拉维尔斯坦的原型是贝娄现实生活中的好友、政治哲学家、“纽约知识分子”成员艾伦·布鲁姆（Allan Bloom），而小说中的人物齐克（Chick）则是贝娄的代言人，布鲁姆与贝娄曾在芝加哥大学社会思想委员会教授同一门课程并共事15年。[①] 与曾经名震一方而死时贫困潦倒、籍籍无名的诗人洪堡相比，拉维尔斯坦作为古典政治

---

① David Mikics, *Bellow's People: How Saul Bellow Made Life into Art*, New York: W. W. Norton & Company, 2016, p. 220.

哲学教授，成功地利用了美国流行文化与商业文化成为一名名利双收的人文学科知识分子英雄。拉维尔斯坦乞灵于古希腊以来的哲学与政治学先贤，尽管一度靠举债度日，但他热衷于挥霍钱财、大肆消费奢侈品，在将自己的毕生所学出版为专著后，该书风靡大西洋两岸，使他一跃成为日进斗金、被英美两国元首接见的学术巨星。拉维尔斯坦深谙资本主义赚钱之道，并将自己的思想转化成值钱的商品，名利双收后他更加挥霍无度，狂热地追求顶级消费，其寓所也被奢侈品包围。另一方面，拉维尔斯坦通过教学与自己的弟子们构成了一个以自己为中心的权力王国。这些弟子很多身居高位、握有重权，他们崇拜拉维尔斯坦，即使毕业之后也不忘继续聆听他的教诲。拉维尔斯坦作为这个权力王国的国王，用古典政治哲学理论实现今日美国治国之计，其影响甚至能够左右华盛顿决策，此外，这些学生还一直向他通报第一手的重大机密与消息，使他对天下之事了然于心。

表面看来，贝娄在小说中树立了一个既取得了巨大世俗成就又传承了高雅人文思想的人文学科知识分子榜样，事实上，这部小说也是一部贝娄为支持老友布鲁姆而作的文化战书。拉维尔斯坦并不沉迷物质，他利用夸饰性消费与时尚之道以提升知识分子的权力地位，并借此与更高阶层的人竞争。哲学家关照人类灵魂，其伟大思想得以超验生死，因此拉维尔斯坦认为一名灵魂伟大的人与高贵的人文学科知识分子就应该享受最好的商品。而拉维尔斯坦的权力王国也是贝娄所建构的理想世界。贝娄感叹今日美国的“人文无用论”，并将古典人文思想衰落的根源挖掘至美国高等教育领域一味追求技能培养而忽略人文素质教育的功利主义，以及无视权威、不求甚解的文化相对主义，这座由人文学科教授与其弟子构成的权力乌托邦既是对其的驳斥，也隐喻着人文思想之所以不朽是因为与其他学科相比，人文学科更注重历史的传承，而教学就是传承的手段。贝娄从 70 年代到 90 年代对于人文学科前景从消极转向积极的态度以及日益鲜明的文化立场，与其本人和“纽约知识分子”的地位提升有关，同时也昭示着这位老人虽至耄耋之年但仍然胸怀知识分子的责任感，誓为人文学科而辩，直至生命尽头。

## 第一节　文化工业下的诗人之死与失败的文学政治

出版于 1975 年的长篇小说《洪堡的礼物》是贝娄的扛鼎之作，它使贝娄1976年获普利策小说奖，并对贝娄同年获得诺贝尔文学奖起到推动作用。小说以西特林为第一人称叙述者讲述了30年代红极一时的文学天才、先锋派诗人洪堡晚年诗才耗尽、籍籍无名、穷困潦倒，并被强行关进精神病院、孤独地死在纽约一家廉价旅店的故事。在整部小说中，西特林将从1938年二人相识至50年代洪堡死亡期间的回忆与他本人于1973年至1974年在纽约、芝加哥的遭遇、困境互相穿插、转换，引导读者共同拷问诗人之死的必然性和其背后蕴含的文学、艺术之生存隐忧。目前国内已有不少研究关注小说的艺术特征，如分析小说的叙事特色、喜剧风格与行文手法[①]等。此外，还有相当数量的论文对小说蕴含的文化、哲学主题进行分析，尽管研究形式与切入角度各不相同，但它们都涉及文学、艺术与美国物质主义之间的矛盾。祝平博士认为这部小说谴责了物质主义、实用主义的美国对文学艺术的侵蚀，同时小说也寄予艺术家期望，希望他们摆脱对金钱的沉迷[②]；程锡麟教授指出小说讨论了西特林的个人问题、人类共同命运的问题以及文学、艺术的命运问题，反映了西方社会的困惑与知识分子的危机[③]。其他论文也多从物质主义社会中诗人悲剧命运的成因、诗人应承担的责任等方面进行分析。还有研究者关注小说的存在主义思想、“父与子”双角色人物模式等。相较之下，国外对这部小说的研究较为多样，除在小说出版后出现不少分析小说叙事、结构、意象等艺术特征的论文外，还涉及与小说主题相关的文化研究，如关注小说与爱默生思想的渊源、探讨小说中艺术家与机会主义者或金钱与疯狂的关系、分析贝娄眼中作家成功的世俗化标准或贝娄对知识分子的批评、研究小说中的超验和死亡飞跃等。此外，还有对该作品的史学研究，比如：主要针对小说人物在现实中对应的作家进行剖析、将小说草稿修改的不同版本进行比较、小说涉及的文学传统与历史溯源研究等。

---

① 参见宋德伟《论〈洪堡的礼物〉的叙事特色》，载《外语研究》2006年第4期，第68－71页；徐文培、张建慧《〈洪堡的礼物〉中的“复调”解读》，载《外语学刊》2006年第4期，第107－111页；胡海兰、蒲隆《〈洪堡的礼物〉的艺术特色》，载《兰州大学学报（社会科学版）》2002年第4期，第156－160页。

② 参见祝平《生存，还是毁灭？——从〈洪堡的礼物〉看物质主义社会中艺术家的选择》，载《外语教学》2009年第1期，第83－86页。

③ 参见程锡麟《西特林的思与忧——〈洪堡的礼物〉主题试析》，载《当代外国文学》2007年第4期，第14－20页。

尽管多数小说主题研究的论文都围绕文学与物质主义、实用主义的关系展开，并将文学、艺术的衰落与诗人之死的原因归于美国的市侩主义以及诗人在金钱面前的迷失，而且很多研究者都指出小说颂扬人文主义精神，但还尚未有学者结合法兰克福学派的大众文化批评来分析小说中文学、艺术的失败，此外研究者往往忽略了小说中诗人为了复兴文学而与政治权力、消费文化展开的合作。本节将从分析小说中诗人与诗歌在当代美国社会被边缘化的成因开始，探讨为救赎文学、艺术并实现不朽、超验的理想，小说中的作家都采取了怎样的斗争来夺取权力复兴文学，尽管最终诗人之死、诗歌之死难以避免，但贝娄仍对文学的未来寄予期望。

## 一、文化工业下的诗人之死

主人公冯·洪堡·弗来谢尔（Von Humboldt Fleisher）是出生于纽约的匈牙利犹太移民后裔，他的第一部诗集《滑稽歌谣》在30年代一出版就风靡一时，此时他年仅22岁。洪堡不仅容貌不凡、身材高大，而且诗才横溢、知识渊博、口才绝伦。他的诗朗朗上口又饱含智慧，并且含有柏拉图哲学中人类最初的完美形态与人文主义精神，他的作品还得到了大文豪T. S. 艾略特（T. S. Eliot）的赞赏与美国诗人康纳德·艾肯（Conrad Aiken）、沃·温特斯（Yvor Winters）的好评。随后洪堡奠定了现代主义先锋派诗人的文学地位，他被誉为美国诗坛的俄尔普斯，报纸对他的宣传铺天盖地。可惜他的盛名只持续了10年，诗歌的时代一过，他的名声就开始衰败。此后，他的诗集不再有人问津，他的思想、写作、感情变得一文不值，那些召唤美的文字除了累垮他外毫无效用，他本人也饱受诉讼官司、精神疾病、经济诈骗的折磨。70年代，他死在纽约一座破败、廉价的旅馆公寓走廊，此时他几乎已被人们遗忘。

小说还塑造了另一位主人公，洪堡的门生、晚辈诗人查理·西特林（Charlie Citrine）。西特林于1938年还是威斯康星大学的学生时慕名来到纽约格林威治村拜访洪堡，在洪堡的帮助下成为普林斯顿大学讲师并进入美国戏剧界。随着洪堡的没落，西特林却声名鹊起，40年代末他已赚得百万家财，之后又两获普利策文学奖并被授予法国荣誉军团骑士勋章。西特林亲近政要、出入白宫，在洪堡死前两个月，他与消极颓废、面色死灰的洪堡偶遇，此时他穿着华贵的服饰刚刚和参议员罗伯特·肯尼迪等人坐直升机在中央公园用完政治午餐。洪堡死后，西特林一方面为其难过，另一方面却陷入厌烦，他害怕重蹈洪堡的覆辙，又因恐惧虚无去寻求人智学中对死亡的超验。名利双收后西特林不仅面对黑社会的敲诈恐吓，妻子、情妇、律师各个都想在他身上大捞钱财，并且西特林再也创作不出好的文学作品，破产后他逐渐理解了洪堡当时遭受的精神崩溃。

小说中两代诗人的命运转折引发读者拷问当代美国诗人的陨落以及诗歌走向衰败的深层次原因。有评论者认为，洪堡的死让西特林感到在美国作为诗人就被人期待着死亡的结局，而这归根结底在于在美国社会“人们认为现实优于理想，物质优于美学”。[①] 目前国内学界对小说涉及的诗人的文学理想与社会现实矛盾的研究还略显宽泛，比如：籍晓红博士认为诗人的死亡命运是由物质主义与理想主义的悖论导致[②]；王香玲老师也从功利主义与人文主义、物质与艺术的角度对小说进行分析[③]；刘兮颖博士从艺术家在金钱社会中的状况进行探究，认为诗人不得不面临艺术与金钱的较量[④]。而本研究认为，小说中贝娄笔下涉及的诗歌在当时美国走向没落的成因与法兰克福学派的大众文化批评有关，作为高雅文学的作家代表，贝娄批判大众文化与文化工业造成了当今美国文学、艺术的没落以及文化的市侩主义、媚俗化倾向。

1979 年，贝娄在评价这部小说的主题时说：“《洪堡的礼物》很有趣，但我认为它也是一部死亡之书。”[⑤] 1984 年，他再次强调这部小说“真正的主题就是死亡”[⑥]。在小说中，洪堡由名噪一时到死时境况凄惨、默默无闻。当西特林在报纸上看到洪堡的死被报道时，他联想到诸多美国诗人都死于非命，爱伦·坡死于阴沟，哈特·克莱恩从船上跳海自杀，贾雷尔

① Ben Siegel, “Artists and Opportunities in Saul Bellow’s Humboldt’s Gift”, in *Critical Essays on Saul Bellow*, Stanley Trachtenberg, ed., Boston: G. K. Hall, 1979, p. 162.

② 参见籍晓红《“成功”与“失败”的悖论——〈洪堡的礼物〉之分析》，载《语文建设》2014 年第 3 期，第 4 – 5 页。

③ 参见王香玲《论〈洪堡的礼物〉中的双角色人物模式》，载《外语教学》2013 年第 4 期，第 94 – 98 页。

④ 参见刘兮颖《〈洪堡的礼物〉中的“成功”与“救赎”》，载《长江大学学报（社会科学版）》2010 年第 2 期，第 28 – 32 页。

⑤ Maggie Simmons, “Free to Feel: Conversation with Saul Bellow”, in *Conversations with Saul Bellow*, Gloria L. Cronin and Ben Siegel, eds., Jackson: University Press of Mississippi, 1994, p. 164.

⑥ Rockwell Gray, Harry White, and Gerald Nemanic, “Interview with Saul Bellow”, in *Conversations with Saul Bellow*, Gloria L. Cronin and Ben Siegel, eds., Jackson: University Press of Mississippi, 1994, p. 221.

死于车身之下，约翰·贝利曼从桥上一跃而亡，西特林不禁感叹道，“这样一种恐怖特别被商业和技术的美国赏识，这个国家以它死去的诗人为傲”①。诗人之死源于文学之死，贝娄曾在这部小说出版的同年谈到当下艺术的困境，他指出，“与前一代人相比，学识渊博之士也更游离于艺术、更远离了鉴赏力”，他感到市侩作风作为否定艺术的新势力正在美国出现，并且这种否定艺术的作风正在疯狂地繁衍②。1976 年，贝娄在其“诺贝尔授奖辞演说”中主要谈的就是文学、艺术在当代美国社会的死亡，以及文学、艺术该如何重返中心，他指出“长期以来，艺术已经不像过去那样和人类的主要事件息息相关了”，“艺术已经退居边缘”③。在创作《洪堡的礼物》期间，贝娄对文学、艺术的发展以及诗人的命运产生了极大担忧，并且他的忧虑以及思考成了小说探讨的中心问题，这部小说也是一部由书写诗人之死引申到探讨诗歌之死、文学与艺术之死，最后至普通大众之死的死亡之书。

著名思想家、法兰克福学派领袖霍克海默（Max Horkheimer）与阿多诺（T. L. W. Adorno）指出“文化工业既可指大众文化，也可指时下的流行艺术；文化工业是一场对大众欺骗式的启蒙倒退”④，他们认为电影、广播、流行音乐、杂志甚至城市中的建筑群设计都不是艺术，而是被大众文化贴上相同标签的文化工业产品。为了扩大利润、达到大规模生产的目的，就需要用“统一的需求来满足统一的产品”，因此文化工业必须实现“标准化”与“大众生产”⑤，它们全部被大众文化贴上了相同的标签，在资本主义绝对权力的垄断下变得一模一样。而资产阶级的纯粹艺术“是一种与物质世界所发生的事件对照的自由世界”，“它从一开始就排除了底层人民”以及“真实的普遍性”，“艺术从虚假普遍性的目标中得到了自由”，它有关于生活的严肃性并且具有自我否定的功能，因此他们预

① Saul Bellow, *Humboldt's Gift*, New York: Penguin Modern Classics, p. 118. 所有引文为笔者所译。后文只随引文标出页码，不另加注。

② 索尔·贝娄:《以色列：六日战争》，载宋兆霖编《集腋成裘集》，李自修等译，河北教育出版社 2002 年版，第 94 页。

③ 同②，第 114、108、119 页。

④ 刘立辉、席楠:《与大众文化的协商：纳博科夫在〈洛丽塔〉中的文本生成策略》，载《外语研究》2015 年第 2 期，第 105 页。

⑤ 马克思·霍克海默、西奥多·阿道尔诺:《文化工业：作为大众欺骗的启蒙》，载《启蒙辩证法》，渠敬东、曹卫东译，上海人民出版社 2006 年版，第 108 页。

测严肃艺术“必然会逐渐衰落下去”[①]。更重要的是，他们看到艺术品的特殊与文化工业产品的普遍之间存在着不可调和的矛盾，他们预言：或者是“普遍代替了特殊，或者相反”[②]。在美国这个缺乏文化传统而商业占主导的社会中，以创造力为特征的文学、艺术无法和可被大规模生产、复制的文化工业商品在市场上竞争经济效益与生产规模，资本致使文化工业形成了新的文化垄断，追求娱乐的大众对深奥的文学、艺术失去兴趣而宁愿选择消费肤浅的文化工业商品来自欺欺人。洪堡在小说中感叹道：“垄断资本主义对待有创造力的人像对待老鼠一样。唉，历史的这个阶段结束了。”（135）资本与商业已经成为新的法西斯主义对文学、艺术进行霸权，它们的力量可以像除掉某个物种或像纳粹屠杀犹太人一样使诗人灭绝，而诗歌的时代已经终结。

西特林曾用洪堡被关押的精神病院贝莱坞与华尔街的对比来暗喻诗人在当代社会的无权力感。“对我来说贝莱坞就像鲍里街[③]：它给出了消极的证明。粗犷的华尔街象征着权力，但鲍里街，尽管如此近，却是引起控诉的无力符号。”（155）西特林感叹“美国人要有一个空旷的大陆去征服”，这空旷的大陆是可待资本开发的市场，“你不能指望他们集中精神于哲学、艺术”，在美国给别人读诗就会被当作是外国人。（310）西特林认为文学、艺术的生命力从本质上是由资本主义、物质主义、功利主义扼杀的，“或许美国不再需要艺术和内在的奇迹了。它有这么多外部的奇迹。美国是个大买卖公司，非常大。它的生意越多，诗人就越少。所以洪堡才表现得像个怪异、可笑的人”（6）。“在粗俗与可获得的事中，奢侈想象力的精美被抑制了”，美国人“被可获得的事物包围着”，（341）相反，诗人需要在创作时进入高度做梦的状态，这一“魔法”“永远会被美国的高射炮击穿、撕碎”（240）。

小说题目“洪堡的礼物”的现实所指是洪堡死后给他的弟子、晚辈

---

① 马克思·霍克海默、西奥多·阿道尔诺：《文化工业：作为大众欺骗的启蒙》，载《启蒙辩证法》，渠敬东、曹卫东译，上海人民出版社2006年版，第122页。

② 同①，第116页。

③ 鲍里街（Bowery Street）位于纽约曼哈顿，处于唐人街，居民多为下层华裔劳工与其他少数族裔底层民众，周遭建筑较为陈旧、破乱，环境嘈杂。而华尔街距其不远，周遭高楼大厦鳞次栉比，遍布世界著名金融机构。由于华尔街周边街道狭窄，两旁的建筑更显高耸，故给人一种权力感与压迫感。此处，洪堡是将文学与资本权力的关系和鲍里街与华尔街的差异作类比。

诗人西特林留下了一个精心创作的剧本提纲，洪堡在遗嘱中说这个剧本就是他送给西特林的礼物，洪堡认为它极具商业潜力，如拍成电影甚至会为西特林赚几百万。剧本的男主人公科克伦（Corcoran）是洪堡以西特林为原型创作的，这是一名成功但已文才枯竭的作家，他的妻子十分强悍，但他爱上了一个天使般的女孩，他与情人私奔到异域海岛并共度了幸福的旅行时光，他感到生命更新，污秽与渣滓都被洗涤。回来后科克伦根据旅行经历写了一本特别棒的书，但却怕妻子读后知道自己出轨而不敢出版。在出版商的资助下，经纪人为科克伦与妻子安排了和第一次旅行一模一样的第二次旅行，这样回来后书就能够出版并获得电影版权，科克伦不得不与妻子再次旅行，但这次的感觉却“大相径庭”，它完全是“戏仿、亵渎、恶劣的笑声”，(345）他感到自己背叛了经验。尽管书出版后取得了巨大成功，但妻子察觉到她并不是小说中的女主人公而与科克伦离婚；而情人知道第二次旅行后感到最初神圣的旅行被亵渎，也离开了他。这个可怜的艺术家此时成了滑稽的殉难者，他受到了双重惩罚。

第一次充满愉悦和激情的旅行就像作家在被灵感激发后创作出独一无二的文学作品；而被经经纪人、出版商安排的第二次旅行正如乏味、千篇一律的文化工业商品，为了迎合市场，满足条件，作家不得不牺牲创作初衷。法兰克福学派认为文化工业生产的所有标准都基于消费者需要，这种新型文化垄断的一致性并不取决于创作者的主观因素，而是取决于消费者的分类、组织和标定。这样一来，大众文学、电影、流行音乐等就可以被大规模生产并有了固定的套路，它们的细节是针对消费者的、早就被计划好的陈词滥调，它们遵循自己的语言、模式、规则。正如科克伦第二次与妻子的旅行完全是按照复制的要求被设计出来的，由经纪人贿赂第一次旅行中的酋长并雇佣人员在第二次旅行中进行同样的打猎，举行同样的宴会，表演同样的歌舞，“在文化工业中，这种模仿变成了绝对的模仿”①，与艺术品不同，它们没有自己的风格。

剧本中的人物关系也是对当时美国作家与大众商业文化的完美讽喻。对于作家科克伦来说，他的情人就是至真、至美的艺术，但当作家为了迎合现实而动摇对艺术的信仰、亵渎艺术的神圣时，艺术的灵感最终离开了

① 马克思·霍克海默、西奥多·阿道尔诺：《文化工业：作为大众欺骗的启蒙》，载《启蒙辩证法》，渠敬东、曹卫东译，上海人民出版社2006年版，第117页。

他。科克伦的妻子就像是美国商业社会，洪堡形容她是一个“好发施令的、十足的美国女人”，作家“滑稽地惧怕他的妻子”（344），科克伦不敢和妻子离婚正如美国诗人不敢放弃商业市场。经纪人就是文化工业中的商业规则，为了拿到回扣和电影版权的利润，“他事事预先策划，当他贿赂好酋长、雇好乐师和舞者，他在这个岛上看到了一生难得一次的投资机会。他已经计划在这建座世界最大的度假地”（346）。经纪人是资本主义商业扩张、逐利精神的象征，他也是将文学、艺术加工为文化工业产品过程中的重要一环。霍克海默与阿多诺认为，电影工业的制片人就是专家，他们能够吸收、消费生产力。在文学市场，文学经纪人也是这样的商业专家。科克伦这类作家、艺术家想要出名，想要在人类命运中扮演重要的角色，就会因不舍得放弃出版作品而成为一名荒唐的殉道者，不得不与商业合作，完成文化工业产品的生产。

霍克海默与阿多诺指出，“轻松艺术是自主性艺术的影子，是社会对严肃艺术所持有的恶意”，“这种对立的局面几乎不可能把轻松艺术纳入严肃艺术之中，或者把后者纳入前者之中。不过，文化工业却想极力促成这件事情”。[①] 同样，想促成这件事的还有生活在美国大众商业文化语境下的诗人们。洪堡一生都想做一名成功平衡矛盾的诗人，他渴望在思想上调和自然主义与理性主义，在创作上“融汇象征主义与粗言俗语”，将纽约都市文化与古希腊文明结合，他深谙叶芝、格特鲁德·斯泰因、弗洛伊德等大家，也对棒球、好莱坞绯闻了然于胸，“他想要将艺术盛典与工业的美国作为同等的权力结合”，他想“找到诗与科学的相同之处”，“证明想象与机械有同等的潜力”，他不仅想用诗歌“造福、解救人类”，还想“名利双收”。（119）即使是在他心脏病发死亡时，“他的房间里除了叶芝的诗与黑格尔的著作《现象学》这样有想象力的作品外”，他“还关心着体育运动和夜生活”，不仅看着报纸上要人政客的花边新闻，还留意着二手车、招聘广告。（15）有评论者认为这部“小说的首要主题是世俗成功强加在艺术上的危险，艺术不可避免地与金钱、名声、性和刺激甚至更常见的犯罪联系到一起”，为了实现这一主题，“贝娄重复地在小说中强调美国在公开宣称的理想与现实妥协之间、在崇高的激励与低级的机会主义

① 马克思·霍克海默、西奥多·阿道尔诺：《文化工业：作为大众欺骗的启蒙》，载《启蒙辩证法》，渠敬东、曹卫东译，上海人民出版社 2006 年版，第 122 页。

之间的沟壑。在贝娄看来，艺术家与作家的功能不仅仅是揭露，还是在不同的价值区域进行修补”。[①]

但洪堡中和文学与大众文化的尝试失败了。洪堡只想为高雅文化创作，但又想借助电影、商品以及思想与商业合作产生的产品来恢复自己的名声，但讽刺的是，最终洪堡与西特林共同创作并被拍成电影的剧本《卡多弗莱多》（*Caldofreddo*）吸引来的观众完全错误地理解了剧本的意思。[②] 洪堡将文学比作瑰丽的面纱，在遗嘱中告诉西特林“作为一名作家，我们用有些奇怪的美国身体去试图穿上艺术的外衣，但魔力没有产生足够的面纱材料去遮盖这怪兽般猛犸大象的肉身、这粗壮的胳膊和腿”（342）。他还袒露自己“真的不够强壮来承受这巨大的负担，我没能成功，查理”，“我的一条腿已经跨过最后的门槛，我回头看到你还在这荒谬的田野里落在后面远远地劳作”（347），因此洪堡将自己未完成的任务传承给西特林，希望西特林能在大众文化语境下扭转文学的衰势。

与执着追求诗性精神与美的天才诗人洪堡不同，西特林评价自己是另一类作家，他按照资本主义那套办法赚钱。他先是以洪堡为原型创作了剧本《冯·特伦克》，该剧在百老汇大受欢迎，又被好莱坞买下电影版权并被译为多国语言，此后他又为政客伍德罗·威尔逊、哈里·霍普金斯[③]写传记，为罗伯特·肯尼迪[④]写采访，他还“一直偷偷地在书中赞扬美国政治制度”，成为“辩护士、出头者、小丑”。（121）尽管西特林策略性地利用大众文化取得了名利上的成功，但是这种合作是以牺牲艺术为代价的。有学者认为，西特林的大多数作品都是“历史和政治作品，它们都是由事实而不是由想象力控制的……这不是一位诗人或任何伟大的、有想象力的作家的作品，而是由市场决定的写作，他给予这个世界想要并会购买的作品”。[⑤] 从洪堡到西特林两代美国作家的转变，小说暗喻文学家在

① Ben Siegel, “Artists and Opportunities in Saul Bellow’s Humboldt’s Gift”, in *Critical Essays on Saul Bellow*, Stanley Trachtenberg, ed., Boston: G. K. Hall, 1979, p. 159.

② Peter Hyland, *Saul Bellow*, Basingstoke: Palgrave Macmillan, 1992, p. 87.

③ 伍德罗·威尔逊（Woodrow Wilson, 1856—1924），政治家、民主党人，美国第28届总统。哈里·霍普金斯（Harry Hopkins, 1890—1946），政治家、民主党人，曾任美国商务部部长。

④ 罗伯特·肯尼迪（Robert F. Kennedy, 1925—1968），政治家，民主党人，美国前总统约翰·肯尼迪的弟弟，1968年被暗杀。

⑤ Alvin B. Kernan, “Humboldt’s Gift”, in *Saul Bellow: Modern Critical Views*, Harold Bloom, ed., New York: Chelsea House, 1986, p. 185.

与大众文化的妥协中由最初关注灵魂、追求创造力的艺术家，沦为失去想象力的、抛弃美学的、囿于现实并不得不攀附于其他强权才得以生存的文字匠人。

当西特林的情人莱娜达（Renata）听说洪堡死前留给西特林的剧本后，她完全不认为它是什么有价值的遗产，她对西特林说道："谁会买这么个故事"，"你必须得把和情人以及妻子的一切都来两遍，这是把观众当傻子"，"制片人寻找那种能超越《邦尼与克莱德》《法国联络》《教父》的片。高铁上的凶杀，当机关枪的子弹射进他们的身体时，裸体的情人上下扭动，花花公子在按摩台上用子弹射穿眼镜"，"洪堡的剧本怎么竞争？他梦想着对公众拥有魔力，但你也没有，如果不是导演，《特伦克》永远不可能有这么高的票房"。（350，351）西特林也不得不承认自己戏剧的成功完全有赖于制片人与导演，它与自己的创作关系不大，因为剧已经被导演改得面目全非，仿佛根本不是自己写的剧本，他甚至感到演员从头到尾都演错了，而且它没有教给观众任何东西。西特林对文学与大众文化结合的可行性开始产生怀疑，他说道，"洪堡也不是第一个屈尊试图结合世俗的成功与诗歌正义的人"，"结果既不符合宗教也不符合法律或国家"。（351）在洪堡的剧本中，科克伦因为迁就大众文化而最终成了艺术的殉道者，它的原型西特林也同样在功名利禄中丧失了创作能力。有趣的是，"《洪堡的礼物》也是纪念贝娄在1975年这部小说出版前自己的出版冒险和戏剧创作冒险"，贝娄曾经在60年代中期试图进入剧作界，他出版了文学生涯中的唯一一部剧本《最后的分析》（*The Last Analysis*），但这部剧在内、外百老汇都票房惨败，"这些冒险被写进《洪堡的礼物》，正如查理·西特林也试图在剧院开始事业"①。

## 二、失败的文学政治家们

为了在当代美国社会恢复诗歌的高贵与诗人的超自然神性，以洪堡为代表的诗人们试图与大众文化展开对话，他们纷纷施展权力斗争以求在实用主义、功利主义的美国为诗歌争得一席之地。小说中有相当的篇幅叙述了诗人们如何运用策略使文学重返中心，复活诗人的权力。有评论者认为，洪堡既是圣人、公共人士，也是世俗的先知，他本身就是一个诡计多

① Robert F. Kiernan, *Saul Bellow*, New York: Continuum Publishing, 1989, pp. 8 - 9.

端的混合体，“一个在文学政治中善于控制形势的追求利益者”[①]。在1938年西特林第一次慕名拜见洪堡时，洪堡就对他大谈“诗人应该弄明白怎样对付实用主义的美国”，西特林回忆那天他们的主要话题就是“成功”（11，12），知识渊博的洪堡以文人之术启发西特林，分析诗人该如何敲开名利的大门、驾驭世俗的成功，“他大谈机械、奢侈、命令、资本主义、技术、财神爷、俄尔普斯、诗歌、人类心灵的富足、美国、世界文明。他的任务就是把所有这些，以及更多的，结合在一起”（21）。

以洪堡为首的诗人们先是企图利用自己的文化名人身份通过政治权力斗争来策略性地使文学重返中心，但遗憾的是，诗人们逐步实施策略的过程也是他们无奈地逐渐丧失权力的过程。西特林形容洪堡像一位“暴君”，他喜欢发号施令，对弟子西特林“也有很多计划”，他还是“一名狂热的策划者”（23），他痴迷权力，不仅喜欢安排别人，更愿意为文学策划未来，洪堡善于权术、工于心计，西特林嘲笑他同时具有“高尚的思想，低劣的狡猾”（126）。在1962年，贝娄曾讽刺性地揭露一些在政治上曾经毫不妥协的作家、艺术家在被白宫邀请的晚宴上开心得不亦乐乎、满面红光、极度兴奋，而政治家的一根微小的橄榄枝就能大大地满足他们的虚荣心。[②] 小说中的洪堡也有意靠结交政治权贵、接近白宫来获取权力，他攀附于美国民主党候选人艾德莱·史蒂文森（Adlai Stevenson）[③]并成为他的幕僚，他对西特林说道：“对于史蒂文森政府来说，有一个像我这样懂得世界进程的文化顾问是多么重要。”“他吐露史蒂文森已经和他有所接触，并且已经安排会面”，他还让西特林帮他准备与史蒂文森的对话要点，并就此一直讨论到凌晨3点。（32）

洪堡寄希望于史蒂文森在总统竞选中获胜，通过自己对政治家的影响来打造一个由文化主导的政府，重新赋予文学、艺术权力。他对西特林“大谈艺术和文化在第一届史蒂文森政府中的地位”，他讲到自己的作用，诗人们的作用，诗人们要众志成城，连西特林也觉得“史蒂文森可能会

---

① Ben Siegel, “Artists and Opportunities in Saul Bellow's Humboldt's Gift”, in *Critical Essays on Saul Bellow*, Stanley Trachtenberg, ed., Boston: G. K. Hall, 1979, p. 161.

② 索尔·贝娄:《白宫与艺术家》，载宋兆霖编《集腋成裘集》，李自修等译，河北教育出版社2002年版，第85、87页。

③ 艾德莱·史蒂文森（1900—1965），曾于1952年与1956年两次作为民主党候选人参与美国总统竞选，均败给艾森豪威尔。

成功，现在我们就可以看到在自由政府中艺术将走向何处，也会看到艺术是否与社会进步相和谐”。(30) 诗人们意识到，如果史蒂文森在大选中获胜，文化就会在华盛顿复兴，文人就可以引导美国文明的走向，并使商业为文化发展服务。洪堡说道：“现在美国是世界强国，市侩主义结束了，它必须结束，并且它在政治上很危险”，“如果史蒂文森当选，文学就胜利了，我们也就胜利了”，“史蒂文森在竞选旅行中带着我的歌谣，知识分子正在这个国家崛起，民主最终就是要在美国创造一个文明”。(25，26) 洪堡妄想开创美国历史的新纪元，他想象出了一个由文人掌控中心政权的乌托邦政府，“史蒂文森是亚里士多德所谓的灵魂伟大的人，在他的政府里，内阁成员会引用叶芝与乔伊斯，联席会议主席知道修昔底德 (Thucydides)①”，不仅如此，他还设想他们“起草每项国情咨文时都会询问洪堡的意见”，他预测自己“将成为新政府的歌德并在华盛顿建立魏玛”，他还要为西特林在国会图书馆安排职务。(27) 然而 1952 年艾森豪威尔以压倒性的优势击败史蒂文森，这个结果对于洪堡来说是“个人的灾难”，他带着“深深的失望”，脸上露出“疯狂的忧郁”，艾森豪威尔赢得竞选的时刻对洪堡来说“像是黑暗笼罩了大地”，洪堡丧失了写诗的灵感，他坦言“有太多的焦虑，他们榨干了我，这世界一直干扰着我”。(128) 洪堡在风光时树敌过多，而且洪堡的家人、他认识的或不认识的人甚至在整个洪堡文学作品生产链上工作的人都靠他的创作和思想养活，缺乏权力感的洪堡在才华耗尽后陷入了深深的不安。但最让洪堡感到失望的是文学、艺术复兴的无望，“这不简单的是他的希望落空了，而是美国文化的进程停滞了” (121)。竞选结果出来的这晚洪堡一夜没睡，他吃药、喝酒，整个人都神经麻醉，又因代谢失调中毒，“脆弱得在美国毫无诗性的权力面前不堪一击” (133)。

在政治抱负受挫后，洪堡退而求其次，他想倚仗自己曾经的声誉依附大学这样的高级文化机构作为作家的避风港，他曾经推荐西特林进入普林斯顿大学从事教学工作，如今洪堡让西特林去游说英语系系主任里基茨 (Ricketts) 来聘请他为教授。洪堡试图与自己的门徒西特林组成一个利益共同体，并称其为“互相帮助”，他先是为西特林造势，到处宣传西特林的新戏即将上映并推介西特林的作品，把西特林打造成一个成功的剧作

---

① 修昔底德（约公元前 460—公元前 400），古希腊历史学家、思想家。

家，增强西特林的影响力与文学地位，然后他又对西特林描绘起自己的“蓝图”，他让西特林去找到里基茨颂扬自己的文学成就并向里基茨暗示自己已经“厌倦了朝夕不保的波希米亚人生活”，“文学的世界发展迅速，先锋派已经成为历史，是时候让洪堡过一个更像样的稳定生活了”，洪堡还与西特林分析里基茨是个需要他人扶持的软柿子，甚至详细地教给西特林应该如何应付里基茨的步骤，并让他对里基茨表达目前在大学聘请作家、艺术家是未来的趋势。(126，127) 当里基茨询问洪堡想要到大学工作的原因时，西特林回答道：“我想他需要一个知识分子社区。”没有权力、空有智慧的诗人“太不安，太担惊受怕，太激动了”，诗人们需要“更高级的机构”(133，134) 来保护自己、寻找盟友、重夺权力，洪堡转向大学寻求生存空间正是因为他作为诗人已失去了最基本的安全感。贝娄曾指出在美国“作家群没有独立的立足之地”，“现在，他们依附于各种机构”，因为专门刊发文学作品的期刊寥寥无几，而且还都是学术季刊，“全国的大型刊物，又都不发表小说”，作家如果没有大学教职或兼职为报纸、出版社等媒体、公司打工，就没办法养活自己。[①] 贝娄认为在美国“没有导师，没有文学圈子，也没有文学公众”，这里匮乏文学传统与文学机构，这个“社会不是寄自身兴趣于这类事物的社会”，它是一个没有把崇敬习俗继承下来的社会。[②] 这里根本没有提供给诗人生存的土壤，洪堡貌似高明的一步步权力斗争，其实是诗人为了扭转自己与文学的命运发出的悲剧的政治抗争。从现实意义来讲，一方面高雅文学因缺乏实用性、功用性在美国社会正陷入绝境，文学和其他学科相比地位持续衰落；另一方面贝娄不论从写作风格还是思想意识上都更接近现代主义而非后现代主义，受到“二战”后后现代主义多元文化的冲击，包括贝娄在内的“纽约知识分子”在70年代后影响力逐渐减弱，大学就成了这些精英作家的最后一方文化堡垒与栖身之所，他们也只能回退到象牙塔内部。

然而不幸的是，尽管十分仰慕洪堡，但里基茨仍以英语系缺乏经费、超出编制为由拒绝了西特林主张聘请洪堡开设诗学讲座的请求。随后，洪堡靠自己的勇气、谋略见到了美国知识界泰斗、文化界大鳄朗斯达夫

---

① 索尔·贝娄：《自我访谈录》，载宋兆霖编《集腋成裘集》，李自修等译，河北教育出版社2002年版，第105页。

② 同①，第100－101页。

(Longstaff)。他是贝里沙基金会的新任首席主席，这是一个比卡内基和洛克菲勒基金会还要有钱的组织，每年都将数亿美元用于学术与艺术。洪堡勇闯朗斯达夫的办公室并毛遂自荐，朗斯达夫读过他的诗，对他很欣赏，当场从基金会专门拨出一笔款项为他在普林斯顿大学所用。然而没过几个月，朗斯达夫的提案被信托人否决，朗斯达夫被迫辞职，洪堡便跟着倒台，普林斯顿大学的讲座泡了汤。此后，洪堡陷入癫狂，他不仅打跑了心爱的女人也背叛了最好的朋友西特林。

小说中除了洪堡企图借助政治权力获取个人社会地位并提升文学的影响力外，其他文人也采取了相似的斗争策略来对抗美国的实用主义价值体系，但遗憾的是，他们的权力都最终被剥夺。西特林曾在洪堡落魄时跻身上流社会，有名有钱，但他因洪堡的衰落开始担忧自己的下场，他怀疑洪堡的陨落是美国艺术家的普遍命运。为了摆脱死亡与厌烦，他从人智学中寻求灵魂的永恒，但最终他经济破产，被黑手党纠缠，因被栽赃陷害而被警察拘捕。在警车中西特林意识到他“正在步洪堡的后尘”，他想起20年前洪堡曾因抗捕被警察穿上拘束衣、押往疯人院，一代天才在警车中大便失禁。此时他幡然醒悟洪堡之死恰是美国对诗人的预期，他为强权下诗人的无力感叹道，“他们努力做的就是去对付一个诗人，纽约警察对诗人能懂什么”，而正是这些从不读诗的人“构成了这个世界”，这就是美国“贫瘠的想象力”。(288，289)

文中提到的朗斯达夫是比洪堡和西特林地位更高、更有权势的知识分子，他同样是一位用文化和美国商业机构、市侩主义、实用主义对抗的文化战士、机会主义者，但遗憾的是，他最终也从权力中心跌落下来。西特林形容朗斯达夫在飞黄腾达时“看起来像电影明星、五星上将，像马基雅维利笔下的王子，更像是亚里士多德说的具有伟大灵魂的人”（138）。他和诗人洪堡、西特林一样处心积虑地攫取权力，他用经典著作来对抗技术统治和财阀统治，并企图提升文化的地位，他迫使美国最有权力的人阅读柏拉图的著作，他让各大公司的总裁在会议室上演古希腊悲剧，他是一流的、高贵的，但他也用柏拉图、亚里士多德欺负、打击什么也不懂的信托人，他野心勃勃地攀附于罗斯福，渴望能有一天当上副总统甚至总统，但却被罗斯福许下空头支票、耍弄一番。贝娄曾经在随笔中犀利地揭露美国作家如今唯一的用处也就是依靠名声接触些大人物，或受邀去白宫，不过并没有政治家对文学感兴趣，实际上“国会一向对艺术评价很低”，而且政客们对文学、艺术毫不关心，政府只是想诱使和利用艺术家。[1] 从政愿景落空后，朗斯达夫又被信托人开除，他匆匆弄了笔钱就被从权力宝座上撵了下来。当西特林再次见到他时，他已风光不再、衰老不堪。

此外，以洪堡为首的诗人们还试图通过掌控经济权力来提升作家的政治地位，他们利用消费文化、通过购买商品来重构自己的身份、重掌权力，但同时诗人们也面临着因沉迷于金钱而丧失文学理想的威胁。有评论者指出，这部小说中含有多个对立的“两个世界”，既有现代的、华而不实的、对金钱饥渴的芝加哥，也有废弃的、死亡的过去，它是犹太人的隔都，也是内在生活的对应物；“两个世界”一面是商业与权力的社会，满是现实教诲的残酷，另一面是尚未被完全毁灭的、天真的心灵。[2] 在洪堡留给西特林的遗嘱中，他写道，“金钱的能量与艺术牵连其中，美元是灵魂的丈夫”（340），洪堡不仅道出了小说中另一组对立的“两个世界”即文学、艺术与金钱的关系，也表达出美国诗人对待金钱应有的态度，文学是理想，金钱是现实，尽管洪堡认为理想与现实有着不可调和的矛盾，但他仍以融合二者作为美国诗人的使命。“金钱是自由”，拥有金钱，诗人就可以“什么也不想，只考虑诗了”，洪堡对西特林说道。但洪堡将自己作为诗人却不能固穷的原因归为自己终究是美国人，“如果我对金钱天真，我算哪门子的美国人”。（159）小说中的典型美国富人代表是西特林的哥哥尤利克（Ulick），他是一名精于算计、抓住一切有利可图事物的、白手起家的建筑商富豪，他沉迷商业、注重实际、热爱物质享受，他认为西特林写的东西一文不值、狗屁不通，只有经济学家写的文章才有用。受功利主义、物质主义影响，作为与金钱对立但又具有伟大灵魂、企图掌控权力的人，洪堡对待金钱的态度就是“确信这世界是有财富的，尽管不是属于他的，可他对财富有自主要求权，他一定会得到”（159）。

汽车是美国文化的重要组成部分，它既是可打破空间限制的商品、美国机械文明的标志，也是象征身份、地位的能指符号，小说中的诗人们就企图通过购买汽车来恢复诗人的权力、彰显自己的社会地位。思想家尚·

---

① 索尔·贝娄：《白宫与艺术家》，载宋兆霖编《集腋成裘集》，李自修等译，河北教育出版社 2002 年版，第 86－87 页。

② John Jacob Clayton, *Saul Bellow: In Defense of Man*, Bloomington: Indiana University Press, 1979, p. 264.

布希亚在《物体系》一书中谈到拥有汽车的重大意义在于“它像是某种公民证书”，它使得城镇变成了空间的压缩物，“今天，没收驾照不正相当于某种开除教籍，或是社会能力阉割”①，拥有汽车，就在某种程度上掌控了社会能力。1952年，洪堡在文学界大放异彩时，他成了“第一个拥有机动刹车汽车的美国诗人”（20），当他开着他的四缸别克汽车来接西特林时，西特林感到眼前的洪堡与初次见面时和自己激情澎湃地大谈文学理想的洪堡判若两人。可是洪堡并不擅长掌控机械，他的车开得横冲直撞、不守规则，正如他天马行空的想象力。

后来，西特林也在名声鼎盛时买了一辆奢侈的梅赛德斯-奔驰轿车。西特林称这辆车为“精华的机器”（35），它很优美，是银灰色的，它的“发动机的响声就像魔术师造的千足虫玩具在动，比瑞士手表还要精致，不，这是一块镶宝石的、带着秘鲁蝴蝶翅膀的爱彼表”（36）。消费主义研究者认为“汽车的翅膀成为战胜空间的记号”，“它表达的是一个超越的、无法衡量的速度”，“它暗示的是一个奇迹般的自动主义、是恩典”，具有男性气概的阳具类功能。② 购买车时西特林的收入每年高达到10万美元，而后却逐渐跌落至最低点，本来西特林感到像他这样根基不稳的人还不配驾驭这笔财富，但却“真的是因为朋友莱娜达（Renata）才买了这辆梅赛德斯280-SL”，因为想“让全世界都知道这样一对心心相印的人儿开着银色的梅赛德斯穿过芝加哥”（36）。汽车虽是日常物质，但开车的过程因可打开时空性而成为一个幸福的过程，在循规蹈矩的生活中，开车成了移动奇迹。征服空间是一种自恋的投射，汽车具有爱欲的价值，驾驶汽车给人的感觉就是“活力、热情、迷恋、大胆”，“它促进了爱欲关系”，同时，汽车又是“男人的禁脔”，与女人的空间在家里不同，男人的王国在外面，“而这个世界的有效记号，便是汽车”③，通过消费昂贵的汽车，西特林昭告了天下，也征服了天下。莱娜达觉得西特林原来的道奇配不上他的身份，她对他说：“对一个名人来说这是什么车？这不对劲儿。”西特林却感到“我试图对她解释我对于人和事的影响力太敏感了，根本不能去开一辆价值18000美元的车。你必须得活得配得上那样一个华

---

① 尚·布希亚：《物体系》，林志明译，上海人民出版社2001年版，第76页。

② 同①，第59页。

③ 同①，第78页。

丽的机器，否则站在车轮旁你就不是你自己了。但莱娜达不同意。她说我不懂得如何花钱，说我忽略了我自己，还说我逃避了自己成功的潜能并害怕成功。她是做室内装修师生意的，风格和派头对她来说很自然”。(36)“在个人接触面最广、人口流动性最大的社会区域，消费是最适合取得名望的手段，同时，它也是最受人们拥护的一个维持体面的要素”，尤其是夸示性消费使得“每个阶层的体面标准都相应提升了”①，为了维持更高级别的社会地位，就不得不进行夸饰性消费。无独有偶的是，在与西特林闹翻后，洪堡乘人之危、报复性地提取了西特林的全部积蓄6763美元并用它也购买了一辆大马力的汽车，但后来他感到后悔并发现这辆车毫无用处，“‘我在想什么啊，我打算用一辆这么强有力的（powerful）车在格林尼治街做什么用?”（340）洪堡买了这么一辆大马力的车其实是在走投无路后试图用夸饰性消费来恢复自己的权力感、控制欲与文学地位。

然而作为洪堡与西特林地位象征的车最终都被毁了，洪堡背叛友情换来的车在他精神失常后忘记停在了哪里，这辆车就这样不知所踪。而黑手党坎特贝尔为恐吓、勒索西特林用棒球棍把他的奔驰轿车砸个稀烂，西特林看着自己被毁掉的车说道，“这车变成了我自我的延伸，在愚蠢和虚荣方面”（36）。不论是洪堡还是西特林，他们都渴望通过拥有一辆高级汽车来恢复诗人的权力，但正如文学家难以掌握机械一样，他们都最终失去了汽车并在物质沉迷之中失去了才华与友情。

## 三、贝娄的大众文化观与法兰克福学派

尽管贝娄是一位在公共场合表达政治观点比较谨慎的作家，但在涉及当代文学的衰退与大众文化的关系时，他对大众文化庸俗性的批判是比较显见并激烈的，而且在70年代，贝娄对文学的未来前景也比较悲观，这极有可能是受到与贝娄同为犹太人并且曾经活跃于同一时代的著名左翼流派、西方马克思主义者法兰克福学派影响。贝娄曾在小说出版的同年发表文章批评大众文化只能给人带来虚假的满足，它提供的是空洞的艺术幻影，而愚蠢的大众心甘情愿地被骗，他感叹道，“不少当代的艺术家似乎觉得，把人造珍珠撒在货真价实的猪猡面前已经足矣。这就是现代世界满

---

① 索尔斯坦·维布伦：《夸示性消费》，萧莎译，载罗钢、王中忱编《消费文化读本》，中国社会科学出版社2003年版，第16页。

足人类深层需求的方式——靠欺诈、蛊惑、投机取巧和牟取暴利等”，“而真正的精粹，则不得不由极少数人予以保存，直到这些滥用——这可能是我们文明的现状所无法避免的——由沉稳的增加，由鉴赏和识别力的发展驱赶出去。虽说是‘驱赶出去’，但我明白，这种妙不可言的进步，却永远实现不了”[①]，贝娄对大众文化下艺术的滥用以及文化工业欺骗性的揭露与法兰克福学派的观点不谋而合，而这几乎尚未被贝娄研究者注意。随后贝娄在同一篇文章中由音乐会上人们癫狂的状态开始批评流行音乐对大众的欺骗，从 30 年代至 60 年代，阿多诺也曾发表《论爵士乐》《论流行音乐》《论音乐分析的问题》等论文，从乐理角度分析爵士乐等流行音乐的伪个性化与欺骗性，阿多诺认为这些作为大众商品的音乐有着固定的套路、标准化的模式、僵化的类型，它们完全不具备艺术品的唯一性与独创性。阿多诺还在 1970 年出版的《美学理论》中指出了艺术的“焰火现象”（the phenomenon of firecrackers），他认为艺术作品具有一种带给人愉悦的、转瞬即逝的幻象的特质，它们常表现不存在的东西，既是非理性的也具有讽喻现实的否定性。贝娄不论在《洪堡的礼物》中还是在七八十年代的访谈中都指出，以想象力和美学为特征的文学正在美国实用主义、功利主义的威胁下走向死亡，小说中诗人的死亡、文学的死亡、普世意义上的死亡无疑都引申为文学的、非理性的、超自然的、象征灵魂的诗性精神在以现代性为主导的当代物质世界被扼杀。“再多的科学也不能解释复杂的人性”，“不能触碰人类的心灵”，“西特林妄图在一个文化衰落的物质主义美国复兴文化”，这涉及“人类灵魂的内在衰退”。[②] 贝娄不赞成启蒙思想下的现代科学将我们所未知的精神力量驱逐至黑暗之境，1984 年他曾说道，“西特林不接受被代表‘科学的’崇高威胁。我自己也有点是这样”。[③]

“小说并不是对作家生活可信赖的指引，但是和很多其他作家一样，贝娄将他经验的细节编织进小说的包装之下”，“《洪堡的礼物》就以对德

---

① 索尔·贝娄：《心灵问题》，载宋兆霖编《集腋成裘集》，李自修等译，河北教育出版社 2002 年版，第 97 页。

② Ishteyaque Shams, *The Fictional World of Saul Bellow*, New Delhi: Atlantic Press, 2012, p. 147.

③ Rockwell Gray, Harry White, and Gerald Nemanic, “Interview with Saul Bellow”, in *Conversations with Saul Bellow*, Gloria L. Cronin and Ben Siegel, eds., Jackson: University Press of Mississippi, 1994, p. 222.

尔莫·施瓦茨的塑造而闻名”。[1] 施瓦茨在40年代引领了一批有影响力的美国作家走向繁荣，他们均为东欧犹太移民后裔、“纽约知识分子”成员，而且都是《党派评论》（*Partisan Review*）的主要撰稿人，贝娄也是其中之一。1937年，施瓦茨的处女作被刊发于《党派评论》，1943年至1955年，施瓦茨担任《党派评论》的编辑并在其上发表多部作品，他的妻子哥特鲁德·巴克曼（Gertrude Buckman）也是该刊的撰稿人。1941年，贝娄在《党派评论》发表首部作品，他在纽约格林尼治村结识了施瓦茨，并且二人随后都在普林斯顿大学教授写作。1944年贝娄的首部小说《晃来晃去的人》出版时，施瓦茨曾在《党派评论》上发表书评称赞贝娄是一个时代的代表[2]。整个40年代，贝娄与《党派评论》的主要编辑及“纽约知识分子”中的灵魂人物欧文·豪（Irving Howe）、威廉姆·菲利普斯（William Phillips）、菲利普·拉夫（Philip Rahv）、施瓦茨等人关系极为密切，可以说贝娄早期是靠这些编辑的提携才得以在文学界崭露头角的。[3]

《党派评论》的存在时间为1934—2003年，它关注文学作品、政治研究、文化批评，在创办之初直到50年代具有共产主义左翼倾向，多刊发无产阶级文学作品。因为期刊的编辑、作者多为东欧移民，与倡导民粹主义的美国主流文学不同，这部期刊给美国文化界带来了一股以哲学思考见长的、以政治批判为主的、现代主义的、精英知识分子的欧陆之风。1939年，希勒蒙·格林堡（Clement Greenburg）在《党派评论》上发表了著名文章《先锋与媚俗》（*Avant-Garde and Kitsch*）批评大众文化的低俗化倾向对现代主义艺术的解构。1941年，T. S. 艾略特在《党派评论》上发表了《四个四重奏》中的部分节选。这些知识分子与犹太作家始终认为，“伟大的欧洲文学大师既代表了政治颠覆的精神，也代表了艺术要战胜大众文化的努力”，“他们使文学变成了一个新宗教”[4]。

以《党派评论》期刊编撰为核心的“纽约知识分子”与法兰克福学

---

① Robert F. Kiernan, *Saul Bellow*, New York: Continuum Publishing, 1989, p. 8.

② 在20世纪40年代贝娄初入文坛之时，施瓦茨曾对他大力提携，分别在《党派评论》上发表《晃来晃去的人》的书评《他的时代的男人》（*A Man in His Time*）和关于《奥吉·玛奇历险记》的书评《美国历险记》（*Adventure in America*）。

③ Louis Menand, “Young Saul”, *The New Yorker*, May 11th (2015), pp. 71 - 77.

④ James Atlas, *Bellow: A Biography*, New York: Random House, 2000, p. 71.

派的往来缘起于30年代，霍克海默的弟子摩西·芬克斯坦（Moses Finkelstein）来到哥伦比亚大学，他一边将学派的德语著作译为英文，一边在此执教并成为众多“纽约知识分子”成员的导师，随后越来越多的译者加入这个行列并使得40年代霍克海默圈被“纽约知识分子”所熟知。纽约知识分子群体中有几位成员与法兰克福学派关系最为密切，其中就包括贝娄的好友兼芝加哥大学同事、著名社会学家丹尼尔·贝尔（Daniel Bell），贝娄的老大哥兼《党派评论》的编辑欧文·豪、威廉姆·菲利普斯、菲利普·拉夫等人也都与霍克海默圈熟识。1944年，菲利普斯还曾帮助霍克海默编辑他的“社会与理性”讲演稿，并据此出版《理性的消失》（*Eclipse of Reason*）一书。[①] 贝娄整个40年代都投身于《党派评论》的期刊创作，身处这样一个圈子，贝娄极有可能被法兰克福学派的大众文化批评理论影响。在《洪堡的礼物》刚刚出版后，贝娄就在接受采访时说，他“想念某些死去的朋友、作家”[②]，显然，他在创作这部小说时最可能想念的是施瓦茨以及40年代“纽约知识分子”圈子。

有评论者认为尽管查理·西特林已经相信灵魂的不朽、人智学的存在、内在的光明，但这一切仅仅是他的叙述而并未成为现实，虽然他已经越来越不害怕死亡，但“对死亡的焦虑却弥漫在整部小说中”。[③] 诗人的死亡笼罩了整部小说，现代主义大师们的深奥思想也已在70年代美国大众文化、流行文化、消费文化的主导下乏人问津，但贝娄同样为小说留下了超验的空间。1990年，贝娄在采访中回忆自己的一生时告诉记者他的多部作品其实都表达了同一个问题，那就是贝娄认为即使今天的科技发达了，这个世界上仍有许多人们所不能理解的神秘，犹太人的思辨性使他具有怀疑精神，他不相信神秘感已在当今社会消失。[④] 这部小说的结尾给整部充斥着死亡气息的小说带来了一丝超验的精神力量，与贝娄的其他小说

---

① Thomas Wheatland, *The Frankfurt School in Exile*, Minneapolis: University of Minnesota Press, 2009, pp. 140 – 152.

② Saul Bellow, “Some Questions and Answers”, in *Conversations with Saul Bellow*, Gloria L. Cronin and Ben Siegel, eds., Jackson: University Press of Mississippi, 1994, p. 118.

③ John Jacob Clayton, *Saul Bellow: In Defense of Man*, Bloomington: Indiana University Press, 1979, pp. 267 – 268.

④ 索尔·贝娄：《半生尘缘》，载宋兆霖编《集腋成裘集》，李自修等译，河北教育出版社2002年版，第373 – 374页。

如《真情》《只争朝夕》结尾出现的迁坟、葬礼场景相似，西特林拿着洪堡剧本赚取的钱在四月的一天将洪堡重新安葬。在新坟旁，友人门纳沙（Menasha）踢开去年秋天的落叶发现了一朵小小的春花，“这是什么，西特林，一朵春花吗?”“是的，我猜这终究会发生的，尽管在这样一个虽然温暖但一切都看起来十倍更加死寂的日子。”“但你觉得它们应该叫什么花，查理。”“我想想。”“我自己是个城市长大的孩子，它们一定是番红花。”（487）小花不仅是洪堡思想生命力的再次复活，也是诗性精神的希望，即使洪堡的肉身已化为白骨，但作家的灵魂仍然不朽。正如有评论者指出的那样，小花是对科学的物质主义世界、对缺乏魔法的世界的否定，西特林给小花命名的过程就是一个创作的过程。[①]

## 第二节　流行文化下人文学者的不朽灵魂与权力王国

2000年出版的《拉维尔斯坦》是索尔·贝娄的最后一部长篇小说，该书一上市就引起广泛关注并荣居畅销书榜首。这不仅因为它的作者、诺贝尔奖获得者贝娄此时已达85岁高龄，在此之前几年贝娄只出版了几部质量平平的中篇小说，还因为它是一部以贝娄本人与著名哲学家、美国犹太学者、“纽约知识分子”成员艾伦·布鲁姆（Allan Bloom）为原型创作的回忆录小说。布鲁姆感染艾滋病并于1992年死于其并发症，“在他最后的几个月里，贝娄每天都在他的床边”，“布鲁姆想让贝娄讲述他的故事、缺点和一切”[②]，随后贝娄创作了这部小说。在小说中，作为贝娄代言人的主人公齐克（Chick）叙述了他的挚友艾贝·拉维尔斯坦（Abe Ravelstein）教授濒死期间的生活，自己在食物中毒时对死亡的思考以及二人之间的交往，小说因披露了布鲁姆的同性恋性取向以及艾滋病死因而引起争议。此外，一些文化界人士也抨击贝娄是在用这部小说为布鲁姆在《走向封闭的美国精神》（*The Closing of the American Mind*）一书中流露出

① Ellen Pifer, *Saul Bellow Against the Grain*, Philadelphia: The University of Pennsylvania Press, 1990, pp. 150 - 151.

② David Mikics, *Bellow's People: How Saul Bellow Made Life into Art*, New York: W. W. Norton & Company, 2016, p. 220.

的保守主义文化立场暗暗辩护。

目前，该部小说的国内相关研究数量较少，这一方面因为作为贝娄的最后一部作品，它的面世时间并不长，而且该小说不似贝娄名盛时的几部获奖作品得到诸多关注；另一方面因为小说涉及布鲁姆的文化主张和其政治哲学思想而造成研究者的障碍。有评论者指出，这部小说涉及犹太主义、反犹主义、古希腊哲学、伦敦布鲁姆斯伯里知识分子群体、流行文化，但拉维尔斯坦身上主要体现了犹太主义精神。[①] 目前国内相关研究包括从大屠杀角度或民族家园母题对小说进行犹太性研究[②]、通过拉康理论对拉维尔斯坦的主体性进行研究[③]、通过研究小说中的自然意象来分析小说的生态观[④]、讨论小说的悖论性和双重性[⑤]、结合柏拉图的《理想国》分析拉维尔斯坦的哲学王身份[⑥]、通过和其他作品比较进行互文性研究等等。尽管这部小说的研究已经从犹太族裔研究过渡到具体的某项文化研究，但从人文学科这个角度对小说加以剖析的论文并不多，并且较少有国内研究者去挖掘布鲁姆的思想与这部小说的关联。

表面看来，这是一部贝娄在临近生命尽头时书写死亡、思考死亡的作品，“死亡是小说中的主要主题”，“死亡无处不在”，[⑦] 并且小说指涉的不仅是学者个体的死亡，也隐喻着古典人文思想在当今美国社会的危机，“对于贝娄来说，拉维尔斯坦代表着人物与文化的‘强大状态’走向死亡

---

① Ada Aharoni and Ann Weinstein, “Judaism as Reflected in the Works of Saul Bellow”, in *Studies in American Jewish Literature* (1981 – ), Vol. 25 (2006), p. 36.

② 参见乔国强《从小说〈拉维尔斯坦〉看贝娄犹太性的转变》，载《上海大学学报（社会科学版）》2011 年第 2 期，第 63 – 76 页；江宁康《评〈拉维尔斯坦〉的文化母题：寻找自我的民族家园》，载《当代外国文学》第 2006 年第 1 期，第 81 – 86 页。

③ 参见蔡斌、陈红娟《论〈拉维尔斯坦〉的主体性特征》，载《当代外国文学》2012 年第 2 期，第 5 – 12 页。

④ 参见蔡斌、张伦伦、陈红娟《试论〈拉维尔斯坦〉中的生态观》，载《译林》2012 年 12 期，第 50 – 58 页。

⑤ 参见祝平《悖论的迷宫——评索尔・贝娄的〈拉维尔斯坦〉》，载《当代外国文学》2006 年 1 期，第 73 – 80 页；胡江波《解读索尔・贝娄小说〈拉维尔斯坦〉的双重性》，载《语文建设》2013 年第 11 期，第 25 – 26 页。

⑥ 参见武跃速、许必涵《现代“哲学王”的幻影——论索尔・贝娄的〈拉维尔斯坦〉》，载《名作欣赏》2008 年第 20 期，第 100 – 102 页。

⑦ Mark Connelly, *Saul Bellow: A Literary Companion*, Jefferson: Mc Farland& Company, 2016, p. 153.

的潜在性"[①]。但是，贝娄通过写作使小说变为一部纪念布鲁姆不朽灵魂的挽歌，尽管斯人已逝，但其思想印记却超验了死亡，贝娄创作这部小说的目的就在于"为了让布鲁姆有魅力的人格继续存活，为了使人信服对于其他人来说他是一个完整的人"[②]。有评论者认为"对于像贝娄这样的诺贝尔奖获得者作家，出版一部有关政治哲学的小说本身就很不同寻常"，更不寻常的是，他还聚焦了一位政治理论家。[③] 布鲁姆是一位研究古典政治哲学的教授、学者，贝娄在给布鲁姆《走向封闭的美国精神》一书撰写的序言中谈道，布鲁姆对于古希腊哲学真理的追求远远超于同时代人，布鲁姆认为今天美国以功利思想为主导的高等教育使得自然科学、社会科学与历史割裂，人文科学变成了一座难民营，人文学家像是"被埋没了的雅典人"，贝娄宣称"布鲁姆教授是我们这个时代精神战争中的先锋战士；作为这样一个人，他与我志同道合（如果他能够孤军奋战，我则看不出自己有什么理由要去充当一个匿名的评论者）"[④]。由此可见，贝娄是要借助书写一位古典政治哲学思想家的伟大，来赞颂西方经典人文思想的不朽，这部小说不吝于一部文化战书，贝娄用它力挺布鲁姆并与当代美国去权威化、去经典化的庸俗主义对抗，考虑到贝娄创作这部小说的初衷，在诸多研究视角中以此作为切入点比较适合。

## 一、流行文化下的人文学科知识分子英雄主义

拉维尔斯坦无疑是贝娄所有小说的主人公中最伟大也最成功的一位，"在20世纪末贝娄的最后一部小说中，被着重强调的犹太知识分子以一种比他以前作品中更有成就的方式复活"[⑤]。在小说中拉维尔斯坦被描述

---

① Willis Saloman, "Saul Bellow on the Soul: Character and the Spirit of Culture in Humboldt's Gift and Ravelstein", *Partial Answers: Journal of Literature and the History of Ideas*, Vol. 14, No. 1 (2016), p. 139.

② David Mikics, *Bellow's People: How Saul Bellow Made Life into Art*, New York: W. W. Norton & Company, 2016, p. 220.

③ John Uhr, "The Rage over Ravelstein", *Philosophy and Literature*, Vol. 24, No. 2 (2000): 451-466, p. 452.

④ 索尔·贝娄：《序言》，载布鲁姆著《走向封闭的美国精神》，缪青等译，中国社会科学出版社1994年版，第3页。

⑤ David Mikics, *Bellow's People: How Saul Bellow Made Life into Art*, New York: W. W. Norton & Company, 2016, p. 210.

为具有“伟大灵魂的人”“最高贵的人”，有着“伟大的人格”，尽管“对于死者来说，规则就是他们应该被遗忘”，“但对于拉维尔斯坦，这些却全不起作用”，即使是死后，他的影响力仍活跃于齐克的脑中，“这是因为他的人格的力量”。[①] 作为一名古典政治哲学教授，拉维尔斯坦乞灵于苏格拉底、柏拉图、马基雅维利、卢梭、康德等人，“最初的具有伟大灵魂的人就是指苏格拉底”，柏拉图也认为“实践哲学等同于关照灵魂”[②]。“伟大灵魂的人”（Great-Souled Man）这一概念由亚里士多德提出，它是《尼各马可伦理学》（*Nicomachean Ethics*）一书的核心概念之一，亚里士多德在《后分析篇》（*Posterior Analytics*）中举例苏格拉底就是具有伟大灵魂的人，他认为“伟大灵魂的人”应该是古典类型中的英雄人物，他们道德出众、无惧风险、行为高贵，这类人关心政治生活，同时他们还具有“实践的智慧”（practical wisdom），“在道德上适合每一个具体语境的知识”。[③]

拉维尔斯坦曾经债台高筑，欠下10万美元来满足自己奢侈的消费习惯，靠朋友、同事与学生的接济度日。为了偿还巨额债务，他在好友齐克的建议下开始撰写自己教授多年的古典政治哲学课程讲稿并将其出版，用通俗化的文字阐释这些古典哲学家的高深思想，使它们更易于被广大群众接受。随后这部书畅销全球，一版再版，拉维尔斯坦一跃成为百万富豪。他不仅得到了500万美元的出版合同以及巡回讲座的高昂费用，这部书还使他获得国际声誉，里根总统邀请他参加白宫晚宴，撒切尔夫人将他奉为唐宁街的座上宾，并且拉维尔斯坦在创作的过程中直率地表达了自己的见解，自由地说了自己想说的话。拉维尔斯坦的原型布鲁姆1982年曾发表一篇评价美国高等教育的文章《我们列举不尽的大学》（*Our Listless Universities*），贝娄读后鼓励布鲁姆将其内容扩充并出版成书。随后，布鲁姆出版了《走向封闭的美国精神》。这部书很快风靡大西洋两岸，“卖出

---

① Saul Bellow, *Ravelstein*, New York: Viking Press, 2000, pp. 52, 161, 187. 所有引文为笔者所译。后文只随引文标出页码，不另加注。

② Willis Saloman, “Saul Bellow on the Soul: Character and the Spirit of Culture in Humboldt's Gift and Ravelstein”, *Partial Answers: Journal of Literature and the History of Ideas*, Vol. 14, No. 1 (2016), p. 139.

③ Jacob Howland, “Aristotle's Great-Souled Man”, in *Review of Politics*, Vol. 4, No. 1 (2002), pp. 28 – 30.

100万册并使布鲁姆成为名人与受欢迎的人物”，1988年它稳居畅销书榜首。[1] 小说中的这段情节，正是由贝娄与布鲁姆的真实交往经历改编。

和书写死亡的小说《洪堡的礼物》不同，拉维尔斯坦和洪堡相比获得的世俗成就包括政治权力与商业成功要大得多，在结合现代主义高雅文化与通俗流行文化上他远胜于洪堡，拉维尔斯坦甚至被评论家视为“被完美化的洪堡”[2]。“如果说在冯·洪堡·弗来谢尔这个人物上，贝娄提供了一个对伟大知识分子的无序天分的初始看法，那么在拉维尔斯坦身上，一个伟大知识分子的形象就完全展开了”，他的“伟大的灵魂”在后资本主义时代文化与知识的衰落中被更明白地展示。[3] 洪堡尽管使用了很多政治策略来恢复诗人的权力，但他最终没有取得成功，他结合大众文化与高雅文学的尝试是失败的，他被人遗忘并穷困潦倒地死去，死后他的诗学精神也并没有被复活。贝娄虽然在小说的结尾给洪堡的葬礼赋予了一丝重生的希望，但这仅仅是精神上不灭的希冀。贝娄在创作《洪堡的礼物》期间因受到法兰克福学派文化工业理论、友人施瓦茨的悲剧命运、现代主义诗歌在后现代主义文化语境下衰落的三方面影响而对文学与艺术的发展走向比较悲观，小说主要强调商业性的大众文化对文学、艺术的戕害，此时贝娄的文化主张也远没有对美国文化界形成冲击。但是，当20多年后贝娄创作《拉维尔斯坦》时，贝娄与当时同一圈子的“纽约知识分子”成员已经成为美国思想文化界的大师巨擘，布鲁姆《走向封闭的美国精神》一书的出版不仅为他带来了滚滚财源，还使他一跃成为美国学术界的超级明星，贝娄由此乐观地看到高雅文化与通俗文化成功结合的希望以及借助商业文化使人文经典复兴的可能性。此外，贝娄与“纽约知识分子”的文化立场也变得更加鲜明，他们强调理性与秩序，作为老左派，他们担忧新左翼青年们不尊重历史、不学无术、自甘堕落。布鲁姆就在《走向封闭的美国精神》一书中批评为了达到民主与平等，这些文化相对主义分

---

① Mark Connelly, *Saul Bellow: A Literary Companion*, Jefferson: Mc Farland & Company, 2016, p. 37.

② David Mikics, *Bellow's People: How Saul Bellow Made Life into Art*, New York: W. W. Norton & Company, 2016, p. 210.

③ Willis Saloman, “Saul Bellow on the Soul: Character and the Spirit of Culture in Humboldt's Gift and Ravelstein”, *Partial Answers: Journal of Literature and the History of Ideas*, Vol. 14, No. 1 (2016), p. 139.

子无视真理，对事物不加分析、一无所知就毫无限度地接受，这种表面上的融合与开放其实是对种族、宗教及文化的抛弃，是放弃了对认识的渴望、对知识的探索，使人不辨善恶，这构成了当代美国社会更严重的封闭。因此，树立拉维尔斯坦这样一个在当今社会如此成功的古典主义人文学者，也是晚期贝娄对美国当代文化秩序的重塑。和失败的洪堡相比，拉维尔斯坦代表了一位在后现代文化语境下中重生的人文学科知识分子权威，他不像洪堡在对大众文化的严厉批判中尝试迎合大众文化并最终失败，而是成功地利用、享受、拥抱商业性的流行文化，却又对自己的观点坚持己见，他试图祛除精英主义，走入人群之中，在各个领域取得多重成功并用自己的成功昭示人文思想的伟大与不朽。

小说一开篇就写道拉维尔斯坦在巴黎旅行期间正好与流行音乐天王迈克尔·杰克逊下榻同一家酒店。他听到迈克尔的粉丝们整日围在酒店门前尖锐刺耳地叫着自己偶像的名字，排场堪比尼克松、基辛格，而拉维尔斯坦却并无人识，甚至被迈克尔的保安当作围观者赶出安全线外，不过他也毫不介意。这一场景暗示着流行文化在美国当代社会无可企及的巨大影响力，也为拉维尔斯坦日后成功拥抱商业大众文化埋下伏笔。随后，一部饱含拉维尔斯坦毕生严肃思想的著作使他从入不敷出的穷教书匠一跃成为出手阔绰的百万富豪，他被齐克评价为“资本主义的天才，用思想、观点、教学生产出有价值的商品”（14）。虽为严肃的古典主义学者，他却喜欢流行文化，“拉维尔斯坦是高雅文化与通俗文化的美国混合体”[①]，他和学生一边吃披萨一边观看美国职业篮球联赛，他们发现了“在这些娱乐活动中，在童年时期的粉丝俱乐部与拉维尔斯坦、他们的摩西、他们的苏格拉底引领他们走向知识分子的应许之地之间的共同之处”。尤其是拉维尔斯坦觉得自己和迈克尔·乔丹有着某种联系，一个拥有超能力的篮球明星，“一个每年赚八千万美元的人，不只是个偶像，而是打动大众心灵的英雄”。对这些弟子来说，拉维尔斯坦就是知识界的乔丹，因为没有人能像他这样给学生们讲述修昔底德、亚西比德[②]，也没有人能如此精辟地分析柏拉图的《高尔吉亚篇》，拉维尔斯坦具备和乔丹一样的超能力，他就

① Mark Connelly, *Saul Bellow: A Literary Companion*, Jefferson: Mc Farland & Company, 2016, p. 153.

② 亚西比德（公元前450—公元前404），古雅典政治家，苏格拉底的好友。

是“荷马式的天才”，热衷模仿他一言一行的学生们就是这位超级学术明星的粉丝。(57) 有评论家提出洪堡、拉维尔斯坦这类人物象征着西方人文学科传统的贵族化，贝娄对拉维尔斯坦的塑造是在建构“一种知识分子英雄主义”，“贝娄相信缺失这种知识分子英雄主义就会造成严重的、甚至灾难性的文化后果”。[①] 当齐克感到自己作为无权力感的作家在功利主义的美国已经“习惯被商人、律师、工程师、华盛顿的名人、各色科学家贬低”时，拉维尔斯坦坚称作为人文学者“应该多保持些适当的骄傲”，尽管科学值得尊敬，“拉维尔斯坦却觉得科学家中有伟大人格的例子不多，伟大的是哲学家、画家、政治家、律师，是的，但科学领域伟大灵魂的男人、女人却极端稀少”。(105，108) 拉维尔斯坦曾在著作中抨击美国高等教育过于功利，“总结他的论点就是当你在美国得到优秀的技术训练时，人文教育就缩减至消失”，他认为大学收取高昂的学费却只培养出一帮技术工人，“但人文艺术却失败了”，甚至有位大哲学家亲口告诉拉维尔斯坦哲学完了。(47) 在这场为人文而战的辩护中贝娄和布鲁姆都提出，和科学家与社会学家相比，人文学者是高人一等的，他们关注的不是实际应用，而是人类灵魂的终极问题，贝娄曾在访谈录中批评现在的社会学家缺乏感受力，“他们的‘科学’永远代替不了训练有素的感受力”[②]，布鲁姆也指出无视人文精神而只注重科学将会产生“一个发达并且腐败的社会”，“科学，其自身作为人追求自主的变体之一，喜欢不平等”，仅仅懂得知识不能让人引以为荣，相反，有些民族虽然懂得很少却很快乐，社会科学往往不去直面人性的极端，只有人文学科中的历史与文化才能激励人们去反省。[③]

## 二、人文学家的奢侈消费与伟大灵魂

与传统印象中古板、理性的学者不同，拉维尔斯坦是一位极度热爱奢

---

① Willis Saloman, “Saul Bellow on the Soul: Character and the Spirit of Culture in Humboldt's Gift and Ravelstein”, *Partial Answers: Journal of Literature and the History of Ideas*, Vol. 14, No. 1 (2016), p. 134, pp. 139 – 140.

② 索尔·贝娄:《半生尘缘》，载宋兆霖编《集腋成裘集》，李自修等译，河北教育出版社2002年版，第375页。

③ 艾伦·布鲁姆:《走向封闭的美国精神》，缪青等译，中国社会科学出版社1994年版，第35页。

侈品、追求精美的物质享受而不顾自己消费能力的人。在他还没有成名前，作为一个经费匮乏、收入不高的人文学科教授，他就宁可借钱也要购买那些路易威登箱包、阿玛尼西装、登喜路配饰、万宝龙金笔，他还喜欢各种不菲的收藏如水晶杯、银茶壶、雪茄，再把自己昂贵的奢侈品以极低的价格抵押出去，借出更多的钱消费，最终竟陆续欠下十万美元。齐克评价拉维尔斯坦是“拜占庭式的借钱习惯”，“一个挣扎着的贵族，因对美丽之物的需要受害”。(20) 为了缓解拉维尔斯坦窘迫的经济状况，齐克建议他与出版商签下出书合同先拿些预付款，偿还一些债务并恢复部分信用额度。出版了那本使他一夜暴富、名利双收的书后，拉维尔斯坦的消费习惯更加穷奢极侈，他即使托人找关系也要入住巴黎最豪华饭店的顶层套房，他挥霍钱财购买精美的服装、享受考究的食品，他的住所富丽堂皇，他吃穿用度的物品几乎都是昂贵的名牌货，他还因从不对账导致信用卡被盗刷三万美元。小说中评价拉维尔斯坦花钱就像“从疾驰的火车尾部平台上撒出来”一样。(15) 目前，国内学者对于小说中拉维尔斯坦的过度消费行为多做负面评价，有研究者认为，在“物质生活方面，他充分吸收并继承了物欲横流的美国社会中世俗享受这一传统”，“他在经济、政治生活上竭力证明自己，以提高地位，获得美国主流社会的认可，是其欲望主体的彰显”，他对物质的过度追求和享受背离了犹太教教规。[①] 尽管该学者也认为拉维尔斯坦在利用过度消费增加自己的主体性，将他对物质的需求归为对美国文化的认同以及希望被美国主流社会认可的心理，但却没有进一步深入挖掘主体性背后除种族意识外的文化深意。还有学者从生态主义角度批判拉维尔斯坦“崇尚过度消费”，“他的整个团队成了挥霍无度的生活方式的典型”，这种“人类的畸形消费观间接导致生产的增加”，原材料的大量耗费与垃圾的增加必然导致环境问题。[②] 那么这里值得思考一个问题，拉维尔斯坦热爱奢侈品消费的根本原因是什么。贝娄和小说中的齐克一样不懂时尚、不了解名牌并且不崇尚浪费，这样一个功力深厚的文学大师在这部小说中以较大篇幅突出拉维尔斯坦的挥霍习惯意欲

① 蔡斌、陈红娟：《论〈拉维尔斯坦〉的主体性特征》，载《当代外国文学》2012 年第 2 期，第 6 - 8 页。

② 蔡斌、张伦伦、陈红娟：《试论〈拉维尔斯坦〉中的生态观》，载《译林》2012 年第 12 期，第 53 页。

何为?

在后现代社会，中心与秩序已被多元取代，在社会分化的过程中，只有通过一个人的财富来判断这个人的名声与社会等级地位，法国哲学家鲍德里亚认为商品拜物教就意味着“社会关系隐藏在商品本身的性质和属性中”，商品的魅力不在于其使用价值，而是挣面子、取得名望的手段[①]。商品所具有的符号功能能够用于排列社会等级，同时消费行为在分配知识、权力、文化时也起着重要的作用，“人们总是把物用来当作能够突出你的符号，或让你加入视为理想的团体，或参考一个地位更高的团体来摆脱本团体”[②]。因此，拉维尔斯坦不是在消费商品，他也并不沉迷于物质，而是用大量的奢侈品在商品化、浅层化、去权威化的社会中凸显人文学者不凡与崇高的地位。拉维尔斯坦对消费的热衷也与他是犹太人有关，这些早期犹太移民在大都市的身份是流动的，以商品来建构身份虽然肤浅且短暂，但却最为有效，这是一种蛰伏于反犹主义下隐藏种族身份、以此进入上层社会的策略。在发达的资本主义社会，“声望最终都取决于经济实力”，“而显示经济实力以赢得荣誉、保全声望的办法，就是有闲以及进行夸示性消费”。[③] 拉维尔斯坦深谙以奢侈品消费构筑的晚期资本主义社会经典人文学者振兴之道，齐克评价拉维尔斯坦在巴黎的消费道，“他就是物质构成的新秩序下的那个贵族，带着他的信用卡和支票，任意花着他的美元，如果有比克里伦更好的酒店，艾贝一定会去那，这些天，拉维尔斯坦就是一个卓尔不凡的人”（29）。夸饰性消费具有赢取名誉的效用，其中又包含浪费的因素，但这种浪费对其本人来说是有用的，“要提高消费者的美誉，就必须进行非必需品的消费”，“徒有生活必需品的消费，是带不来荣誉的”。[④] 拉维尔斯坦拥有大量的眼镜和穿不过来的高级西装，但他仍然对购物热情不减，齐克不理解拉维尔斯的行为，拉维尔斯坦答道，“原因肯定不是需要”，齐克将拉维尔斯坦的回答称之为“可怜的李尔王为过剩辩护”。（32）拉维尔斯坦买了一件价值 4500 美元的朗万西装

---

① 让·鲍德里亚：《在使用价值之外》，戴阿宝译，载罗钢、王中忱编《消费文化读本》，中国社会科学出版社 2003 年版，第 26 页。

② 让·鲍德里亚：《消费社会》，刘成富、全志钢译，南京大学出版社 2000 年版，第 47 页。

③ 索尔斯坦·维布伦：《夸示性消费》，萧莎译，载罗钢、王中忱编《消费文化读本》，中国社会科学出版社 2003 年版，第 14 页。

④ 同③，第 22 页。

外套，齐克思量为何拉维尔斯坦已经有了20多件相似的外套却还要买这么贵的衣服，他随即想道，“但我非常清楚地知道在艾贝的脑中有着各种关于挥霍和吝啬、宏大与卑鄙的区别。灵魂伟大的人应有的属性”（32）。亚里士多德认为具有伟大灵魂的人的伟大行为“值得最伟大的奖赏回报”①，灵魂伟大的人就应该享用顶级的商品，最好的商品也必须服务于最高尚的人。拉维尔斯坦用挥霍金钱、购买奢侈品来在拜物的商品社会彰显人文学者的权力，扭转人文学者的地位，尽管他象征的高雅现代主义已被大学生们视为故纸堆，但他仍要和文化的衰落对抗，作为经典思想的传承者，拉维尔斯坦以消费行为昭告世人，人类灵魂的伟大不会在资本主义的富裕中泯灭。

同时，消费也是最易用金钱获得的个人价值，商品消费可以重构人与人之间的权力等级秩序，下一阶层的人可以借此与上一阶层的人竞争。拉维尔斯坦就职院系的系主任格里夫（Glyph）一家出身名门、高贵富有，格里夫太太是一名文化修养很高的盎格鲁－撒克逊白人贵妇，文化界的名流T. S. 艾略特、格特鲁德·斯坦因、罗素都是她的座上宾，菲茨杰拉德曾经是他们家的邻居，旧贵族做派的格里夫太太不喜欢拉维尔斯坦不拘小节的举止，对这个粗鲁的犹太人持有偏见。拉维尔斯坦总是想要搬到“之前只有盎格鲁－撒克逊白人新教徒教职员工才能入住的建筑里”，有钱后拉维尔斯坦搬进了最豪华的公寓，那个曾经在宴会上责怪过拉维尔斯坦的格里夫太太，“也没住过比这更好的”。（61）拉维尔斯坦的家装修极其奢华，尽管在艺术品收藏上他实在无法与格里夫一家悠久的收藏传统媲美，“但在厨房设施上他却远远超过了他们”，“他从酒店供应商那里买来了咖啡机”（62），这台机器如此巨大，以至于毫无实用性，但拉维尔斯坦在乎的不是实用性，而是与格里夫一家竞争。

拉维尔斯坦还是位喜爱、追求时尚的经典思想研究者，通常情况下经典都远离时尚并与时尚对立，“经典是崇高旨趣的和谐提炼，拥有某些共同的东西，这些东西具有稳定性，不会带来修正、不安、失衡”，相比之

① Jacob Howland, “Aristotle's Great-Souled Man”, in *Review of Politics*, Vol. 64, No. 1 (2002): 27－56, p. 28.

下，时尚却会带来“广阔的分布性”与“彻底的短暂性”，[①] 但经典与时尚却巧妙地在拉维尔斯坦身上融合。他不仅讲究服装的品牌，材料、剪裁、时髦的样式也缺一不可，齐克曾在拉维尔斯坦发迹前找自己的裁缝给他做了一件西装，它花了齐克1500美元，衣服非常合身，但拉维尔斯坦却放在家里从来不穿，在齐克对此疑惑时，拉维尔斯坦解释道，“那件西装的真正价值不在于它的剪裁——不是手工”，“我必须承认它很合身”，拉维尔斯坦是觉得做这件衣服的裁缝太老土了，“他做的衣服是给黑手党穿的，还不是头儿穿的，而是给小兵穿的，下级党徒穿的”，（33）拉维尔斯坦要购买的是卓尔不凡、让普通人望而却步的4500美元一件的朗万西服。时尚的重要功能就是将社会进行阶层区分，因为有了时尚，不同阶层、群体的界限不断被强化，它不仅使不同阶层的人一看上去就泾渭分明，也可使同一阶层的人紧密相连。时尚的双重目标就是塑造社会秩序，对人群进行分化与同化，同时它也是对个性化表达的一种补偿，弥补了对个性的否定。因此，拉维尔斯坦消费的不是时尚本身，而是时尚背后隐喻的伟大的人文知识分子的地位。“这件无与伦比的朗万西服是美丽的法兰绒质地”，丝绸般柔顺，“褶皱处流光溢彩”，拉维尔斯坦认为通常这种出现在《名利场》等时尚杂志中的衣服都会被同性恋似的硬汉们穿着，这些人“除了全部陷入肮脏的自恋癖的荣光外，什么也不会干”，但当拉维尔斯坦将它穿在身上时，“你甚至不会想到这样一件服装会在一个不搭调的智者身上”，而且“确实看起来不错”。(34)

尽管购买如此多的奢侈品，拉维尔斯坦却并不拜金，他清醒地了解现代社会的这些小把戏，只是用奢侈品作为自己伟大灵魂的外在装饰。拉维尔斯坦对于自己拥有的奢侈品并不爱惜，他的爱马仕和杰尼亚领带各个都被烟头烫出了洞，当咖啡洒到昂贵的新朗万外套上时他毫不在意。齐克觉得“另一种人或许就会感觉到有些事情发生了，或许那些在乎钱的人就会觉得有某种责任保护这4500美元的衣服”（41），但拉维尔斯坦却将它当作生活中的喜剧处理，以文化精英的姿态利用奢侈品消费与时尚巩固一个伟大知识分子的地位，但同时又对此抱持戏谑、玩乐的态度。拉维尔斯坦将他的万宝龙金笔、价值2万美元的手表、登喜路打火机随意放在很多

---

① 齐奥尔格·齐美尔：《时尚的哲学》，费勇译，载罗钢、王中忱编《消费文化读本》，中国社会科学出版社2003年版，第263－264页。

人进出的客厅桌上，家中以最大音量整日播放18世纪意大利歌剧和巴洛克音乐，这是拉维尔斯坦在以自己的方式在后现代文化中发出被淹没的经典的声音。然而他一再因噪音问题被邻居投诉扰民，他批评这些邻居是“乏味的”“爱算计的”“小资产阶级”，“只为愚蠢和虚荣活着，对社区没有忠诚，对城邦没有热爱，匮乏感恩，也没有任何你可以为之献出生命的东西”，而“伟大的激情是反对遵从律法的”，“所有人中最伟大的英雄”就是哲学家，“哲学家之后，在拉维尔斯坦的排列中，就是诗人和政治家”，“拉维尔斯坦热爱经典的古代”。(52，53)

拉维尔斯坦死后，齐克仍被他的精神力量感召，久久不能忘怀，随着自己的生命也进入最终阶段，他愈发感到时间在加速，唯有“艺术是对这种混乱加速的一种逃离，诗歌的音步、音乐的节拍、绘画的形式和颜色”(192)。在小说结尾，已死的拉维尔斯坦重现，齐克看到他在自己豪华的寓所中穿着精致的服饰以及价值5000美元的西装，以最大的音量在20世纪的俗世中播放着意大利古典歌剧，他在享受乐器的环绕、音乐家的服侍，“他在崇高的音乐中忘我，在音乐中思想被分解，以感觉的形式来反映思想”，“你很难相信像拉维尔斯坦这样一个人已经去世了”。(232，233) 在作家齐克心中，使人超验死亡、对抗虚无的是文学和艺术，拉维尔斯坦的思想最终融化在崇高的音乐中，贝娄创作这部回忆录小说的目的也是使拉维尔斯坦的思想不朽。在拉维尔斯坦复活时，小说仍不忘强调他穿着奢侈的衣物。在当代美国，人文与艺术学科因被认为缺乏实用性而项目经费贫乏，政府资助常被削减以致难以为继，和其他理工与社会科学教师相比，大学中人文与艺术学科的教职人员收入最低，学生的就业和收入也处于劣势。小说刻意强调拉维尔斯坦在物质上取得的成功与人文精神的崇高、文学与艺术对死亡的超验，无疑是贝娄与布鲁姆作为人文学科知识分子在这场文化战争中对美国文化中功利主义学科价值观的反击。

## 三、古典政治哲学教授的权力王国与思想传承

与《洪堡的礼物》中擅于钻营文化圈权术的洪堡类似，拉维尔斯坦以古典政治哲学理论和训练方法精心地培养出一班弟子，并构筑起一个以自己为中心的权力王国。只是洪堡与西特林师徒最终被剥夺了权力，洪堡由文学家构成政府内阁的想法过于理想化，但拉维尔斯坦和其弟子却成功

地将古典政治哲学思想应用于当代美国治国大略，并成为左右华盛顿决策、掌握第一手国家机密的影子政府。拉维尔斯坦还将教学作为传承、弘扬人文思想的途径，使经典思想既在不同代际间传播又保持更新。由文学家洪堡的失败到政治哲学教授拉维尔斯坦的成功，说明了贝娄等“纽约知识分子”在70年代至90年代美国学界日益两极分化、针锋相对的文化战争中，捍卫人文学科与经典文化的决心，并且随着贝娄本人思想水平的提高，他已认识到人文学科知识分子的权力恢复不仅仅要靠掌控政治权力与经济地位，更重要的是要把教学作为一种传承思想、知识的手段，对学科的未来发展产生关键的作用，因此，他与布鲁姆在这场文化之战中主要向美国高等教育中重实用、轻人文的弊端发难。

拉维尔斯坦主要采取以通俗普及经典的策略来在后现代文化语境下复兴古典政治哲学，作为一名大学教授，他孜孜不倦地使高高在上的思想通过大学讲台得以传播，这无疑也反映了贝娄与布鲁姆对于高雅现代主义文化未来发展的态度。齐克在谈论拉维尔斯坦的身份时指出，他“是一位教育者，他从不称自己是位哲学家，哲学教授不是哲学家”（175），那么拉维尔斯坦这样一位著名学者强调自己是哲学教育者而非哲学家的原因是什么呢？在拉维尔斯坦的著作出版后，有些朋友或学生批评这部书是在“使他的思想流行普及化、廉价化”，对此，拉维尔斯坦却答道：“但是教学”，不论你教的是多么深奥的古典先贤思想精粹，“都是一种流行普及化”（22）。拉维尔斯坦并未将经典思想变成少数文化精英的自娱，而是想通过教学使经典与当代美国年轻人对接、重焕青春，他就曾经批评20世纪初伦敦布鲁姆斯伯里群体（Bloomsbury）中的高级知识分子们只是附庸风雅、装腔作势、脱离群众的势利文人，而不是思想家。贝娄在《走向封闭的美国精神》的序言中也谈道，如若所有文化都降格至一个“共同的世界化主义倾向之中”，“传统文明的各个支系在走向令人哀伤的衰弱”，这将致使“我们摆脱对历史和文化的依附——这或许是潜藏在失败之下的一个成果”。[①] 当上帝已死，中心和权威被祛魅，各个文明中的经典与传统都会走向消失，与自然学科和社会学科同历史割裂不同，人文学科的发展离不开对历史的继承，因此拉维尔斯坦以教学作为弘扬人文思想

---

① 索尔·贝娄：《序言》，载布鲁姆著《走向封闭的美国精神》，缪青等译，中国社会科学出版社1994年版，第5页。

的手段，与其孤芳自赏地成为一名学问家，他更注重在教学中做一名在不同代际间散播、教授、传承经典思想的老师。

亚里士多德指出，“伟大灵魂的人以英雄的、超人的、神一样的美德为特征，这种美德在他们拯救整个社区的行为中被完全表达”。[①] 拉维尔斯坦对自然科学没多少兴趣，他“决心要削弱社会科学和大学其他专业的基础”（160），为了打响这场人文学科与古典文化的保卫战，他以古典政治哲学思想训练学生并与他们构成了一个权力共享体、消息生态圈，最终实现用古典人文思想干涉国家决策的目标。拉维尔斯坦已经带过三、四代研究生，他们都与他极为亲密，他首先让学生们忘记自己的家庭出身，以古典政治、哲学、文学著作训练他们，将他们每个人按照性格、能力分类，为他们规划前程，他将自己当作学生的父亲。而学生们也视他为偶像，为他疯狂，模仿他的举止，这些原本喜欢听摇滚和披头士的年轻人被他转化为去听古典音乐和歌剧。他们构成了一个紧密的圈子，被同样的方法训练，使用内行才懂的词汇交流。一些早已经毕业的、在华盛顿的学生们还与他保持紧密的电话联系，甚至将通话变成学术研讨会，一切都只为探讨如何将古典政治哲学应用于今日美国治国之策，“他们将天天在华盛顿处理的政策问题与二三十年前学过的洛克、罗素甚至尼采结合起来”，很多学生一直回来找他，“这些人都 40 多岁了，有些人在发起海湾战争中举足轻重，和他一说就是个把小时”，“或许拉维尔斯坦的观点或想法有时在政策抉择上也有用，但这不是关键，关键是他仍然对那些老男孩继续进行着政治教育，在巴黎，他也有个追随者”。（12）拉维尔斯坦对学生的哲学训练不仅使古典政治哲学思想继续在当代美国政治领域发挥作用，并且拉维尔斯坦与学生组成了影响美国政治决策层的智库，更重要的是，在他对学生长期进行的思想传授中，人文学科的精神得以不朽。

同时，拉维尔斯坦与学生们还构成了一个强大的消息网，而他就是手握大权的指挥官。拉维尔斯坦的学生们不仅大多与他保持着紧密的联系，人数规模也颇为惊人，并且多数身居要职。一些早年毕业的学生已经在全国性报刊上担任领导，有些在国务院任职，有些在军事学院教书，还有些为国家安全顾问工作。“一些人有影响力，所有人都消息灵通；他们是一个亲密的群体，一个社区。”（10）拉维尔斯坦豪华的寓所就是命令中心，

---

① Jacob Howland, “Aristotle's Great-Souled Man”, *Review of Politics*, Vol. 64, No. 1 (2002), p. 32.

它除了有很多奢侈品外，还有“一个精巧的、有很多按键的电话装置——艾贝的指挥所，被他专家般地操作”，从巴黎、伦敦、华盛顿源源不断打来电话向他汇报信息，(51) 只要身在家中，拉维尔斯坦就能掌控天下时局，甚至齐克开玩笑地说“艾贝在华盛顿的‘人’一直给他打电话，我说他一定是在策划着一个影子政府”(12)。拉维尔斯坦时刻注重更新消息，紧跟时代，他无法忍受与他的电话指挥所切断联系，有时他的学生因为国家安全与保密性的要求未必向他通报正确的信息，而主要是为了让他高兴，并且知道“拉维尔斯坦有海量的历史和政治信息需要更新和保持，这可最远追溯至柏拉图和修昔底德，或许久远至摩西，所有这些政治谋略的伟大设计，从马基雅维利到塞维鲁或卡拉卡拉”，“它必须适用于海湾战争的最新决策”，“融入这个文明的政治历史”(60)，拉维尔斯坦的思想不仅承上而且启下，它已经融入并成为美国国家政治历史的一部分。就在拉维尔斯坦弥留之际、最后一次入院之时，他还不忘在病床上召开一个即兴研讨会，明智地主持着大局，“教书那套表演仍在进行”，那些学生都在来访者接待室中等待着被点名接见，尽管他们早就已经毕业。(176) 即使在生命的尽头，拉维尔斯坦这个人文思想国度的王者仍不忘向他的子民布道，他布道的是人类历史已流传上千年的思想结晶，在布道中，他自己也成了人类思想不逝洪流中的一部分。

贝娄和“纽约知识分子”在三四十年代信奉共产主义和托洛茨基主义思想并将此视为拯救资本主义社会的良方，这些经历过大萧条的东欧犹太移民同情社会底层与被压迫者，但随着40年代斯大林的独裁统治与对共产党员的迫害、托洛茨基遭暗杀事件以及50年代麦卡锡主义对左翼分子的清算，这些美国老左派逐渐与共产主义划清界限。“二战”后，美国经济腾飞，物质的极度丰富使他们更加看不到资本主义在美国灭亡的希望。60、70年代新左派开始了轰轰烈烈的反文化运动，他们主张相对主义多元文化，反越战、反男权、反白人种族中心主义，他们不满大学里的高等教育只对白人精英阶层学生开放，他们要打破权威，重建民主秩序。尽管贝娄不反对新左翼的政治理念，但在看到新左翼的做法越来越极端后，他指责他们不尊重历史。在贝娄看来，在这场革命中有一部分处于社会底层又饱含怨气的年轻人在以革命之名破坏一切，来发泄对上层的不满，他们不学无术、沉迷于庸俗的流行文化。贝娄评价他们的行为是“戏剧化的自我沉迷，使他们远离了哲学的严格与政治的谨慎，也没有旧左派在历史上的道德严肃感”[1]，因此当贝娄看到好友布鲁姆在90年代因触犯“政治正确”而被攻击时，贝娄身体力行以这本小说来为布鲁姆所代表的人文思想经典权威辩护。很快，贝娄遭到了严厉的指责，很多出生于婴儿潮时期、成长于反文化运动背景下的学者与研究者都批评贝娄与布鲁姆狭隘、保守的精英主义文化观。《走向封闭的美国精神》一书被很多人视为眼中钉，有人认为贝娄在这部小说中美化了布鲁姆，正是布鲁姆的学生推动布什政府发动伊拉克战争。贝娄甚至还被贴上“精英主义者、沙文主义者、反动者和种族主义者”的标签。[2] 而贝娄认为，新左派对他的人身攻击本身已经形成强迫的一致性这种潜在的新极权，与新左派追求民主与多样性的初衷是相悖的。

尽管贝娄晚期作品流露出的在文化上趋于保守的立场被不少美国新左派和自由主义者批评，并将其上升到“政治正确”的高度，但是，出于知识分子批判美国社会现实的责任感，贝娄始终对美国主流意识形态抱有怀疑精神，尤其是始终带着防范主流意识形态走向极端的警惕，他的思想起到了对其修正和平衡的作用。此外，从文化层面来看，贝娄与布鲁姆早前担忧的在自然科学与社会科学的碾压下人文学科走向衰落，以及美国高等教育轻人文、重实用的倾向不仅在今天的美国学界与大学中得到印证，在中国也同样面临着相似的人文危机，这不能不说明贝娄作为文学大师对于文化发展无比准确的预判性。更值得尊敬的是，他在85岁高龄仍不忘以这部小说为人文精神而辩。

① Willis Salomon，“Biography，Elegy，and the Politics of Modernity in Saul Bellow's *Ravelstein*”，in *A Political Companion to Saul Bellow*，Cronin，Gloria L. and Lee Trepanier，eds.，Kentucky：The University Press of Kentucky，2013，p. 168.

② Saul Bellow，“Papuans and Zulus”，in *New York Times*，10th March，1994：A25.

# 结　语

贝娄的儿子格利高里在总结贝娄的一生时曾这样评价，“作为一个追忆者，在重读他的追寻灵魂的小说后，我发现了一个试图理解自己对于与他人和谐共处和与自己和谐共处都无能为力的人”①，这句话无疑点明了贝娄小说的政治思想主旨。

作为一名俄国犹太移民后裔，贝娄与很多“纽约知识分子”一样因共产主义政治理想走上写作之路，俄国革命胜利后马克思主义风靡全球，美国此时又遭遇大萧条这一撼动资本主义信心根基的经济灾难，这些一度在美国社会被边缘化的、贫困的、失业的移民青年们在美国这个新世界看到了社会主义的红色曙光。带着马克思主义者的正义感与对失业者、破产者的同情，贝娄的早期作品多以资本主义社会与文化的“受害者”为主人公，此时期贝娄的作品一方面继承了马克思主义政治哲学对工具理性与异化的批判，另一方面依托马克思主义政治经济学理论对资本主义经济矛盾进行剖析。尽管时过境迁后美国共产主义革命不了了之，“纽约知识分子”纷纷脱离左翼政治，贝娄对早期的政治经历也避而不谈，但笔者认为，贝娄作品中对人文主义与超验主义的追求仍然与马克思、恩格斯、托洛茨基、韦伯、卢卡奇、马尔库塞、法兰克福学派等左翼政治哲学家对资本主义社会的反思和批判一脉相承，并且这一反拨资本主义体系的思考方式始终贯穿贝娄的作品。贝娄后期极少在公共场合谈论他的早期文学作品与政治经历，研究者无从知晓这是源于贝娄后期信仰的崩塌，还是贝娄为了安全起见隐瞒自己的早期左翼思想，抑或他真的认为自己的早期文学作品与后期获得诸多重要奖项的作品相比不值一提，但可以肯定的是，贝娄的早期左翼政治经历和积极的怀疑精神是其终生作品的思想来源。但贝娄的早期作品仍然含有很多瑕疵，尽管对社会现实问题格外地关注，对美国资本主义经济体系与文化体系犀利地批判与反抗，但是贝娄早期作品中的政治理想并没有被成功建立，这几部小说也由于平铺直叙的政治表达和过

① Greg Bellow, *Saul Bellow's Heart: A Son's Memoir*, New York and London: Bloomsbury, 2013, p. 220.

于单一的选题而缺少了一定的思想深度和创新性，其写作手法也使小说在审美方面乏善可陈。

在50年代脱离左翼政治之后，贝娄的小说一度呈现出乐观的、呼唤人性的自由主义精神，其艺术风格更加成熟、多变。在这个时期贝娄作品开始真正意义上地在美国文坛获得广泛关注，但在此期间贝娄的小说避开了敏感的政治话题，即使对大肆陷害、迫害美国左翼犹太知识分子的麦卡锡主义，贝娄的作品及其本人的言论也几乎对此毫无提及。只有在60年代出版的《赫索格》中，读者在主人公对资本主义城市的逃离、对独居偏僻乡野的执拗中能够读到个体为抵抗大众社会的权力压迫而进行的浪漫主义、超验主义精神反抗。

贝娄作品第二次出现鲜明而激烈的政治意识是在其六七十年代的两部小说中，并且都与美国反文化运动有关。尽管主人公的政治主张依然强烈，但不论是隐退乡野、精神错乱的学者赫索格，还是身患残疾的幸存老年记者赛姆勒，在经济状况与社会地位上都不再是早期小说中的“受害者”，但是其思想意识却在社会中比“受害者”更加格格不入、孤僻，甚至病态。因此，这两部小说并没有过多地描写社会问题，而是成为叙述主人公所思所想的观点小说。与社会现实的脱节以及逐渐局限于与意识形态和哲学问题的对话，一方面说明贝娄的创作重心在由外向内地隐退，另一方面也暗示贝娄作品的思想影响力正在被现实中与之相反的社会力量蚕食。不过相较而言，《赛姆勒先生的行星》对社会现实的关注度要比《赫索格》更高，这是因为随着美国反文化运动的呼声一浪高过一浪，贝娄的主人公也开始在现实层面激烈地回击，但是赛姆勒又是一位无权力感的、无法改变现实的耄耋老人，这就造成了这两部小说的主人公都是思想上的巨人，但在现实生活中却十分脆弱。思想的日渐式微并没有使贝娄屈服，他的主人公们一如他的固执己见，在美国反文化运动走向极端的情况下，他们坚决地对反文化运动提出质疑，对“垮掉的一代”的过激行为提出批评。反文化运动者看到了现存制度的弊端，他们质疑权威、主张解放人性、推动平等，但贝娄与他的主人公们思考的却是当美国反文化运动分子破坏现存制度与秩序后，当不可控的革命力量使社会陷入无序和疯狂后，人类接下来该何去何从。为了避免沦落为与指责、攻击自己的新左翼青年一样，也因为贝娄看到了反文化运动在达到顶峰时的极端，贝娄将辩证性的思想引入了这一时期的小说创作，这些主人公能从事物的正、反两面去辩证地看待问题，也能在抒发自己观点的同时从他人的视角进行自我审视，这就是贝娄的儿子格利高里所指的贝娄也常常和自己无法和谐共处。此外，这两部小说创作手法的复杂程度与思想的辩证性、广博性都使读者感受到作者深厚的哲学、政治、历史功底。并且这两部小说的主人公们开始积极地去建构理想的政治王国，他们已经在为人类寻求意识形态上的理想出路。赫索格将人类理想的生活状态寄托于逝去的田园梦，人在自然之中独立地思考、治学，但是脱离现实的诗意生活并不存在，赫索格无法逆时代发展去适应自然的荒蛮，与世隔绝的生活反而让他背离了文明。从“垮掉的一代”身上，他看到了过激的情感与极端的诗性精神对个体和社会的潜在危害，赫索格在大众社会的理性、秩序和自然的狂野、混乱以及个体的自由之中陷入迷茫。《赛姆勒先生的行星》则更像是深刻的警世寓言，贝娄将沉重的纳粹大屠杀与美国60年代反文化运动的社会暴乱并置、拼贴，让一名病态的种族主义暴力受害者去重新面对由意识形态冲突导致的暴力问题，其建构出的理想王国却是自己暴力受害时死亡场景的一次次记忆闪回，也是其创伤后应激障的一次次复发，其中的反暴力主旨不言而喻。赛姆勒不是一个道德情操无比高尚、惹人怜悯的犹太幸存者，他对新左翼青年进行了诸多带有强烈意识形态偏见的暴力叙事，并且他既是暴力受害者，也曾经是个残忍的施暴者。他认为自己杀人时的心理状态、纳粹发动大屠杀时的心理状态、反文化运动者失去理性与控制的疯狂都与酒神精神中的迷醉、狂喜如出一辙，其他暴力病人如赛姆勒的女儿、女婿也都宣扬以暴制暴。很多研究者认为这部小说是贝娄对犹太性的维护，是他转向保守主义的分水岭，但本研究认为，赛姆勒尚无法超越自身的意识形态局限性，但他的“双重意识”使他认知到了这一点，在面对暴力冲突的流血事件时，他最终打破种族偏见去制止犹太人与黑人的打斗，在小说中他的身份也从一名暴力杀人者、暴力观察者最后演变为暴力冲突制止者，贝娄创作这部小说的目的就是探讨犹太人作为曾经的暴力受害者应该如何面对新的暴力冲突语境，积极地推动反暴力价值观。

本书论及的最后两部小说的主人公分别是一代文豪、著名诗人洪堡与名震世界的人文学者、政治哲学教授拉维尔斯坦。在这两部小说中，贝娄将早前对普通知识分子与社会的关注转向对权威知识分子、文学与艺术、人文学科的关注。表面上看，这些主人公的地位提升了，但他们所涉及的层面却越来越狭窄并逐渐向象牙塔般的大学与学术机构转移，这意味着随着文化的衰落，包括贝娄在内的这些强调古典人文思想与高雅文化的知识分子只能在美国后现代文化语境中以高校和科研机构作为最后的社区，因为以大众文化、流行文化主导的美国社会匮乏高雅文学与古典人文思想的受众，知识分子只能依托学术机构作为栖身之处。与以往贝娄研究多从批判角度看待大众文化、流行文化不同，本研究认为，洪堡与拉维尔斯坦对于后现代文化语境下文学、艺术、人文学科的走向都是有清醒认知的，尽管他们都坚持呼吁只有文学、艺术与古典人文思想才能超验死亡，传承人类精神文明，对抗存在主义与虚无主义，但他们在面对人文学科的衰落时，对大众文化与流行文化是既批判又在学科政治斗争中寻求策略合作的。《洪堡的礼物》是一首由书写诗人之死、文学之死到书写诗性精神之死的挽歌，文学、艺术因独一无二的创造力与否定现实的特质在可被大规模生产、以市场为导向的文化工业商品面前濒临淘汰，诗性精神与想象力也在功利主义与强调理性的现代启蒙中缺少立足之地，但文学家们还是试图在对美国大众文化的批判中寻求文学与艺术的出路。现代主义诗人洪堡才华横溢，然而在诗歌让位给好莱坞电影的时代，洪堡一边对大众文化进行批判，一边结合自己的文学才能与市场规则来试图生产出高经济效益的文化工业商品，遗憾的是，洪堡最终诗才耗尽、贫困潦倒而死，弟子西特林也步其后尘。洪堡创作的剧本在其死后被改编为电影并大获商业成功，但观众却根本不解其意，西特林撰写的剧本也在被导演改得面目全非后才使他名震全国。洪堡与西特林试图拥抱消费文化，通过消费来提升文人的社会地位、恢复诗人的权力等级秩序，但他们的消费行为最终成为证明自己愚蠢的浪费行为。同时，洪堡、西特林、朗斯达夫等文人企图结交政要、打造一个由文学家构成的乌托邦政府的政治斗争都失败了，他们试图利用自己的文学声誉来结交权贵，在获得权力后复兴文学、取得创作上的自由，但他们仅仅被政客当作宣传工具，被利用后又被剥夺权力，甚至难以在社会中找到生存的一席之地。总体来说，《洪堡的礼物》对美国大众文化的批判较为犀利，尽管小说结尾处在洪堡的新坟上冒出一朵象征诗性精神的小花，但在整部小说中，文学与艺术在大众文化语境下的前景都显得比较悲观，这极可能是因为贝娄受到法兰克福学派文化工业批评理论的影响。这部小说依据贝娄和“纽约知识分子”成员施瓦茨在40年代的交往经历创作，彼时不仅施瓦茨担任编辑一职的《党派评论》是一部支持现代主义精英文化、抵制低俗大众文化的期刊，“纽约知识分子”与流亡到美国的法兰克福学派成员也互相熟知，在文化批评上展开合作。

相比之下，贝娄的最后一部长篇小说《拉维尔斯坦》实为贝娄纪念已逝老友、政治哲学家、“纽约知识分子”成员布鲁姆的一部不朽颂歌，与《洪堡的礼物》主要探讨文学、艺术的出路不同，《拉维尔斯坦》将视阈放宽至后现代文化语境下的人文学科与古典人文思想的前途。在贝娄的所有主人公中，拉维尔斯坦无疑是事业成就最辉煌的一位知识分子。他是成功结合流行文化与古典人文思想的天才，他将毕生对古典政治哲学的研究以通俗的语言出版成书。这部书大获成功并使他财源滚滚、名震天下。拉维尔斯坦被塑造为一位知识分子超级英雄，他的原型布鲁姆也曾因贝娄的建议在出版专著后获得经济、名誉、事业上的大丰收。贝娄塑造这样一位伟大、不朽的人文学科知识分子形象，一方面是为支援布鲁姆在《走向封闭的美国精神》一书中向美国高等教育体系中轻视人文学科、只注重专业技能培养风气的发难，贝娄誓与布鲁姆一道为人文学科而战；另一方面贝娄是用拉维尔斯坦的成功证实古典人文思想与流行文化成功结合的可能性。拉维尔斯坦使古典人文思想在后现代语境下通过权力斗争的策略再度复兴，成为人类精神文明的不朽传承。贝娄与布鲁姆一道批判文化相对主义者在追求平等、去经典的过程中不再了解文化就全盘接受而构成的更大的思想封闭与无知，通过使拉维尔斯坦这位古典人文知识分子权威在流行文化语境中重生，贝娄意在重塑当代美国文化秩序。拉维尔斯坦坚称只有人文学者才具有伟大的灵魂，他通过夸饰性消费与追求昂贵的时尚来作为伟大灵魂的外在装饰，以此重构人文学科知识分子的声誉和社会等级地位，对功利主义的学科价值观做出反击。此外，贝娄与布鲁姆不仅意识到恢复人文学科与古典人文思想的地位要靠获得政治权力，还意识到要靠教学这一重要的知识传承手段使人文学科得以不朽。拉维尔斯坦看重自己的教师身份和对弟子的培养，他与他的弟子成功地建构了一个由人文学者构成的理想权力王国，他以古希腊以来的经典政治哲学思想训练学生，用它们指导白宫政治决策，他的弟子紧密团结在他的领导之下，并大多在政界、军界身居要职，他们甚至构成了“影子政府”。尽管拉维尔斯坦肉体已逝，但其伟大的灵魂却得以永存并成为人类思想不逝洪流中的一部分。

无论是贝娄小说中的知识分子主人公还是贝娄本人，他们都是当代美国社会中的文化战士。“与当代文化的肌理和世俗的虔诚相反，贝娄的小说有一种深奥的极端的感觉。在他作品的根源深处，含有这样的观点：现实是被挑战的、削弱的、推翻的。”[1] 作为美国资本主义社会的叛逆儿，贝娄并非为叛逆而作，他也不似新左派人士般喧哗、放肆，他始终带着知识分子的责任感与学者的严谨、克制对美国社会现实和主流文化保持一定距离地进行拷问。

---

① Ellen Pifer, “Introduction”, in *Saul Bellow Against the Grain*, Philadelphia: The University of Pennsylvania Press, 1990, p. 2.

# 参考文献


[1] 贝尔．后工业社会的来临：对社会预测的一项探索［M］．高铦，等译．北京：新华出版社，1997.

[2] 贝尔．资本主义文化矛盾［M］．赵一凡，等译．北京：生活·读书·新知三联书店，1989.

[3] 贝娄．序言［M］// 布鲁姆．走向封闭的美国精神．缪青，等译．北京：中国社会科学出版社，1994.

[4] 贝娄．晃来晃去的人［M］．蒲隆，译．石家庄：河北教育出版社，2002.

[5] 贝娄．集腋成裘集［M］．李自修，等译．石家庄：河北教育出版社，2002.

[6] 波德里亚．消费社会［M］．刘成富，全志钢，译．南京：南京大学出版社，2000.

[7] 波尔泰．爱默生集：论文与讲演录：上［M］．赵一凡，等译．上海：生活·读书·新知三联书店，1993.

[8] 伯克维奇．剑桥美国文学史：第6卷［M］．张宏杰，赵聪敏，译．北京：中央编译出版社，2009.

[9] 布鲁姆．走向封闭的美国精神［M］．缪青，等译．北京：中国社会科学出版社，1994.

[10] 布希亚．物体系［M］．林志明，译．上海：上海人民出版社，2001.

[11] 陈榕．凝视［M］//赵一凡，等．西方文论关键词．北京：外语教学与研究出版社，2006：349－361.

[12] 霍克海默，阿道尔诺．文化工业：作为大众欺骗的启蒙［M］//霍克海默，阿道尔诺．启蒙辩证法．渠敬东，曹卫东，译．上海：上海人民出版社，2006：107－152.

[13] 刘继．译者的话［M］//马尔库塞．单向度的人：发达工业社会意识形态研究．刘继，译．上海：上海译文出版社，1989：1－5.

[14] 卢卡奇．历史与阶级意识：关于马克思主义辩证法的研究［M］.

杜章智，等译．北京：商务印书馆，1996.
[15] 罗钢，王中忱．消费文化读本 [M]．北京：中国社会科学出版社，2003.
[16] 马克思．资本论：第 1 卷 [M]．中共中央马克思恩格斯列宁斯大林著作编译局，译．北京：人民出版社，2004.
[17] 马克思．资本论：第 3 卷 [M]．中共中央马克思恩格斯列宁斯大林著作编译局，译．北京：人民出版社，2004.
[18] 马克斯．花园里的机器：美国的技术与田园理想 [M]．马海良，雷月梅，译．北京：北京大学出版社，2011.
[19] 马克思，恩格斯．马克思恩格斯全集：第 2 卷 [M]．中共中央马克思恩格斯列宁斯大林著作编译局，译．北京：人民出版社，1957.
[20] 乔国强．贝娄研究文集 [M]．南京：译林出版社，2014.
[21] 乔国强．贝娄学术研究史 [M]．南京：译林出版社，2014.
[22] 萨特．存在与虚无 [M]．陈宣良，等译．北京：生活·读书·新知三联书店，2007.
[23] 梭罗．瓦尔登湖 [M]．苏福忠，译．北京：人民文学出版社，2008.
[24] 韦伯．新教伦理与资本主义精神 [M]．康乐，简惠美，译．桂林：广西师范大学出版社，2007.
[25] 杨冬．西方文学批评史 [M]．长春：吉林教育出版社，1998.
[26] 蔡斌，陈红娟．论《拉维尔斯坦》的主体性特征 [J]．当代外国文学，2012，33（2）：5－12.
[27] 陈振明．工具理性批判：从韦伯、卢卡奇到法兰克福学派 [J]．求是学刊，1996（4）：4－9.
[28] 程锡麟．书信、记忆、与空间：重读《赫索格》 [J]．外国文学，2012（5）：45－52，157－158.
[29] 郭春英．索尔·贝娄对反理性思潮的反思 [J]．东岳论丛，2003（1）：137－139.
[30] 江宁康．评《拉维尔斯坦》的文化母题：寻找自我的民族家园 [J]．当代外国文学，2006（1）：81－86.
[31] 刘兮颖．《受害者》中的受难与犹太伦理取向 [J]．南京理工大学

学报：社会科学版，2010（4）：69－75.
[32] 乔国强．索尔·贝娄、托洛茨基与犹太性［J］．外国文学评论，2012（4）：21－35.
[33] 汪汉利．《赫索格》：空间叙事与主体性［J］．外语与外语教学，2013（2）：89－92.
[34] 王香玲．论《洪堡的礼物》中的双角色人物模式［J］．外语教学，2013（4）：94－98.
[35] 武跃速．索尔·贝娄在60年代的保守态度：以《赫索格》和《赛姆勒先生的行星》为例［J］．浙江社会科学，2016（2）：109－113，159.
[36] 席楠．索尔·贝娄《赛姆勒先生的行星》小说内外的政治图景与反暴力主旨［J］．国外文学，2019（1）：99－105.
[37] 仰海峰．法兰克福学派工具理性批判的三大主题［J］．南京大学学报：哲学·人文科学·社会科学版，2009（4）：26－34，142.
[38] 曾艳钰．纽约知识分子［J］．外国文学，2014（2）：118－127.
[39] 张军．贝娄《赛姆勒先生的行星》中的引路人研究［J］．外国文学，2013（3）：76－82，159.
[40] 张德明．沉默的暴力：20世纪西方文学/文化与凝视［J］．外国文学研究，2004，26（6）：84－86.
[41] 郑丽．索尔·贝娄《受害者》中的希伯来哲学与宗教［J］．当代外国文学，2012（1）：14－22.
[42] 祝平．生存，还是毁灭？——从《洪堡的礼物》看物质主义社会中艺术家的选择［J］．外语教学，2009（1）：83－86.
[43] AARONS V. The Cambridge Companion to Saul Bellow [M]. Cambridge: Cambridge University Press, 2016.
[44] ATLAS J. Saul Bellow: a biography [M]. New York: Random House, 2000.
[45] BACH G. The critical response to Saul Bellow [M]. Westport: Greenwood, 1995.
[46] BAUMGARTEN M. City scriptures: modern Jewish writing [M]. Cambridge: Harvard University Press, 1982.
[47] BRADBURY M. Saul Bellow [M]. London and New York: Methuen, 1982.
[48] BELLOW S. Seize the day [M]. New York: Penguin Modern

Classics, 1996.

[49] BELLOW S. Ravelstein [M]. New York: Viking Press, 2000.

[50] BELLOW S. More die of heartbreak [M]. New York: Penguin Modern Classics, 2004.

[51] BELLOW S. Dangling man [M]. New York: Penguin Books, 2006.

[52] BELLOW S. The adventures of Augie March [M]. New York: Penguin Modern Classics, 2006.

[53] BELLOW S. Herzog [M]. New York: Penguin Modern Classics, 2007.

[54] BELLOW S. Mr. Sammler's planet [M]. New York: Penguin Modern Classics, 2007.

[55] BELLOW S. It all adds up: from the dim past to the uncertain future [M]. New York: Penguin Modern Classics, 2007.

[56] BELLOW S. Humboldt's gift [M]. New York: Penguin Modern Classics, 2007.

[57] BELLOW S. The victim [M]. New York: Penguin Modern Classics, 2008.

[58] BELLOW S. Saul Bellow: letters [M]. New York: Penguin Books, 2010.

[59] BELLOW S. Collected stories [M]. New York: Penguin Modern Classics, 2013.

[60] BELLOW S. There is simply too much to think about [M]. New York: Viking Press, 2015.

[61] BELLOW G. Saul Bellow'sheart: a son's memoir [M]. New York and London: Bloomsbury Press, 2013.

[62] BLOOM H. Modern critical views: Saul Bellow [M]. New York: Chelsea House Publishers, 1986.

[63] BLOOM H. Modern critical interpretations: Herzog [M]. New York: Chelsea House Publishers, 1988.

[64] BRAUCH J, et al. Jewish topographies: visions of space, traditions of place [M]. Hampshire: FSC Press, 2008.

[65] CHAVKIN A. Critical insights: Saul Bellow [M]. Ipswich: Salem Press, 2011.

[66] CLAYTON J J. Saul Bellow: in defense of man [M]. Bloomington and London: Indiana University Press, 1979.

[67] COHEN S B. Saul Bellow'senigmatic laughter [M]. Urbana: University of Illinois Press, 1974.

[68] COHEN S M, ARNOLD M E. The Jew within: self, family, and community in America [M]. Bloomington and Indianapolis: Indiana University Press, 2000.

[69] CONNELLY M. Saul Bellow: a literary companion [M]. Jefferson: McFarland& Company, 2016.

[70] COONEY T A. The rise of the New York intellectuals: partisan review and its circle [M]. Madison: The University of Wisconsin Press, 1986.

[71] CRONIN G L. A room of his own: in search of the feminism in the novels of Saul Bellow [M]. Syracuse: Syracuse University Press, 2001.

[72] CRONIN G L, BEN S. Conversations with Saul Bellow [M]. Jackson: University Press of Mississippi, 1994.

[73] CRONIN G L, LEE T. A political companion to Saul Bellow [M]. Kentucky: The University Press of Kentucky, 2013.

[74] CRONIN G L, GOLDMAN L H. Saul Bellow in the 1980s: a collection of critical essays [M]. East Lansing: Michigan State University Press, 1989.

[75] CRONIN G L, BLAINE H H. Saul Bellow: an annotated bibliography [M]. New York: Routledge, 1987.

[76] CRONIN G L, GERHARD B. Small planets: Saul Bellow as short fiction writer [M]. East Lansing: Michigan State University Press, 2000.

[77] DORMAN J. Arguing the world: the New York intellectuals in their own words [M]. Chicago: The University of Chicago Press, 2001.

[78] DU BOIS W E B. The souls of Black folk [M]. Mineola: Dover Publications, 1994.

[79] DUTTON R R. Saul Bellow [M]. Woodbridge: Twayne Publishers, 1982.

[80] EAGLETON T. Literary theory: an introduction [M]. Minneapolis: The University of Minnesota Press, 2003.

[81] FANON F. Black skin, white masks [M]. London: Pluto Press, 2008.

[82] FUCHS D. Saul Bellow: vision and revision [M]. Durham: Duke University Press, 1984.

[83] GLENDAY M K. Saul Bellow and the decline of humanism [M]. Houndmills and London: The Macmillan Press, 1990.
[84] GLOTZER A. Trotsky: memoir and critique [M]. Buffalo: Prometheus, 1989.
[85] HARRIS M. Saul Bellow: drumlin woodchuck [M]. Athens: University of Georgia Press, 1982.
[86] HOFSTADTER R. Anti-intellectualism in American life [M]. New York: Knopf Press, 1963.
[87] HOLLAHAN E. Saul Bellow and the struggle at the center [M]. New York: AMS Press, 1996.
[88] HORKHEIMER M. Critique of instrumental reason [M]. New York: The Seabury Press, 1974.
[89] HOWE I. World of our fathers [M]. New York: New York University Press, 2006.
[90] HUDGINS K. Experimental treatment for PTSD [M]. New York: Springer Publishing Company, 2002.
[91] HYLAND P. Saul Bellow [M]. Basingstoke: Palgrave Macmillan, 1992.
[92] JUMONVILLE N. Critical crossings: the New York intellectuals in postwar America [M]. Berkeley: University of California Press, 1991.
[93] KIERNAN R F. Saul Bellow [M]. New York: Continuum Publishing, 1989.
[94] KRAMER M P. New essays on Seize the Day [M]. Cambridge and New York: Cambridge University Press, 1998.
[95] LACAN J. The four fundamental concepts of psychoanalysis [M]. Alan Sheridan. Trans. London and New York: Karnac Press, 2004.
[96] LEADER Z. The life of Saul Bellow: to fame and fortune, 1915 – 1964 [M]. New York: Knopf Press, 2015.
[97] LEVINSON J. Exiles on main street: Jewish American writers and American literary culture [M]. Bloomington and Indianapolis: Indiana University Press, 2008.
[98] MARTIN E. Concise medical dictionary [M]. New York: Oxford

University Press, 2015.

[99] MCCADDEN J F. The flight from women in the fiction of Saul Bellow [M]. Washington: University Press of America, 1980.

[100] MAILER N. Advertisements for myself [M]. London: Deutsch Press, 1965.

[101] MALIN I. Saul Bellow and the critics [M]. New York: New York University Press, 1969

[102] MIKICS D. Bellow'speople: how Saul Bellow made life into art [M]. New York and London: W. W. Norton & Company, 2016.

[103] MILLER R. Saul Bellow: a biography of the imagination [M]. New York: St. Martin Press, 1991.

[104] NEWMAN J. Saul Bellow and history [M]. New York: St. Martin's Press, 1984.

[105] OPDAHL K M. The novels of Saul Bellow: an introduction [M]. Pennsylvania: Pennsylvania State University Press, 1967.

[106] OZICK C. Critics, monsters, fanatics and other literary essays [M]. New York: Houghton Mifflin Harcourt Publishing Company, 2016.

[107] PIFER E. Saul Bellow against the grain [M]. Philadelphia: University of Pennsylvania Press, 1990.

[108] PORTER M G. Whence the power: the artistry and humanity of Saul Bellow [M]. Columbia: University of Missouri Press, 1974.

[109] QUAYUM M A. Saul Bellow and American transcendentalism [M]. New York: Peter Lang, 2004.

[110] ROCHE J D. The veteran's PTSD handbook [M]. Washington, D. C. : Potomac Books, 2007.

[111] ROVIT E. Saul Bellow: a collection of critical essays [M]. New Jersey: Prentice - Hall Inc. , 1974.

[112] SHAMS I. The fictional world of Saul Bellow [M]. New Delhi: Atlantic Press, 2012.

[113] SIMPSON J A, WEINERESC, et al. The Oxford English dictionary [M], Second Edition, Volume XII. Oxford: Oxford University Press, 2004.

[114] TERES H. Renewing the left: politics, imagination, and the New York

intellectuals [M]. New York and Oxford: Oxford University Press, 1996.

[115] TRACHTENBERG S. Critical essays on Saul Bellow [M]. Boston: G. K. Hall, 1979.

[116] VONNEGUT K. Slaughterhouse - Five [M]. New York: Delacorte Press, 1969.

[117] WHEATLAND T. The frankfurt school in exile [M]. Minneapolis: University of Minnesota Press, 2009.

[118] WILSON J. On Bellow's planet: readings from the dark side [M]. Rutherford: Fairleigh Dickinson University Press, 1985.

[119] WILSON J. Herzog: the limits of ideas [M]. Boston: Twayne Publishers, 1990.

[120] AARONS V. Not enough air to breathe: the victim in Saul Bellow's Post - Holocaust America [J]. Saul Bellow journal, 2007, 23 (1/2): 23 -40.

[121] AHARONI A, WEINSTEINA. Judaism as reflected in the works of Saul Bellow [J]. Studies in American Jewish literature, 2006, 25: 26 -39.

[122] ALLEN B. The adventures of Saul Bellow [J]. The hudson review, 2001, 54 (1): 77 -87.

[123] BELLOW S. Starting out in Chicago [J]. The American scholar, 1974, 44: 71 -77.

[124] BELLOW G, ALAN L. Berger, blinded by ideology: Saul Bellow, the Partisan review, and the impact of the holocaust [J]. Saul Bellow journal, 2007, 23 (1/2): 7 -22.

[125] CHAVKIN A. The Hollywood thread and the first draft of Saul Bellow's Seize the Day [J]. Studies in the novel, 1982, 14 (1): 82 -94.

[126] CHAVKIN A. Bellow's Alternative to the Wasteland: Romantic Theme and Form in "Herzog" [J]. Studies in the novel, 1979, 11 (3): 326 - 337.

[127] EICHELBERGER J. Renouncing "the world's business" in Seize the Day [J]. Studies in American Jewish literature, 1998, 17: 61 -81.

[128] FREEDMAN R. Saul Bellow: the illusion of environment [J].

Wisconsin studies in contemporary literature, 1960, 1 (1): 50 - 65.
[129] GITENSTEIN B. Saul Bellow and the Yiddish literary tradition [J]. Studies in American Jewish literature, 1979, 5 (2): 24 - 45.
[130] GOFFMAN E. Between guilt and affluence: the Jewish gaze and the black thief in Mr. Sammler's Planet [J]. Contemporary literature, 1997, 38 (4): 705 - 725.
[131] HOWLAND J. Aristotle's Great-Souled Man [J]. Review of politics, 2002, 64 (1): 27 - 56.
[132] KULSHRESTHA C. A conversation with Saul Bellow [J]. Chicago review, 1972, 23 (4 - 1): 7 - 15.
[133] MENAND L. Young Saul [J]. The New Yorker, 2015, 91 (12): 71 - 77.
[134] NILSENH N. Anti-semitism and persecution complex: a comment on Saul Bellow's The Victim [J]. English studies, 1979, 60 (2): 183 - 191.
[135] PINSKER S. Meditations interruptus: Saul Bellow's ambivalent novel of ideas [J]. Studies in American Jewish literature , 1978, 4 (2): 22 - 32.
[136] PODHORETZ N. My negro problem - and ours [J]. Transition: an international review, 1965, 20: 13 - 14.
[137] RHEA T. The dual nature of duty in Saul Bellow's Mr. Sammler's Planet [J]. Saul Bellow journal, 2007, 23 (1/2): 53 - 68.
[138] RICHMOND L J. The maladroit, the medico, and the magician: Saul Bellow's Seize the Day [J]. Twentieth century literature, 1973, 19 (1): 15 - 26.
[139] ROUDANÉ M. An interview with Saul Bellow [J]. Contemporary literature, 1984, 25 (3): 265 - 280.
[140] SALOMAN W. Saul Bellow on the soul: character and the spirit of culture in Humboldt's Gift and Ravelstein [J]. Partial answers: journal of literature and the history of ideas, 2016, 14 (1): 127 - 140.
[141] SINGH S. Kant, Schopenhauer, Saul Bellow: evil in Mr. Sammler's Planet [J]. Saul Bellow journal, 2011, 24 (2): 51 - 93.
[142] UHR J. The rage over ravelstein [J]. Philosophy and literature, 2000,

24 (2): 451 -466.

[143] VAUGHAN C. Images of American empires in the novels of Saul Bellow [J]. Saul Bellow journal, 2005, 21 (1/2): 156 -185.

[144] WALDEN D. The resonance of twoness: the urban vision of Saul Bellow [J]. Studies in American Jewish literature, 1978, 4 (2): 9 -21.

[145] BELLOW S. Papuans and zulus [N]. New York times, 1994 -03 -10 (A23 -25) .

[146] BRAUNER D. Nature anxiety, homosocial desire and suburban paranoia: the Jewish anti-pastoral [C] //Post-war Jewish fiction: ambivalence, self-explanation and transatlantic connections. New York: Palgrave Press, 2001.

[147] GEISMAR M. Saul Bellow: novelist of the intellectuals [C] //American moderns: from rebellion to contemporary. New York: Hill and Wang Press, 1958.

[148] GLAZER N. On being deradicalized [C] //The New York intellectuals reader. New York: Routledge Press, 2007.

[149] GOTBAUM V. The spirit of the New York labor movement [C] // Creators and disturbers: reminiscences by Jewish intellectuals. New York: Columbia University Press, 1982.

[150] KIEVAL H J. Antisemitism and the city: a beginner's guide [C] // People of the city: Jews and the urban challenge. New York and Oxford: Oxford Uivesity Press, 1999.

[151] NIETZSCHE F. The birth of tragedy from the spirit of music [C] // Critical theory since plato. 3rd ed. Beijing: Peking University Press, 2006.

[152] ORWELL G. Why I write [C] //The complete works of George Orwell: vol. 18. London: Secker and Warburg, 1998.

[153] ORWELL G. Introduction [C] //Seize the Day. New York: Penguin Modern Classics, 1996.

# 后　　记

本书的撰写首先感谢我的博士生导师西南大学外国语学院刘立辉教授、博士后合作导师中山大学外国语学院王东风教授、访问学者合作导师美国雪城大学英语系 Harvey M. Teres 教授及其夫人陈学毅女士。西南大学外国语学院罗益民教授，四川外国语大学董洪川教授、张旭春教授、罗小云教授作为我博士毕业预答辩和答辩时的评审委员，也都为本书提出过宝贵的修改意见。

其次，感谢我的父亲养育了我，他的离世使我重新审视自己的人生并决定考博。希望本书能使他的在天之灵得到慰藉。感谢我的母亲蔡桂英女士为我所付出的一切。感谢我的先生李海岩对我的科研工作的支持。

本书的撰写得益于国家留学基金委公派我到美国做访问学者，同时，本书得到中山大学高校基本科研业务费青年教师培育项目（18wkpy57）、广东省哲学社会科学“十三五”规划项目（GD18CWW11）、中国博士后科学基金项目（2018M643274）、教育部哲学社会科学研究重大课题攻关项目（17JZD046）的资助。

本书第二章第一节的部分内容曾在《海南师范大学学报》（社会科学版）发表，第三章第一节的部分内容曾在《贵州民族研究》发表，第三章第二节的部分内容曾在《国外文学》发表，第四章第一节的部分内容曾在《外国语言文学》发表。

尽管在 21 世纪，贝娄作为 20 世纪现代经典作家受到的关注度已经有所减弱，但贝娄文学作品中哲学、政治学、历史学思想的意蕴之深，使我相信贝娄研究仍有许多未被学界开垦的处女地。由于时间仓促以及个人水平的限制，本书仍存在很多不足，恳请各位专家、学者、美国文学爱好者批评、指正。

最后，谨以此书献给我 2019 年出世的儿子李科、女儿李文。

席　楠

2020 年 9 月